古典詩歌研究彙刊

第十四輯

龔鵬程 主編

第 11 冊

陳子龍研究（上）

張亭立 著

國家圖書館出版品預行編目資料

陳子龍研究（上）／張亭立 著 — 初版 — 新北市：花木蘭文
化出版社，2013〔民 102〕
目 2+200 面；17×24 公分
（古典詩歌研究彙刊 第十四輯；第 11 冊）
ISBN 978-986-322-454-9（精裝）
1.（明）陳子龍 2.明代詩 3.明代詞 4.詩評 5.詞論
820.91 102014987

ISBN-978-986-322-454-9

9 789863 224549

古典詩歌研究彙刊
第十四輯　第十一冊　　　　ISBN：978-986-322-454-9

陳子龍研究（上）

作　　者　張亭立
主　　編　龔鵬程
總 編 輯　杜潔祥
出　　版　花木蘭文化出版社
發 行 所　花木蘭文化出版社
發 行 人　高小娟
聯絡地址　235 新北市中和區中安街七二號十三樓
　　　　　電話：02-2923-1455／傳眞：02-2923-1452
網　　址　http://www.huamulan.tw 信箱 sut81518@gmail.com
印　　刷　普羅文化出版廣告事業
初　　版　2013 年 9 月
定　　價　第十四輯 17 冊（精裝）新台幣 24,000 元

陳子龍研究(上)

張亭立 著

作者簡介

張亭立（1980～）女，安徽合肥人，華東師範大學中國文學批評史博士，上海中醫藥大學基礎醫學院，副教授。

提　要

　　陳子龍是明末清初著名的文學家、文學活動家，既是雲間詩派、雲間詞派的領袖，也是雲間幾社的代表人物，在詩、文、詞等多個領域均有突出成就，對後世產生重要影響。同時，作為明末著名的愛國志士，他曾先後出仕過明、南明、隆武數個朝代，在明亡後因堅持抗清活動被清廷逮捕，投水殉國，可謂明清之際朝代更迭、政治變遷、社會轉型、文風士氣演進之親歷者與見證人。陳子龍既有大量詩文詞著作存世，也留下了相當數量的政論和軍事著作，具有多方面的才能和成就。瞭解歷史來觀照文學，研究文學以體悟人生。以陳子龍為中心展開文學、歷史、政治、文化等多方面的綜合研究，不僅對於陳子龍其人其作以及明末清初的詩文研究具有重要意義，更重要的是以他為入手，對於明末清初獨特的社會政治氛圍，經濟文化狀況作文學史層面的了解剖別，對明清易代這一歷史大變革時期士大夫文人的個體思想發展、人生價值選擇做思想史層面的辨析定位。從而為瞭解明末清初的社會狀況，文人活動，詩文特徵和審美取向等提供新的角度和途徑。此外，陳子龍交遊廣闊，文壇政界皆有影響，研究他的交遊情況，從補充若干文學史資料的角度來說也有不可或缺的典型意義。

　　本文以陳子龍本體為研究中心，主要採用古代文學傳統研究思路，同時結合社會學、考據學、心理學等相關學科的理論方法，基本涵蓋了陳子龍性格、思想、文學、政治與文化活動等各方面研究。共包括六章：第一章以陳子龍的家庭環境和所生長的雲間地域文化為載體，挖掘陳子龍的早期人格塑造成因；第二章以陳子龍的文學活動為主要研究對象，旨在釐清陳子龍與復社幾社的淵源，考察陳子龍在社中的地位與意義；第三章概括闡述陳子龍的政治活動，以他前期的出處抉擇與後期的生死抉擇為入手，揭示其人生觀與價值觀，並由他出發，引申到易代之際士大夫所共同面對的生存狀況和他們的道德取向；第四章以目前研究尚不充分的《皇明經世文編》和《陳臥子兵垣奏議》為對象，重點探悉陳子龍的軍事思想與經世主張，以彌補前人之不足；第五章研究陳子龍「情真文古」的詩歌創作，兼顧詩歌的古典藝術審美性與以詩記史，以詩發論的社會功用性；第六章探討陳子龍詞的藝術特色及成因，在考察雲間詞派風格流變的同時，試圖用詞的文人化進程為載體構建起詞體發展的大框架，並以此觀照清代各詞學流派的意義和價值。

　　附錄一為《陳子龍交遊考》，附錄二為《陳子龍詩詞補遺》，均力求客觀真實，彌補缺漏。

專家推薦

復旦大學 王水照 教授

　　陳子龍集愛國志士與傑出詩人於一身，在明清鼎革易代之際，雄踞壇砧，業績輝煌，彪炳史冊，是一位受人注目的研究對象。本文在前人研究的基礎上，從系統性與整體性出發，力求超越前賢，還原一位立體、多面而又鮮活可感的傳主真面目，立意高遠，又能從凝煉實際論題入手，關於陳子龍的十三個子課題歸納得準確，具體，由此展開論述，不少論題新穎可喜，如陳子龍性格的多層次性及其在一生早、中、晚的變化軌跡等，對陳子龍實學思想及經世文編的編輯思想，則是學術新開拓的研究論題，很有價值。論文文獻基礎紮實，語言流暢，內涵豐富，洵為陳子龍研究的一部新的力作。

上海師範大學 曹旭 教授

　　這是一篇優秀的博士論文。論文選取陳子龍為研究對象，運用社會學、文化學、地理學與詩學、詞學研究相結合的方法，對陳子龍的人生、交遊、政治、軍事觀點和文學創作、文學理論進行了覆蓋式的研究，得出了一系列有學術價值的重要成果。文章宏觀研究與微觀研究相結合，文獻資料與理論論述相結合，附錄一《陳子龍交遊考》附錄二《陳子龍詩詞補遺》，都是研究陳子龍不可缺少的見功夫之作，附錄與正文互相證明，互相映襯，考論並舉。特別值得指出的是對陳子龍的研究，對研究上海地域文化，上海文學的形成、發展與未來，都具有重要的現實意義。

蘇州大學 羅時進 教授

明清之際江南文化研究近年來頗受重視，成果亦多。但宏觀關照較多，專門個案研究不夠。《陳子龍研究》是一有特色、有分量的江南作家研究，其成果令人欣悅。

作者在大量搜徵文獻資料的基礎上，對明清之際的歷史變革、時代環境和陳子龍的家世背景進行了深入分析，並就晚明社會思潮和社團風氣的狀況加以考察辨微，在時代背景、政治活動中凸現出陳子龍生死抉擇的深刻動因，又分別論析了陳氏的代表性文體和文學精神，全文論述幅度寬度具體翔實，作者會通多識，富有才情，行文既涵容綜會，亦深致入微。

浙江大學 沈松勤 教授

陳子龍不僅是明末清初傑出的詩人、詞人、文章家，而且也是當時著名的政治活動家與民族義士，是學界重點研究的對象之一，但已有的研究成果往往停留在某個層面上，缺乏對陳子龍的橫向考察。本文作者以廣闊的視野，宏觀的敘事，從多個層面、多個領域對陳子龍進行了整合研究，是迄今為止陳子龍研究中最全面、最系統的一部專著，具有明顯的開拓性與前沿性。

作者以翔實的史料為基礎，跨越文史哲的學科界限，並成功地運用了宏觀敘事與微觀實證相結合的方法，對明末清初特定的時代內涵與陳子龍的思想性格、當下整個文學的發展趨勢與陳子龍各種文體的創作實踐等關係，做了由表及裏的解析，既首次從學理揭示了陳子龍的多重性格與角色融合並存的主體特徵及其內涵，又全面總結了陳子龍在文學史上特有的地位，多發人所未發，邏輯嚴密，文字暢達；同時表明作者具備了很好的文獻功底，以及善於駕馭材料、分析材料與歸納材料、提煉觀點，獨立從事本學科研究的能力。

目次

緒　論

　　陳子龍（1608～1647），字臥子，一字人中；號軼符，又號大樽，晚號於陵孟公。雲間華亭（今上海松江）人。明末清初的著名詩人、詞人、文學思想家。

　　松江（古稱雲間），地屬江南，乃「故吳之裔壤。」〔註 1〕不僅自然環境優美秀麗，而且人文傳統源遠流長。特別是在十六世紀之後的明清兩朝，隨著整個江南地區文化事業的繁榮，雲間也呈現出大發展的趨勢，其間又以明代嘉靖至崇禎直到清初的兩百年最為鼎盛。可以說經濟的發展，科舉文化的湧動，世家大族的聯翩興隆，尤其是各類政治性文學性社團紛湧興起，東林學派著力倡導實學思潮，都與陳子龍的經歷密切相關。陳子龍的父親陳所聞，座師黃道周，至交張溥、夏允彝，或為東林流亞，或為政壇骨幹，或為文壇領袖，無不引領一代風尚。陳子龍生逢其世，便注定了他的一生遭際必然同時代風雲交織融會，他的命運必然在歷史發展中起伏跌宕，況且陳子龍親近東林，參與復社，組建幾社，品正格方，志行高潔，數次出入仕途，又輾轉經歷了晚明、弘光、永曆數個歷史時期，最終以死殉國，垂名後世；加上他交遊特廣，文壇政界皆影響卓著，可謂明清之際朝代更迭、

〔註 1〕〔明〕方岳貢、陳繼儒《松江府志》卷七，第 175 頁，見《歷代方志集成》上海圖書館藏。

政治變遷、社會轉型、文風士氣演進之親歷者與見證人。

　　陳子龍是一個頗可玩味的人物。不論是正史還是野史，學界還是民間，都對他青睞有加。國學論文裏有他的身影，小說創作也把他作爲主角，對於這樣一個具有廣泛接受空間的人物，首先需要注意的就是在他身上所體現出來的多重身份的融合併存。

　　就文學來說，他與同郡李雯、宋徵輿詩文唱和，有「雲間三子」之譽。作爲雲間派的領軍人物，具有振臂一呼，應者雲集的魅力。

　　臥子之詩特尚高華，五古出入魏晉，七古接軌盛唐，講求情感之醇正。氣勢縱橫、淡逸瀟颯之處，頗有李白風致；格清氣老之時，又與杜詩聲氣相通，如《晚秋雜興》、《秋日雜感》等，與杜詩《秋興》《諸將》相比，不僅體制相仿，而且詩風相近。故而朱琰說：「七言古詩，杜詩出以沉鬱，故善爲頓挫；李詩出以飄逸，故善爲縱橫，臥子兼而有之。其章法意境似杜，其色澤才氣似李。」評其詩曰：「余抄黃門詩以終明一代之運，劉、高開於前，西涯接武於繼，李、何、王、李振興於中，黃門撐持於後，此明詩之大概也。」〔註2〕臥子享「明詩殿軍」之稱，被時人推爲「雲間派」盟主，一時影響巨大，以至「天下之大，人才之眾，莫不祖大樽而宗雲間。」「群奉黃門詩派歷數十年流風未墜。」〔註3〕

　　臥子之詞崛起於明詞衰微之際，取法南唐北宋，以「雅麗」爲指歸，接續風騷傳統，借「香草美人」寄託深遠，力糾明詞纖弱淺薄之蔽，下開清詞中興之漸。與他同時而稍後的王沄及毛先舒、柴紹炳等「西泠十子」以至張煌言、陳維崧，皆其傳派。故朱彝尊言道：「（詞）自宋元以後，明三百年無擅長者……至崇禎之末，始具其體。」譚獻更是直言以爲：「臥子直接唐人，爲天才。」〔註4〕

〔註2〕〔清〕朱笠亭《明詩鈔》，引自《陳子龍詩集》附錄四，第783頁，上海古籍出版社1983年。
〔註3〕《二十四家詩定》，引自《陳子龍詩集》附錄四，第783頁。
〔註4〕〔清〕譚獻《復堂詞話》，第31頁，人民文學出版社1998年。

　　臥子之文亦稱名家。品評詩文，紀錄時賢，評議時政，每有至論。吳偉業說他：「四六跨徐、庾，論策視二蘇。」特別是他的《陳臥子兵垣奏議》接續明代文人論兵之傳統，以自身的實戰經驗爲依託，既具有實戰性又具有系統性，可稱爲明末傑出的儒兵家。而由他發起的《皇明經世文編》等政論著作，更是影響深遠，爲清代，直至清末大量的經世文編開掘了先河。

　　就文學活動來看，他與復社領袖張溥交好，爲復社成員之一；參與創立雲間幾社，列名「幾社六子」，也是復社、幾社的靈魂人物，特別是他考中進士之後，更是以他的經世情懷推動著幾社的政治性活動，編選《皇明經世文編》，《皇明詩選》，影響並且改變了幾社的純文學風貌，使兩社一時間成爲引領天下士子的風向標；

　　就政治活動來看，他三次參加科舉，最終踏入仕途。先於刑部觀政，後出任紹興推官，實現了父親陳所聞所教導的士大夫理想，忠君報國，守禮有信。這一理想始終督促著他做一個積極入世的好官，做一個勤勉正直的好人。即使在經歷甲申國變之後，這一理想也一直沒有改變，他又懷抱著這個單純的立身之基本投身到了南明朝廷之中，在朝五十日，上書三十餘。可惜的是，他身處明清易代之際，在明朝，是國事衰敗到無可挽回的殘破江山；在南明，是宵小傾軋的烏煙瘴氣。無論是國變之前還是國變之後，陳子龍都早已認清「國事不可爲」的客觀現實，於是，客觀境遇的不可爲同主觀信念的知其不可而爲之的矛盾令他痛苦，矛盾，無奈，但始終未曾放棄，最終以殞身殉國而告結束，成就了一個愛國志士最爲完美的結局，也使他的形象在文學之外愈加光輝高大了起來。用「因其文而重其人，益因其人而益重其文」這句話來說陳子龍是非常恰當的。

　　而在文學與政治之外，陳子龍還是一個風流的才子，同樣經歷過一段詩酒暢遊的人生，少年時期還曾經異想天開地要做神仙。雖然在他的人生經歷中，其性格裏浪漫任性的部分是逐漸被壓抑了，但還會在某些時候探出頭來，他和柳如是的浪漫愛情就是這部分性格的外化

和釋放。這段愛情最終以失敗告結，但也恰恰因爲這種失敗而顯得更有傳奇色彩。

　　作爲一個文人，陳子龍是成就卓著的；作爲大明的官員，他是凜然無愧的；作爲文壇的領袖，他是令人仰望的；同時他也是一個孝順的兒子和孫子，一個守責的丈夫同時卻是軟弱的情人。這種種的身份，每一種都立足於他性格中的一個側面，這種種的身份融合糾結，起到決定作用的是他性格中所佔據主導地位的核心價值觀 —— 守志循禮，「知其不可而爲之」的儒家精神。因此，在研究陳子龍的時候，不論是考據他的生平，分析他的思想，還是研讀他的詩作，其根本的落腳點在於找尋出他的生命軌迹，以歷史的、文學的、文化的、哲學的、心理的種種手法，整合出一個立體的多層次眞實可感的陳子龍，而不僅僅是一個投水殉國的文人。要透析他的思想，揣摩他的情感，體會他的痛苦，理解他的選擇，觀照他的人生，讓我們今後不僅對於他的詩文，更是對於他的時代，他的時代中同他一樣面臨諸種選擇的其他人，都能夠多一點瞭解，多一分理解。故而深入研究陳子龍，不僅對於陳子龍其人其作以及明末清初的詩文研究具有重要意義，更重要的是以他爲入手，對於明末清初獨特的社會政治氛圍，經濟文化狀況作文學史層面的了解剖別，以及對明清易代這一歷史大變革時期士大夫文人的個體思想發展、人生價值選擇做思想史層面的辨析定位，從而對於明末清初的社會狀況，文人活動，詩文特徵和審美取向等做出較爲清晰，令人信服的闡述和結論。同時，從研究這一時期與陳子龍有關的文人交遊情況，補充若干文學史資料的角度來說也有著不可或缺的意義。

一、研究概述

　　陳子龍的現存作品有詩歌約 1800 首，詞 80 餘首，另有《嶽起堂稿》、《採山堂稿》、《屬玉堂稿》、《平露堂稿》、《白雲草》、《湘眞閣稿》、《安雅堂稿》、《陳臥子兵垣奏議》等著作，共收文 500 餘篇。

其詩詞部分已由施蟄存和馬祖熙先生標校，收錄於上海古籍出版社
1983 年出版的兩卷本《陳子龍詩集》之中，其中包括風雅體、琴操、
四言詩、古樂府、五七言古詩、五七言律詩、五七言絕句等各種詩
體 1794 首，詞 86 首。文收錄於華東師範大學出版社 1988 年出版的
兩卷本《陳子龍文集》之中。此外，由他主持整理編輯的《皇明經
世文編》、《皇明詩選》、《農政全書》等書於上海圖書館有存。

　　目前對於陳子龍的研究論述除了散見於各種版本的文學史、文學
通史中的專章專論和分體文學史中的專章專論之外，主要集中在文學
理論思想史著作與以陳子龍爲主要研究對象的專著（包括碩博士論
文）當中。

　　自上世紀九十年代以來，理論批評領域對於陳子龍給予了廣泛
的關注，研究內容幾乎涵蓋了文學史、政治社會史、思想發展史等
各個領域，如謝國楨的《明清之際黨社運動考》（1984）；廖可斌的
《復古派與明代文學思潮》（1994）；馬美信的《晚明文學新探》
（1994）；夏咸淳的《晚明士風與文風》（1994）；饒龍隼的《明代隆
慶萬曆間文學思想轉變研究》（1995）；葉嘉瑩、陳邦炎合著的《清
詞名家論集》（1996）；周明初的《晚明士人心態及文學個案》（1997）；
葉嘉瑩的《清詞論叢》（1998）；孫立的《明末清初詩論研究》（1999）；
張健的《清代詩學研究》（1999）；左東嶺的《王學與中晚明士人心
態》（2000）；丁放的《金元明清詩詞理論史》（2000）；李康化的《明
清之際江南詞學思想研究》（2001）；李聖華的《晚明詩歌研究》
（2002）；何宗美的《明末清初文人結社研究》（2003）；孫之梅的《明
清學術與文學》（2003）；孫克強的《清代詞學》（2004）等等。

　　雖然這部分研究並非僅以陳子龍爲對象，甚至在很多著作中，陳
子龍也並非作爲主要的研究對象出現，但是這部分研究卻對於陳子龍
的研究起到了至關重要的作用，因爲相對於純文學性的研究來說，這
種綜合的、跨領域的研究對於我們認識一個文人，瞭解一個時代是更
具有綱領性和全局意義。比如謝國楨先生在八十年代出版的《明清之

際黨社運動考》中談到復社、幾社的沿革時就有相當部分涉及到陳子龍；在廖可斌的《復古派與明代文學思潮》裏，除了對於明代復古文學理論做了整體全面的梳理，還特別指出了復古文學理論的核心正是在於對於情理合一、意向合一、美善合一的古典審美理想接續與傳承，由此說明復古派的價值在於「復古派力圖恢復主體與客觀世界、情與理相統一的古典審美理想，強調主體精神特別是主體情感的地位。」陳子龍的詩歌創作正是這種古典審美理想的絕佳再現，他的詩和詞，或沉鬱頓挫，或情詞婉愜，都做到了格高、調逸、意暢、音元等，可以說在很大程度上具備了古典詩歌的審美特徵，因此成為明代復古文學的旗手。

尤其值得一提是葉嘉瑩先生關於清詞的若干著作，葉先生以其女性的獨特視角、細膩的感觸力加上充滿個性感染力的文字給後學以相當的啓發，其中她論及雲間詞派、雲間三子等篇章皆極為精彩；而李康化在《明清之際江南詞學思想研究》中以各個流派入手，材料精細，邏輯嚴密，層次清晰，真正做到了小切口，深挖掘，牽一髮而動全身。尤其是第一章的第三節《明清之際江南詞人文化生態》，視角獨特而開闊，對雲間、西泠、柳洲、廣陵、陽羨、浙西、松陵梁溪等詞學流派、群體之詞學思想進行辨述的同時，對每一流派群體的人員構成及其關係、流派群體活動的時空界限進行了描述和清理。雖然不是專論陳子龍，但選擇把陳子龍放在明清之際的江南詞壇之中，可以說是真正認識到了陳子龍詞的詞史價值。對陳子龍及其雲間詞派，乃至整個清初詞壇之間相互傳承揚棄的學術源流作了鞭闢入裏的分析。

以陳子龍為主要研究對象的專著，則始於朱東潤先生的《陳子龍及其時代》（1984），朱先生用綜合文史，傳論結合的方式，對於陳子龍的一生做了精彩的敘述和點評，尤其是將整個明末的大歷史環境同陳子龍個人的經歷以時間為軸，一一對應，對於臥子在明末清初特殊歷史時期的人生經歷，追本溯源，釐清原委，給出了讓人

信服的解釋。儘管該書的寫成距今已經二十餘年，但在今天讀起來，仍然讓人獲益匪淺。

　　其他關於陳子龍的專著研究，則主要集中在兩個方面。

　　一個是圍繞陳子龍和柳如是所做的史學文學類研究，如陳寅恪先生的《柳如是別傳》（2001）；孫康宜先生的《陳子龍柳如是詩詞情緣》（1998）。這一部分的研究看起來同傳統的文學類研究有所不同，但卻是個案研究中非常重要但在長久以來的學術研究中一直被忽略的組成部分。我們在研究一個古代文人的時候，往往會關注他的思想道德，政治立場，卻常常忽略了他的家庭和婚姻。也許對於大多數的古人來說，父母之命，媒妁之言所產生的婚姻的確不會對他的人生觀、價值觀產生太大的影響，但對於像陳子龍這樣風流才子式的人物來說，他的感情生活卻有著非同一般的意義。在他對於愛情的追求中，我們看到的是青年陳子龍對於自由的嚮往，而他對愛情的放棄，則和他所做的其他各種選擇具有相同的價值內涵，讓我們看到他作為一個傳統儒家士大夫的人生操守，這對陳子龍是一個成長的經歷，這一經歷不僅直接影響到他的文學創作，更是對於一個人人生觀、價值觀的塑造和培養。所以，陳子龍的愛情和婚姻，是在研究他的文學之外的另一條路，這條路直通到他的內心，甚至比其他任何一條路都更近，更直接。同時，柳如是本身也是一個充滿了傳奇色彩，又在晚明的文人圈中具有相當知名度的人物，她和陳子龍的這段情事不僅僅只是情事，而演變為以他們為中心的晚明文人研究，並從文人研究進一步深化到歷史、政治、經濟、思想、社會等各個領域相互交錯的學術史研究。這在陳先生的《柳如是別傳》中表現得非常清楚了，與之相關聯，也派生出了關於陳寅恪先生《柳如是別傳》的其他一些研究，如汪榮祖先生的《陳寅恪評傳》；余英時先生的《陳寅恪晚年詩文釋評證》；中山大學出版的《紀念陳寅恪教授國際學術討論會文集》（1989）；北京大學出版的《紀念陳寅恪先生誕辰百年學術論文集》（1989）；江西教育出版社出版的《紀念陳寅恪先生誕辰百年學術論文集》（1994）；

浙江人民出版社出版的《〈柳如是別傳〉與國學研究》（1995）；傅璇琮先生《關於陳寅恪思想的幾點探討》（《中華書局成立八十週年論文集》；劉夢溪先生的《以詩證史・借傳修史・史蘊詩心——〈柳如是別傳〉的學術精神和文化意蘊及文體意義》（《中國文化》第三期）；鯤西的《別具一格的傳記文學》（《讀書》1982.7）；葛兆光的《最是文人不自由》（《讀書》1993.5）；黃裳的《榆下說書》（三聯，1982）；周採泉的《柳如是雜論》（江蘇古籍出版社，1986）；周勳初的《當代學術思辨錄》（南京大學出版社，1993）；劉期奮的《白門柳》（《文學評論》1994.6）；王兆鵬/姚蓉的《陳子龍與柳如是情緣再探》（中山大學學報）等等。

　　另一個集中研究陳子龍的領域則是對他詩文詞的研究。這部分的成果包括東吳大學中文所蔡勝德的碩士論文《陳子龍詩學研究》（1981）；高雄師範大學國文所涂茂齡的碩士論文《陳大樽詞的研究》（1991）；東海大學中文所王坤地的碩士論文《陳子龍及其經世思想研究》（1993）；中興大學中文所鄒秀蓉的碩士論文《雲間詞派研究》（1997）；成功大學中文所陳美朱的博士論文《明末清初詩詞正變觀研究——以陳、王、朱爲對象之考察》（2000）；中山大學姚蓉的博士論文《明末雲間三子研究》（2004）；浙江大學李越深的博士論文《雲間詞派研究》（2004）；蘇州大學汪孔豐的碩士論文《雲間詩派研究》（2005）以及南京師範大學劉勇剛的博士論文《雲間派研究》等等。從這些碩博士論文來看，多以陳子龍的某一種代表性文學體裁爲研究載體，注重理論的梳理，歷史的追溯，文本的細讀和對於後世的傳承延續。值得一提的是近年來對於明清詞，尤其是清詞的研究升溫，浙江大學吳熊和先生，不但自己的研究思路轉向清詞，寫出一系列如《〈梅里詞輯〉讀後》、《論柳洲詞派》、《論西泠詞派》等論文（見《吳熊和詞學論集》，杭州大學出版社 1999 年版），同時指導自己門下諸高足全力進行清詞流派研究。如吳蓓博士的《浙西詞派研究》、金一平博士的《柳洲詞派》、谷輝之博士的《西泠詞派

研究》、徐楓博士的《嘉道年間的常州詞派》等，已經初成了清詞流派研究的體系，而在這一體系之中，陳子龍及其所代表的雲間詞，作爲明清之際詞學轉向的標誌，起到了承上啓下的作用，佔據著非常重要的地位，因此在對各個流派的研究之中，都無可避免地要涉及到雲間詞派，涉及到陳子龍的詞學理論與創作。

此外，還有相當多的以陳子龍爲主要研究對象或涉及陳子龍的較爲重要的單篇學術論文散見於各類學術刊物之中，相比於前幾類關於陳子龍的研究狀況，單篇論文的研究情況可以說是範圍廣，內容多，視角也更爲多樣，以下是截止 2006 年底我所見之關於陳子龍研究的單篇論文情況。

高燮《陳臥子先生傳》1909 年

張健明《晚明實學思潮的主將：陳子龍》（《北京社會科學》1988年 4 月）

趙山林《陳子龍的詞與詞論》（《詞學》1989 年）

葉嘉瑩《從一個新的理論角度談令詞之潛能與陳子龍詞之成就》（《四川大學學報》1990 年 1 月）

王英志《濃纖婉麗寄興深微 —— 論陳子龍詞》（《中州學刊》1990年 2 月）

劉揚忠《論陳子龍在詞史上的貢獻及其地位》。（見《第一屆詞學國際研討會論文集》中國文哲研究所出版，1994 年）

沈檢江《明詩擬古主潮：格調禁錮下才情的毀滅》（《學習與探索》1995 年 1 月）

陳水雲《崇禎末至康熙初年的詞學思潮》（《湖北大學學報》1996年 2 月）

陳美《「文武並懋，忠義兼資」的明末詞人 —— 陳子龍：論陳子龍的詩歌理論及其詞作》（《嶺東學報》1996 年 2 月）

陳表義、譚式玫《明代軍制建設原則及軍事的腐敗》（《暨南大學學報》1996 年 4 月）

《柳如是別傳與國學研究——紀念陳寅恪教授學術討論會論文集》（浙江人民出版社出版，中山大學歷史系編 1996 年 4 月）

范中義《明代軍事思想簡論》（《歷史研究》1996 年 5 月）

喬力《明詩正變論：有關衍展進程的描述及文化特質之剖析》（《東嶽論叢》1998 年 3 月）

孫克強《試論雲間詞派的詞論及其在詞論史上的地位》（《中州學刊》1998 年 4 月）

張顯清《陳子龍：晚明實學思潮的健將——兼論明清實學思潮的一些問題》（《明史研究》1999 年 6 月）

葉嘉瑩《論陳子龍詞——從一個新的理論角度談令詞之潛能與陳子龍詞之成就》（《迦陵論詞叢稿》河北教育出版社 2000 年）

宮玉振《文化流變與中國傳統兵家的形態更替》（《軍事歷史研究》2000 年 1 月）

沈瑞英《略論明清軍事文化發展與西學東漸》（《軍事歷史研究》2000 年 3 月）

柳文耀《雲間思辨——柳文耀古典文學論集》（學林出版社 2000 年 7 月）收有《飛雪龍山何處是——陳子龍〈念奴嬌・春雪詠蘭〉詞作年、作地及主題考》等一組研究陳子龍詩詞的論文

金薇薇《從皇明經世文編的編纂論陳子龍的編輯思想》（《河南大學學報》2000 年 11 月）

吳琦、馮玉榮《明經世文編編纂群體之研究》（《華中師範大學學報》2002 年 1 月）

何宗美《明代文人結社綜論》（《中國文學研究》2002 年 2 月）

劉勇剛《陳子龍詞補輯八首》（《中國典籍與文化》2002 年 2 月）

姚蓉《「男兒捐生苦不早」——論陳子龍致死兼談明末士人對待死亡的心態》（《中山大學學報》2003 年 1 月）

裴世俊《「失語」和「缺位」——陳子龍與錢謙益的關係談論》（見南開大學「2004 明代文學國際研討會暨民該文學學會第二

屆年會」）

黃明光《明代科舉制度對軍事的影響》（《社會科學戰線》2004
年 2 月）

何宗美《復社的文學思想初探——以錢、張、吳、陳等爲對象》
（《中國文學研究》2004 年 2 月）

吳思增《陳子龍〈湘眞閣存稿〉和〈唱和詩餘〉》（《河北大學學
報》2004 年 2 月）

馮玉榮《晚明幾社文人論兵探析》（《軍事歷史研究》2004 年 2
月）

宋克夫《論晚明文學思潮的消歇》（《文學評論》2004 年 2 月）

劉勇剛《論雲間地域與名門望族對雲間派的影響》（《貴州師範大
學學報》2004 年 3 月）

李越深《松江幾社與雲間詞派》（《浙江大學學報》2004 年 3 月）

汪孔豐《陳子龍詞之意境探析》（《衡水師專學報》2004 年 3 月）

汪孔豐《論陳子龍的七言律詩》（《邢臺學院學報》2004 年 6 月）

王兆鵬/姚蓉《作品意義的展現與作家意圖的遮蔽——以陳子龍
〈點絳脣·春日風雨有感〉爲例》（《南開學報》2004 年 6 月）

王曉彬、童曉剛《雲間詞派論略》（《貴州社會科學》2004 年 9
月）《從唱和活動看雲間詞風的形成》（《江漢論壇》2004 年 11
月）

柳文耀《壯士的悲歌——陳子龍〈九日登一覽樓〉詩歌賞析》
（《作文世界》2004 年 12 月）

吳思增《陳子龍和明清之際「莊騷」合稱》（《太原理工大學學報》
2005 年 1 月）

朱麗霞、羅時進《松江宋氏家族與幾社之關係》（《北京大學學報》
2005 年 2 月，見朱麗霞博士的《清代松江府望族與文學研究》）

周積明、雷平《清代學術研究若干領域的新進展及其述評（之
一）》（《清史研究》2005 年 3 月）

劉勇剛《從芳心花夢的名士風流到香草美人的隱喻寄託 —— 論陳子龍詞的審美意趣》(《常州工學院學報》2005 年 3 月)

張健《情與忠：詩體與詞體中的變奏 —— 讀孫康宜教授的〈陳子龍柳如是詩詞情緣〉》(《北京大學學報》2005 年 4 月)

郭萬金《關於明詩》(《文學評論》2005 年 4 月)

朱麗霞《陳子龍〈宋子九秋詞稿序〉「宋子」考》(《文學遺產》2005 年 5 月)

王小舒《明清主流詩學的轉移 —— 論王漁洋對明代七子派的繼承》(《文史哲》2005 年 5 月)

劉勇剛《明末詞論之轉移與清詞中興之契機 —— 雲間詞派新論》(《常州工學院學報》2006 年 1 月)

張文恒《論陳子龍詩學體系中的「眞」與「雅」》(《瀋陽師範大學學報》2006 年 3 月)

何宗美《載酒徵歌，交遊文物 —— 復社文學活動及其影響》(《文藝研究》2006 年 5 月)

總結上述有關陳子龍的研究情況而言，明清之際，去今未遠，保留下來的相關資料和各種文獻相對來說比較豐富。陳子龍作為明清之際的重要詩人、詞人、愛國志士，歷來也受到相當的重視，對於陳子龍的研究已具有一定的規模，有了比較完整的資料積累，所存在的不足主要在於缺乏系統性和整體性。雖然研究的內容很多，但大都只涉及陳子龍的某一方面，或詩，或詞，或生平，或考據，而多未能考慮到其他方面的影響，特別是缺乏對於他的性格，家世，仕途，情感之間相互關聯，互相生發的整體觀照。

第一，對於陳子龍的性格定位多僅僅停留在愛國志士的層面上，卻沒有注意到他性格中的多層次性和早年、中年、晚年性格的變化，使得人物形象較為單薄。事實上，早年的陳子龍是一個風流才子，大膽不羈，他喜好文辭，充滿理想與幻想。父親陳所聞是正統的士大夫文人，方正嚴格，在父親的教導下，陳子龍性格裏浪漫

空想的部分逐漸爲沈穩循禮所代替。這一性格的養成不僅影響到他今後的生活、政治選擇，也影響到他的文學觀念和創作。如果我們進一步深入發掘這一愛國志士的個性，就可以發現其核心價值觀實際在於「知其不可而爲之」的儒家精神。這一精神，是決定了陳子龍的一生命運，促成其在各個重要的轉折時期做出取捨的價值根源。

第二，目前所見的對於陳子龍的文學創作的研究，重點主要放在詩詞之中，而忽略了他的文，特別是對他的《陳臥子兵垣奏議》幾乎不曾關注。然而缺失了這一塊，就缺失了陳子龍研究中的一大重點和亮點。從陳子龍所處的歷史時期來看，明清鼎革易代之際，文人對於軍事活動的參與已經超過了歷史上任何一個時期。陳子龍在進入仕途之後所擔任的官職，紹興推官也好，兵科給事中也好，包括他在入清之後所進行的一系列政治活動，無不與軍事息息相關。他不僅對軍事戰略有濃厚的興趣，並書寫成文，對自身的軍事思想進行系統化的總結，甚至還曾經親自領兵剿寇，具有一定的實戰經驗。因此，在明代產生的文人論兵傳統之中，陳子龍的這一部軍事思想著作具有兩方面的重要意義。首先是從這部著作的具體內容上看，不僅包涵了軍隊制度建設理論，戰略戰術理論，尤其是針對南明弘光小朝廷偏安江南的歷史現實，提出了「力主自強，募練水師；恢復中原，首重襄樊；重視邊地，經理楚蜀」的戰略指導思想。這三條基本思想既自成規矩，又相互聯繫，構成一個從淮河到長江，從江南出發，立足中原，輻射邊地的清晰完整的戰略規劃，具有極強的針對性和實踐意義，也表現了陳子龍超前的軍事眼光；其次，陳子龍的軍事思想表現了以經世致用爲追求的儒家們在歷史發展的進程中，從開始肯定兵家和兵學的地位，進而發展到試圖將兵學納入儒家思想體系之中，作爲儒家經世之學的一個組成部分的「兵儒合流」的發展軌迹，對於整個明代的軍事思想發展史，甚至是從整個中國古代的軍事思想發展史都有不容忽視的意義。

第三，學界對於陳子龍的社團活動和交遊活動過於概念化，以臥子在當時和後世所享有的名望，我們理所當然地認為陳子龍在復社、幾社的社團活動中具有舉足輕重的地位，但卻缺少實證性的具體研究。

第四，對於陳子龍的詞，雖然看到他在明清詞論演變中所起到的承前啟後的重要意義和對清代詞壇的廣泛影響，但如果就整個詞體發展的進程來看，就可以發現臥子詞的意義遠遠超過明清兩代，而是整個詞體發展文人化進程中的關鍵一環。從明中葉到清代的浙西詞，實際上是詞體文人化進程由反覆到重建再到最終完成的重要時期，臥子在其中正是起到了重建的作用。雲間詞派對於後世的影響，無論是審美層面的，還是立意層面的，包括從小令到長調的演進，都是文人詞的不斷深化發展過程。

二、研究方案

本文以陳子龍為基本研究主體，以明末清初的歷史大環境為外圍觀照對象，在充分瞭解前人研究成果的基礎上，通過現有可能查閱的資料，通過研讀陳子龍的作品，包括詩、詞、文及其編輯出版的有關著作，力求具體深入闡明有關於陳子龍的下列情況：

1. 陳子龍「重儒重禮」的家庭背景
2. 陳子龍的思想形成與江南文化地域性的關係
3. 陳子龍的思想形成與東林清議、實學思潮的關係
4. 陳子龍廣泛多元的交遊情況
5. 陳子龍的社團活動與他在復社、幾社中的地位和意義
6. 陳子龍的政治選擇和捨身殉國的思想根源
7. 陳子龍「折中風雅」「以詩論史」的詩歌創作
8. 陳子龍詩歌的古典審美價值
9. 陳子龍詞在詞體文人化歷史進程中的地位和意義
10. 陳子龍與雲間詞派的關係

11. 陳子龍的愛情、婚姻與詩詞創作

12.《皇明經世文編》的編寫情況與陳子龍的編輯思想

13.《陳臥子兵垣奏議》與陳子龍的軍事思想

　　通過以上這幾個主要問題的梳理，勾連全文，力求對陳子龍其人、其文有比較深入的瞭解，對他的文學成就及文學活動的成就形成中肯的評價。同時，亦將對晚明至清初這個歷史時期的社會政治情況、文化思潮、文人思想活動、文學創作、審美傾向等各方面的特點做盡可能的探討。本文的目的不僅僅在於客觀呈現陳子龍個人的思想特性，更重要的對其思想特性的由來、表現、影響做盡可能深入的挖掘，並以之爲入手，對時代與文學、文人之間的種種關係做出合理的解釋分析。

　　附錄一爲《陳子龍交遊考》。分爲「交遊之師長先賢」和「交遊之同輩摯友」兩部分。其中，筆者略去了前人已經有專書論述的「雲間三子」交遊情況，對黃道周、夏允彝、夏完淳等人與臥子的交遊情況也有意做了一些簡化，而著意突出一些前人尚未予以充分注意的人物，諸如他的老師王元圓、鄭澹石，岳丈張方同，政壇的前輩倪鴻寶、袁繼咸，同輩的好友萬壽祺、周立勳，同僚楊龍友、楊伯祥，因爲藏匿他而全家罹難的侯岷曾、侯峒曾、侯岐曾兄弟等，以求更加全面地瞭解陳子龍的交遊情況，從而更加深入地瞭解陳子龍，並對當時的歷史世情有所補益。

　　附錄二爲《陳子龍詩詞補遺》增補詩十三首，詞四首。

第一章　地域·家世與陳子龍的
　　　　　人格塑造

第一節　雲間文化傳統與晚明士風

　　魚米鄉，佳麗地。說起江南的文化，眼前便浮現起文人筆下所描述的煙雨來，暮春三月，雜花生樹；想起那過往的女子們，眉如遠山，眼若波橫。靈山秀水，才子佳人，大概是江南文化所給予我們最為深刻的印象，難怪魯迅先生要說：「滿洲人住江南三百年，連馬都不會騎了，整天坐茶館。」〔註1〕

　　雲間，又稱松江，地屬江南，乃「故吳之裔壤，負海枕江。」這裏「土膏沃饒，風俗淳秀，其習尚亦各有所宗。自東都以後，陸氏居之，康績以行誼聞，遜抗以功名顯，機云以詞學名，國人化之，梁有顧希馮，唐有陸敬輿，至宋而科名盛，故其俗文。」〔註2〕不僅自然環境優美秀麗，而且人文傳統源遠流長，特別是「機云以詞學名」，更是鮮明地點出了松江由來已久的文學傳統，指明了雲間尚文的地域

〔註1〕魯迅《魯迅全集》卷十三《致蕭軍》，第287頁，人民文學出版社2005年。
〔註2〕〔明〕方岳貢、陳繼儒《松江府志》卷七，第175頁，上海圖書館藏歷代方志集成。

特色。如果向上追溯，從漢開始，經唐歷宋，松江都代有聞人。自明代開始，隨著整個江南地區的文化事業的繁榮，松江也呈現出大發展的趨勢。其人文最稱鼎盛時期是在十六世紀之後的明清兩朝，其間又以明代嘉靖至崇禎直到清初的兩百年臻於頂峰。這與晚明江南經濟的發展，科舉文化的湧動，世家大族的聯翩興隆，尤其是各類政治性文學性社團紛湧興起的社會風氣密切相關。

　　「東南財賦地，江浙人文藪。」談論江南的文化不能不說到經濟，經濟的發展是文化不可或缺的動力與成因。自宋元以來，江南即以繁華富庶傲視全國。到了明代，這裏有全國最發達的農業、手工業、商業以及頻繁的內外貿易，是支持整個王朝的財富之源。其中，松江的地位尤為顯著，丘濬說：「韓愈謂賦出天下，而江南居十九……以今觀之，浙東西又居江南十九，而蘇松常嘉湖五郡又居兩浙十九也。」〔註3〕其中，蘇州府、松江府與常州府「其民租比天下為重，其糧額比天下為多。」〔註4〕據萬曆《大明一統志》記錄，在全國二百六十多個府州的稅糧之中，蘇州、松江、常州名列前三〔註5〕。隨著小型產業的發展，在江南也出現了眾多新興的工商業市鎮和新型的手工業生產方式，形成了極好的周邊經濟環境。當時的松江就以其發達的棉紡織業聞名海內，有「衣披天下」的美譽，成為江南五大手工業區域之一。可以說，以松江為代表的明代江南地區，是全國最富裕、生活水準最高的地區之一。這種社會經濟格局，為這個地區的文化事業、政治傳統奠定了最為堅實的基礎。同時松江府地處海隅，宋元 400 年間許多地區戰火紛飛，松江一隅卻保持了少有的平靜和安謐，從而吸引一大批文人士大夫，以松江地區為其安身立命之所，使松江地區文化氛圍更趨濃厚。他們來往頻繁，拜師求友，切磋技藝，磨礪學問，使松江文風極盛，「慕學之士，自遠而來。十餘年無慮千數。松江一

〔註 3〕〔明〕邱濬《大學衍義補》，第 36 頁，京華出版社 1999 年。
〔註 4〕〔清〕顧炎武《天下郡國利病書》卷 15，上海書局 1985 年。
〔註 5〕轉引自樊樹志《晚明史》導論，第 7 頁，復旦大學出版社 2003 年。

時文風之盛，不下鄒魯。」〔註6〕以至於「文物衣冠蔚爲東南之望，經學詞章下至書翰各有師法，各稱名家。田野小民生理裁足，皆知以教子孫讀書爲事。士人帖括外兼風雅，凡辭賦之業童而功之，多有文集表見於世。」〔註7〕到了晚明，經濟的發展，家族文化的積纍，政治風向的轉變都在醞釀著士風民俗的新變，創造出只屬於這一時期的文化面貌來。

一、論文與談兵

在中國的歷代政權中，除了一些作爲失敗者的偏安政權，以及割據狀態下的地方政權之外，那些完成了對「中國」一統大業的統治者無不把政治、軍事的中心放在長江以北，其目的是爲了抗拒剽悍尚武、並不斷窺伺南方農耕區的北方游牧民族。因此，江南地區雖然經濟繁榮、文化發達，但是遠離北方的政治中心。這樣就造成了歷史上江南知識分子對政治的邊緣心態。

然而有明一代，江南地區卻始終佔有極其重要的政治地位，具有良好的政治傳統，在明朝的政治格局中佔據著不可或缺的位置。在太祖建國之初，國都設於金陵，也就是今天的南京。後來成祖朱棣發動了政變以後，遷都北京，南京的地位相當於一個陪都，但仍然保留了完整的政治體制和官員設置。到了明中葉以後，黨爭激化，很多在朝失意的官員或朝中的反對派大多被放逐到南京來，在這一地區形成一個與朝廷對立的在野政治中心。這些失意的官員們有很多都抱有憂國之心，兼濟之志，雖然在北京的朝堂上受到排擠，但在南京卻獲得了一份自由說話的權力。他們聚集在一起，評議朝政，討論國事。因此，明朝（乃至於整個清朝）江南地區（尤其是在知識分子階層）始終體現出強烈的政治意識。明末社會出現的道德主義風潮，以及東林黨人

〔註6〕〔明〕陳威、喻時修、顧清纂《松江府志》正德七年刻本卷四，上海圖書館藏歷代方志集成。

〔註7〕〔清〕郭廷弼、周建鼎《康熙松江府志》卷五，清康熙二年（1663年）刻本，上海圖書館藏歷代方志集成。

所倡導的實學救國主張，在江南可以說是得到了最爲充分的體現與張揚。明中葉以後，士子結社之風盛行，士子們不論有無功名，都參加到文社中來。這些文社，最初是爲了鑽研八股，而到了後期，則不僅論文，也論政。嘉、隆之際，一些在野知識分子就已衝破明政府生員不許議政的禁令，聚議朝政。明政府一再重申禁止生員議政，以黜退爲民、嚴刑懲處相威脅，但終無濟於事，諷議朝政之風日盛一日。到了萬曆十四年，朝廷上已有「廟堂所是，外人必以爲非；廟堂所非，外人必以爲是。」〔註8〕之歎。晚明東林、復社的諷議朝政運動更是使江南地區的政治空氣空前濃厚起來。士人關心國事、熱衷政治已成爲一種傳統，松江的士子們，在相互交流、切磨砥礪中，逐漸形成了一個具有高度內聚力的群體。考察雲間幾社如何從一個純粹的文人社團發展爲一個講究實學，關注國事的士人組織，就可以更加鮮明地看到雲間文化發展的軌跡。

這樣的風氣不僅體現在文人身上，還表現在江南世風中，即便是一般的老百姓也越來越多地表現出對於現實秩序的越軌。他們聚集在一起，通過形成較強大的團體力量，和當地的惡霸勢力進行抗爭，甚至能夠干預地方政治。明代中葉後，富庶的太湖地區，眾多離職還鄉的官僚大肆聚斂財富，窮奢極欲成爲這裏鄉宦們共同的生活風尚，於是鄉村的凋敝與破產同他們的甲第連雲，財勢滔天形成突出對比。由此產生的不公正，使得這些富宦成爲社會矛盾的焦點，而來自各方面道德的批評也把他們置於不義的地位。當市民的利益受到威脅時，這些市民就會迅速作出反應〔註9〕。1567 年，常州首先爆發了生員與市民反對當地官府的騷亂〔註10〕，1586 年，霜凍毀掉了江東的果園，

〔註8〕〔明〕丁元薦《西山日記・清議》「顧涇陽先生謁太倉公，公曰：『近有一異事：閣中稱是，外論必以爲非；閣中所非，外論必以爲是。』涇陽先生曰：『某亦有一異事：外論所是，相公必以爲非；外論所非，相公必以爲是。』公不覺大笑。」康熙己巳先醒齋刊本年。

〔註9〕傅衣凌《明代江南市民經濟初探》，第 105、123～125 頁，谷風出版社 1986 年。

〔註10〕傅衣凌《明代江南市民經濟初探》，第 110 頁。

1587 年，暴雨毀掉了成熟待收的莊稼，1588 年，春旱造成了饑荒，1589 年，又發生嚴重的夏旱。在蘇州、嘉興、常州、鎮江、松江等城市中，青年士人帶頭圍攻官府，辱罵當地長官及致仕大臣〔註 11〕。時人驚呼：生員、市民「皆一時蜂起，不約而同，亦人心世道之一變也。」1593 年松江知府李侯，依法懲治了幾家欺壓百姓的大戶，並減輕了工匠的差徭，因而得到中、下層人民的擁護。後朝廷欲將李侯調往別處，松江生員群起反對，並在所屬縣鎮張貼抗議揭帖。結果，朝廷出兵彈壓，才將李侯調走〔註 12〕。而在蘇州，海瑞發動群眾，檢舉告訐，平抑豪門，也從另一個方面無形中培養了江南民眾的道德感和反抗性。或者這並非海瑞的本意，但正如何良俊所說「海剛峰之意無非為民。為民，為朝廷也，然不知天下最易動而難安者，人心也。刁詐之徒，禁之猶恐不及，況導之使然耶？今刁詐得志，人皆效尤，至於亡棄家業，空里巷而出，數百為群，闐門要索，要索不遂，肆行劫奪。」〔註 13〕這種民風的漸變到了明代中葉之後越加明顯，萬曆四十四年（1616 年）三月在松江發生的「民抄董宦事件」就是一個典型的例子。一直以大書畫家、藝術家、博雅之士面目示人的董其昌在這段歷史記錄中徹底轉換了角色，變成一個縱容子弟魚肉鄉里，最終激起民憤的惡霸地主。據記載月初時即有人「飛章投揭」號召大家在十日之內行動起來，打擊鄉宦董其昌一家，標語上說「若再容留，絕非世界，公移一到，眾鼓齊鳴。」〔註 14〕三月十五日，上萬名鄉人圍困了董其昌的家，人群中不但有松江當地的民眾，還有從幾十里甚至上百里外的上海、金山等處趕來的農民，聲勢之浩大可以想見。到了傍晚時分，鄉人開始放火燒宅，大火燒了兩天，數百間華麗的宅子，

〔註 11〕〔日〕森正夫《16～18 世紀的賑災管理與地主佃戶的關係》，第74 頁，《日本學者研究中國史論著選譯》第六卷，中華書局 1993 年。

〔註 12〕傅衣凌《明代江南市民經濟初探》，第 115～116 頁，谷風出版社 1986 年。

〔註 13〕〔明〕何良俊《四友齋叢說》卷十三，第 109 頁，中華書局 1997 年。

〔註 14〕《民抄董宦事實》引自胡士瑩《話本小說概論》，中華書局 1980 年。

亭臺樓閣、朱闌曲檻，以及宅內價值連城的書畫珍品付之一炬。董其昌只能離鄉躲避，在一條木船上落腳安身。至於這件事的是非公理自有評說，但從這次事件裏我們可以看到的是江南地區社會矛盾之尖銳和平民的反抗意識。

從這些明季江南地區發生的騷亂事件中，所反映的不僅是下層社會民眾針對官方的經濟抗爭，更重要地體現出蘇松民風中具有對現行政治秩序的反抗力和破壞力。在社會生活領域中，士人越來越多干預地方政治，甚至談兵論將，表現出對軍事的極大關注。陳子龍的曾祖陳鈇就曾經「以任俠雄里中。好擊劍，數之京師，遍走幽薊，交諸豪傑。」〔註15〕陳子龍也說「蓋古者文武之途出於一故，伊尹周公方叔召虎管仲樂毅之流，莫不入作卿士，出爲元帥，彼皆當世之大聖賢人也。」〔註16〕

從嘉靖開始，文人們就表現出對軍事的極大興趣。唐順之、趙大洲等人都是當代大儒，但都究心軍事，影響很大。到了萬曆時已經蔚然成風，如《萬曆野獲編》說嘉靖年間江浙軍事大員胡宗憲、趙文華幕下徐渭、沈明臣、趙得松、朱察卿都因爲寫得一手好表疏而俱荷異禮，著名的將領戚繼光不僅和汪太涵、王世貞等名士交往，還被稱爲「元敬詞宗先生」。文人和武將密切合作，相互依附，就曾經發生過大批的文人趕往軍營，要求留在帳下效力的事。文人談兵儼然成了江南的傳統。到了明中葉之後，政治動蕩，變亂叢生，其中松江府地處東海之隅，歷史上多水患、倭寇，這使松江士人比之其他地域更多一份社會責任感。嘉靖時，倭寇沿海進犯，松江士人奮起抵抗，陳子龍的曾祖陳鈇就引著家奴和佃戶二百餘人參與其中，給倭寇以相當的打擊。同樣是松江人的徐光啓對兵學也深有研究，他說：「方今時勢，

〔註15〕〔明〕陳子龍《陳忠裕公全集》卷十一《先考繡林府君行迹》，見《陳子龍文集》（上），第 625 頁，華東師範大學出版社 1988 年。

〔註16〕〔明〕陳子龍《安雅堂稿》卷三《兵家言序》，見《陳子龍文集》（下），第 72 頁，華東師範大學出版社 1988 年。

實須眞才，眞才必須實學，一切用世之事，深宜究心，而兵事尤亟，
務須好學深思。」〔註17〕寫了一系列論兵之作《兵機要略》、《火攻要
略》，主張用西洋火炮，選練精兵。神宗皇帝曾有旨說：「徐光啓曉暢
兵事，就著訓練新兵，防禦都城。」〔註18〕作爲他的同鄉和晚輩，陳
子龍對徐光啓注重實學，提倡論兵是非常尊敬的，還通過徐光啓的後
人搜羅徐光啓存世的遺稿以編撰成書。宋徵璧的父親宋懋澄「年十三
而能文章，喜交遊，稍習經生家言，即棄去，顧爲俠，慕戰國烈士之
風，……私習古兵法，散家結客，欲以建不世功。……」〔註19〕宋徵
璧、徐孚遠也都對軍事頗有興趣。崇禎十年，宋徵璧與徐孚遠、周立
勳泛舟虎溪之時，感念時艱，認爲「往古名將，皆於左氏考究原流」，
「左氏爲兵法之祖」。〔註20〕於是，宋徵璧擷取了左氏有關兵事的言
論，編爲《左氏兵法測要》一書，並於卷首附有周禮圖說、列國兵制、
列國戰陣圖說，以期「博以古驗參以今」。陳子龍對其評價極高，認
爲此書是「因舊史，論得失，審形勢，觀世變，以窮兵械之本，乃引
經立政之書。」更強調他普及兵學和振奮人心的作用，「使人讀其書，
雖天下之至懦弱者，莫不欣然思一奮其智。」〔註21〕較之其他地域，
松江士人可以說是有著良好的經世眼光，論兵傳統。

　　陳子龍在任職紹興的時候曾以書生的身份平定許都之亂，從而擢
升爲兵科給事中。鼎革之後，他更加強調爲文要關乎國計民生，「且
君子之學，貴於職時，時之所急，務之恐後，當今所急，不在兵乎？」

〔註17〕〔明〕徐光啓《與胡季仍比部》，見《徐光啓集》卷十，第473頁，
　　　　上海古籍出版社1984年。
〔註18〕〔明〕徐光啓《恭承新命謹陳急切事宜疏》，見《徐光啓集》卷三，
　　　　第89頁，上海古籍出版社1984年。
〔註19〕〔明〕陳子龍《宋幼清墓誌銘》見宋懋澄《九籥集》，續修四庫全書
　　　　1374冊，上海古籍出版社2003年。
〔註20〕〔明〕陳子龍《安雅堂稿》卷三《左氏兵法測要序》，見《陳子龍文
　　　　集》（下），第61頁，華東師範大學出版社1988年。
〔註21〕〔明〕陳子龍《安雅堂稿》卷三《左氏兵法測要序》，見《陳子龍文
　　　　集》（下），第61頁。

〔註22〕在南明一朝，他寫過大量關於軍事的策論，並有專論軍事的《陳臥子兵垣奏議》傳世。

正因為有文人談兵從軍的傳統，在明代鼎革之後，江南也是發動起義最多的，反抗最為激烈的地區。清軍輕而易舉地就進了北京，但在江南卻花了十倍的功夫，不要說「揚州十日」、「嘉定三屠」，就即便是一個小小的土鎮，也會遭遇到異常激烈的抵抗。這些發動抵抗的群體中，陳子龍、夏允彝、侯岐曾，大多數都是文人。這時的江南，再也不是我們印象中詩性的柔美，而是充滿了劍氣的蕭颯；再看不到小橋流水，樓頭紅袖，而是金剛怒目式的壯懷激蕩；再聽不到絲竹擾耳，軟語溫情，而是《桃花扇》中張瑤星的那一句當頭棒喝：「國在哪裏，家在哪裏，君在哪裏，義在哪裏，偏是這點花月情根，割他不斷麼？！」〔註23〕想來怎不叫人為晚明一代的江南士子們熱血沸騰！

二、廟堂與山林

明代是科舉制度發展的高峰，八股文選士即從明代開始。士人要想進入權力中樞就必然要經過科舉，明代也就成了最重科名的社會。科舉制度的高度發展帶來八股制藝的盛行不衰，江南地區則當仁不讓地成為八股文的操選之地，一時名動天下的復社即是以操縱八股選文，進而操縱科舉選士而聲名鵲起。而以教育事業發達著稱的松江，早在宋代科名已盛，入明則「科詔始下，人材已彬彬，百餘年來文物衣冠，蔚為東南之望」〔註24〕，經科舉應試進入仕途的人數最多。葉盛在《水東日記》中記載：「禮部會試，三甲之魁與高等，多出蘇、松、應天……正統辛酉（正統六年，1441 年）京闈，鄉士百人，松

〔註22〕〔明〕陳子龍《安雅堂稿》卷三《兵家言序》，見《陳子龍文集》（下），第 74 頁。

〔註23〕《桃花扇》第四十齣《入道》《中國四大名劇》第 544 頁，中州古籍出版社 1994 年。

〔註24〕〔明〕方岳貢、陳繼儒《松江府志》卷七，上海圖書館藏歷代方志集成。

舉十五人，五經魁占三人。」〔註25〕在科舉考試的指揮棒下，以研究八股考科舉爲目的所成立的文社遍地開花。從萬曆末年的拂水山房社，到南社，應社，再由十六個文社聯合組成了復社，陳子龍參與主持倡立的雲間幾社就是這十六個文社中最重要的一個，幾社又分化出了求社、景風社等等；參加這些文社的士子們又以當地家學淵源的高門世族子弟爲多，比如說華亭的徐階家族，奉賢縣肖塘鎮宋氏望族，奉賢灣周里周茂源家族，南匯縣邑城李伯王家族，華亭陳子龍家族和婁縣夏允彝家族。據吳仁安考證，其他有名的望族還有很多，如朱積出自華亭縣辛莊里朱王宣家族，唐昌世、唐允諧出自華亭北門外唐文獻家族，嘉定侯氏家族侯峒曾、侯岷曾、侯岐曾三兄弟等等〔註26〕。這些名門望族，大多爲詩書禮儀之家，家學淵源深遠綿長。由於經濟發達、文化氛圍濃厚、郡中人才濟濟等原因，促成了松江地區名門望族的興盛，他們希望通過科舉，通過做官，來進一步延續並發展家族的興旺，於是這些名門望族的年輕儁才參加到文社中來，在這裏切磋文章，抒發抱負，充滿了建功立業的夢想。他們中的佼佼者，通過科舉考試走向朝堂，成爲晚明政治活動的風雲人物。

　　但在另一方面，隨著明朝中後期資本主義萌芽的發展，江南五府蘇、松、杭、嘉、湖等地，商品貨幣經濟的繁榮，市民階層勃興起來，傳統的仕途經濟思想也受到了很大的衝擊。有一些文人越來越重視對於自我生命的體認，對個性的崇尚。原有的讀書做官，奔波勞碌的生命模式已經不能滿足他們了，他們開始要求擺脫傳統、追求個性解放。在松江，當追求科舉功名成爲一種風氣的同時，對自由閒適生活的嚮往和享受也漸漸成爲了時尚。這些人都受過良好的教育，有著高雅的趣味，但都有意遠離廟堂，隱居山林，或杜門著作，或杖履湖山，過著「百千秋鳶飛魚躍」的自由生活，這就是

〔註25〕〔明〕葉盛《水東日記》卷八，第93頁，中華書局1980年。
〔註26〕吳仁安《明清時期上海地區的著姓望族》，上海人民出版社 1997年。

以陳繼儒為代表的山人。

陳繼儒，字仲醇，號眉公，松江府華亭人。生於明嘉靖三十七年（1558），卒於明崇禎十二年（1639），先後歷嘉靖、隆慶、萬曆、泰昌、天啓、崇禎六朝，處於明代中晚之間。據明史記載，陳繼儒少為高才生，與同里董其昌齊名。受到徐階、王世貞、王錫爵器重。然兩赴鄉試，不中。年甫二十九歲即焚儒衣冠以隱。築室東佘山，杜門著述。其名頭之大，可說是傾動全國。「守令之臧否由夫片言，詩文之佳惡冀其一顧，市骨董者如赴畢良史権場，品書畫者必求張懷估價，肘有兔園之冊，門闌鷺羽之車，……吳綾越布皆被其名，竈妾餅師爭呼其字」〔註27〕「遠而夷酋土司，咸丐其詞章，近而酒樓茶館，悉懸其畫像……直指使者行部，薦舉無虛牘，天子亦聞其名，屢奉詔徵用。」〔註28〕前後論薦者不下十餘人，而陳繼儒堅臥不起，八十二歲以布衣終。

陳繼儒詩、詞、文、小品、書法、繪畫等等無一不通，除了《陳眉公全集》六十卷、《眉公雜著》四十八卷外，還有《寶顏堂秘笈》、《古論大觀》、《古文品外錄》、《秦漢文膾》、《古逸民傳》等著作留存，可說是個名副其實的雜家。趙尊嶽在《明詞彙刊》裏評價他說「詩詞要亦恬淡自成簡趣，工拙非由計也。」「恬淡」「簡趣」兩個詞，可以說是所有山人們的風神所在。他們有著高雅的審美品味，丈夫胸襟當貯巍巍五嶽、濤濤黃河，不可刻意地壘山造水，因為小家子氣。佳境並不在宏大細小，而在品格清新，不趨流俗；生活的質量不在柴米油鹽或錦衣玉食，而在散淡空明的心態，典雅恬靜的細節。

「婉孌北山松樹下，石根結固嚴阿，巧藏精舍恰無多，尚餘簷隙地，種竹與栽梧。高臥不須愁客至，客來野筍山蔬，一瓢濁酒盡

〔註27〕〔清〕朱彝尊《明詩綜》卷七一，第 470 頁，臺北世界書局 1989年。

〔註28〕〔清〕錢謙益《列朝詩集小傳》丁集下「陳徵士繼儒」條，第 637頁，上海古籍出版社 1983 年。

能沾，倦時呼鶴舞，醉後倩僧扶。」〔註29〕

　　詞的上片是眉公對於生活品位的追求；下片則是對於自由心態的嚮往，「白雲僧不掃，青草自家鋤。」（《臨江仙》）；「茅屋聽夜雨，對弈有僧雛」（《臨江仙》）；「松花飯熟，日三竿，貪些清福。」（《風中柳‧茗幃庵作》）閒適也好，自足也好，慵懶也好，都是人內在精神與天然本性的自由回歸。因此他厭棄城郭的喧囂，主動放棄權力的紛擾，摒絕奢華的享受，流連於山居的寧靜。

　　「背山臨水，門在松陰裏，草屋數間而已。土泥牆，窗糊紙，方床曲几，四面攤書處，若問主人誰，姓灌園著陳仲子。不衫不履短髮垂雙耳，鄰叟汝來爾汝，九寸鱸，一尺鯉，菱香酒美，醉到芙蓉底，旁有兒童大笑，喚先生，看月起。」〔註30〕

　　有飄雲浮空，朗月清照，參松可倚，好花可賞，又有清客聚談，品茶論畫，琴音泠泠，笛聲悠揚。在山人那裏，生活已經完全地藝術化了。在陳繼儒的前朝後代，多少隱逸之士魚與熊掌不可兼得，而晚明江南的山人們卻得天獨厚地營造了愜意的隱居之處，又真正做到樂山樂水而悟道怡情養性。

　　對於晚明山人的評價有很多種，比如說他們妝點山林搭架子之類，是明哲保身也好，是故作姿態也罷，但不論如何他們確實選擇了山林。雖然同是士人，同在雲間，但他們所追求的卻是完全不同的生活與價值。

三、任俠與尚情

　　豪俠，倡妓，文人，這個彷彿唐人小說裏出現的組合在晚明的江南找到了現實的土壤，所不同的是，這裏的豪俠、倡妓、文人並不是三個人，而往往是兩個人，甚至一個人。歷史上因為戰亂而南遷的豪

〔註29〕〔明〕陳繼儒《臨江仙‧讀書臺》，文中所引陳繼儒詞俱出自趙尊嶽
　　　　《明詞彙刊》（上），上海古籍出版社1992年。
〔註30〕〔明〕陳繼儒《霜天曉角‧山中次玄宰先生韻》

門士族們流落到了江南，在某種意義上來說，他們正是後來江南士文化的主體。這些人或者為躲避政治傾軋的殺戮之禍，或者因為生活的富足而帶來的安逸懶散，厭倦政治、縱情山水、消遣詩文。加上遠離北方的倫理化的政治文化中心，他所受到的限制相對少，所以江南的民間風俗偏於輕狂。另一方面，科舉制度的發展在明代已經達到頂點，文化發達的江南地區更是以中科舉入仕途為個人才能和家族榮譽的唯一要求，於是，大量的文人全部聚集在讀書應試的獨木橋上了。而明代的科舉實行地區名額限制，有一些人順利中第，而總有更多的人被擠在一邊，他們或是憤懣，不甘，或是看開，看破，或是寄情於山水，或是流連於青樓，士人文化中的性情、率真、狷介、放浪的個性構成了江南文化的另一個重要組成部分。

《杜十娘怒沉百寶箱》是耳熟能詳的明代小說，這篇小說的藍本是明代的傳奇《負情儂傳》，其作者正是上文說過的雲間才子宋懋澄。宋懋澄「自束髮做客，往來燕、齊幾二十年，其於人情物態，實當之，歷歷皆以為真，而得失若驚；久之，心稍不動，視境之往來，如影過清池，了無有礙，……思從前皆成往事，不待秉燭而蝴蝶已栩栩目前。」（《偏憐客序》）空有一腔才氣，卻無所作為。他曾寫了一本《九籥集》，寫成之後送給好友譚元春，譚元春讀過《九籥集》之後寫了一首詩：「俞君示我九籥集，恍從地底見巒嶽。江南骨體傷秀媚，此君出語何淵博。書等於身文充屋，把君半帙見君腹。寥寥晨星不見人，相與撐支若一木。曉見山雲暮已掃，回首螢光即腐草。感慨萬事不肯言，向我但言官妓好。此身只在南都裏，出門相見動十里。何況扁舟歸去來，漠漠新秋點江水。」他怎麼樣誇獎宋懋澄的詩文還在其次，最有意思的是「感慨萬事不肯言，向我但言官妓好。」這裏所說的官妓指的應該正是杜十娘。「噫！若女郎，亦何愧子政所稱烈女哉！」〔註31〕杜十娘是那麼真誠熱烈地追求愛

〔註31〕〔明〕宋懋澄《九籥集》卷五《負情儂傳》，續修四庫全書編委會，續修四庫全書 1374 冊，上海古籍出版社 2003 年。

情，卻被金錢所出賣了，宋懋澄是那麼真誠熱烈地投奔明主，卻被時代所拋棄了。在「感慨萬事」之後，文人所能尋到的唯一的安慰就是那些同樣被命運所拋棄的教坊女子們。

在草長鶯飛的江南，在雋才雲集的雲間，在充滿了時代危機和生命不安的晚明，文人和妓女的親密關係一度高揚到頂點。凡是有些才情的文人們，我們總能從他身旁找到一位紅顏知己，而那些命運坎坷的倡妓們，也自然地選擇了文人寄託自己浪漫的青春與夢想。不論是文人還是妓女，都表現出前所未有的勇氣，為情而生，為情而死。陳繼儒就詳細地記錄過一個為情而死的雲間才子——范牧之，他和閶門歌妓杜生一見定情，歷經波折最終結為夫婦，而又三月而亡，杜生為之殉情〔註32〕。另一個死於青樓的人則是陳子龍的好友周勒卣，按《竹坨詩話》「歲己卯，勒卣就試金陵，質素清羸，寓伎館。伎聞貢院檛鼓，促之起，勒卣尚堅臥也。未幾，遂客死。」這又是一個不拘狂放的才子，難怪陳子龍說他「數子皆狂簡，如君埋照多。放言天地外，痛飲歲時過」。〔註33〕還有冒闢疆寫《影梅庵憶語》悼董小宛，李香君血濺《桃花扇》以報侯方域，孫克咸偕葛嫩同死而大笑，而陳子龍自己也不能免俗，他和柳如是的那段情緣雖以分手終了卻同樣令人動容。

幅中道服自權奇，兄弟相呼竟不疑，莫恨女兒太唐突，薊門朝士幾鬚眉。〔註34〕晚明江南文人和妓女的關係大大有別於歷史上文人狎妓的風雅傳統，在江南充滿浪漫的山山水水中，在文人追求自然性生存的價值指導下，在晚明國運衰敗，江河日下的時代背景裏，文人們內心責任感的高漲與行動力的匱乏成為一對無法排解的矛盾，生存意

〔註32〕〔明〕陳繼儒《白石樵真稿》卷九《范牧之外傳》明崇禎刻本，《四庫禁燬書叢刊》66 冊。

〔註33〕〔明〕陳子龍《哭周勒卣》，見《陳子龍詩集》卷 12，第 374 頁，華東師範大學出版社 1988 年。

〔註34〕王國維《題如是〈湖上草〉》之三，陳永正編《王國維詩詞全編校注》，中山大學出版社 2000 年。

義在此時凸現爲不斷放大的焦慮和痛苦，能夠寄託和開解的只有那些美好的青樓女子們，那些在娟秀的容貌和溫婉的嗓音下所掩藏著的不讓鬚眉，充滿俠氣的靈魂。

《老子》說過「天下莫柔弱於水，而攻堅強者莫之能先，以其無以易之也。」江南也是一樣，不只有淡香的茶，也有濃烈的酒，這才更加眞實而完整。相比於我們印象中所固有的「纖弱、細膩、委婉、陰柔」的江南文化，晚明的雲間文化表現出剛柔並濟，多元共存的文化性態。既有詩人柔美的浪漫，又有志士戰鬥的鋒芒；既有暮春三月江南草長那樣的感性優美的文化傳統，也有考據學樸學那樣理性主義的傳統；既有個人的隱逸追求，也有儒者經世的胸懷。這一時期的文人士風也自然變得豐富而新鮮了，一大批或以文顯，或以識見，或以才學行世，或以氣節傲人的風流人物就在這裏被造就出來，陳子龍就是其中光彩奪目的一個。

第二節　家世與陳子龍早期人格塑造

明代是中國封建制度發展的鼎盛期，從立國初始所建立的一整套官僚機制、選才制度，無不體現了封建皇權的最高利益。客觀地說，在明代中葉之前的那段時間，是中國封建王朝中難得的承平時期，士人耽於逸樂，經濟發展迅速，也正是在這長達半個世紀的承平之治中，封建制度本身所無法克服的種種弊端也在悄然滋長著，蟄伏在形勢一片大好的表面之下，像水一樣，靜靜地滲透到明王朝的肌體之中。黃仁宇從萬曆十五年便看到了明朝經濟的衰敗，以及必然由此而起的種種政治危機，但危機的眞實顯現則是在萬曆三十年後，隨著建州女眞部落的強盛而日益暴露出來。明王朝開始進入他的暮年，而生逢暮年的讀書人，他們的命運，則無可避免地也沾染上末世的昏黃，表現得無奈，卻也精彩。

陳子龍於萬曆三十六年戊申六月初一，出生於松江府。據說將產

之夕，他的母親做了一個夢，夢到一個很像龍的東西落在房間的牆壁上，「蜿蜒有光」，所以，父親陳所聞就把陳子龍最初的名字「介」，改爲「子龍」了〔註35〕。據陳子龍的自編年譜說，他的祖上是河南人，宋代的時候曾是康王的入幕之賓，後來，跟隨康王南渡，這才落戶到了松江府華亭縣。陳子龍所出生的莘村在華亭縣的東北邊，臨近青浦縣，所以，陳子龍和他的父親陳所聞都曾以青浦的學籍參加過科舉考試，因此也有人說他們是青浦人。但不管是青浦還是華亭，不管是明代還是現在，都包括在松江的地域範圍之內，這個地區從西晉開始便有著「雲間」的古稱，因此也說他是雲間人。

明代的雲間經濟發達，人文淵博，特別居住著很多著姓望族。據明末清初上海人葉夢珠《閱世編》卷五《門祚》記載，當時松江府的名門望族達六七十家之多，其中有世代官宦，也有文化世族，有經商行醫的，也有務農耕讀的，陳子龍的家庭正屬於後者。

陳子龍的年譜中說其祖上自從進入華亭居住後「世以農儒起家，至高祖諱綬，尤稱素封。」〔註36〕農者務實，儒家尚義。陳子龍的高祖陳綬，就是一位典型的務實尚義之士，「長厚輕財」「性甚醇厚」。荒年的時候他曾貸米千石給四近的鄰里，不但不計利息，而且還自備杵臼，把米去殼，爲的是防止「儉歲腸胃多槁，粗礪易病。」並且在去世前「悉焚貸券，凡數千金。」很受鄰里的尊重，「里中號爲大人。」〔註37〕雖只是一介平民，卻很有憂世愛民，扶貧濟困之心，陳子龍在任職紹興之時，天災連連，饑荒不斷，也是爲了安撫饑民，開糧賑災，確有先祖之遺風。

陳子龍的曾祖陳鉞，「以任俠雄里中。好擊劍，數之京師，遍

〔註35〕〔明〕陳子龍《陳子龍年譜》卷上「萬曆三十六年戊申」條，《陳子龍詩集》附錄二，第628頁，上海古籍出版社1983年。

〔註36〕〔明〕陳子龍《陳子龍年譜》卷上「萬曆三十六年戊申」條，《陳子龍詩集》附錄二，第628頁，上海古籍出版社1983年。

〔註37〕〔明〕陳子龍《先考繡林府君行述》，《陳忠裕公全集》卷十一，見《陳子龍文集》(上)，第625頁，華東師範大學出版社1988年。

走幽薊，交諸豪傑。」據說當時「島寇入犯」，陳鉞自發組織了「傭
奴二百人擊之，頗有擒獲。」「備兵使者任環欲官之，辭不受，獻
其良馬而去。曰，以報知己也。」〔註38〕重義守禮，俠肝義膽，不
僅有識而且有才，或許在陳鉞的時代，他所能揮灑的舞臺並不大，
而到了明末，這種任俠慷慨的義士之風在陳子龍的身上體現得更為
顯著。

　　到了陳子龍的祖父陳善謨的時候，家道已經開始衰落，但是善
謨仍然「慷慨急人」，「治家而好行其德。」特別值得注意的是他「折
節為儒行。」為了給陳子龍的父親陳所聞延名師結良友，他特地居
家搬遷入城，「郡中前輩與諸公為友者暇日過從，先王父必投轄留
之。」家境雖然不好，但「家大母不惜簪環」也要為陳所聞廣其所
交，「故府君總角而所交多長者。」可見他們非常重視對孩子的教育，
而教育的內容，則以儒家的仁義節禮為主。他們對陳所聞是這樣，
對陳子龍自然也是如此。不僅是祖父母，陳子龍的母親韓宜人雖然
很早就去世了，但對年幼的陳子龍也是「自提抱中，即諄諄訓以忠
孝大義。」〔註39〕陳子龍就是在這樣一個充滿濃厚儒學氣息的家庭
裏逐漸成長起來，他的價值觀、道德觀也在「忠孝大義」的薰染下
慢慢養成。

　　陳子龍五歲的時候，母親韓宜人因暴病去世，故而幼年陳子龍
的衣食起居都由祖母高安人照料，名雖為祖孫，情實逾母子。如陳
子龍所說：「顧復過於所生，皆太安人之德也。」陳子龍是一個不折
不扣的孝子，對於祖母的愛，可是說是他一生中最為深刻的感情。
南明淪喪之後，他輾轉逃亡，所擔憂牽掛的主要是他的祖母，在給
亡友夏允彝的信中他說：「子少失怙恃，育於大母，報劉之志，已非
一日，奉詔歸養，計終親年。嬰難以來，驚悸憂虞，老病侵奪，日

〔註38〕〔清〕郭廷弼《松江府志》卷四十二，第 47b 頁，上海圖書館藏歷
　　　　代方志集成。
〔註39〕〔明〕陳子龍《陳子龍年譜》卷上「萬曆四十年壬子」條，《陳子龍
　　　　詩集》附錄二，第 629 頁，上海古籍出版社 19831 年。

以益甚，欲扶攜遠遁，崎嶇山海之間，勢不能也，絕裾而行乎，孑然靡依，自非豺狼，其能忍之？老親以八十之年，流離野死，忠孝大節兩置塗地。僕真非人哉。」〔註40〕這也是他沒有速死的最為主要的原因。他的好友李雯也是這樣一個大孝子，他的父親李逢甲的一生積極入世，官至工部主事，為了博得崇禎皇帝的歡心，曾上書彈劾兵部尚書梁廷棟以及他的座師輔臣韓曠，同鄉成基命，工科右給事中顏繼祖等等，可惜他的這番苦心並沒有得到思宗的賞識，反而被梁廷棟「以危法中逢甲，論戍潴浦。」直到崇禎十六年才回到朝中。在李自成的農民軍攻破北京之後，「被執不屈，身受五毒，自經死。」李雯是一個孝子，聽到父親死難的消息，「絮血行乞朝夕哭不絕聲，氣息奄然，守父棺不他徙。」清兵進入京師之後，內院諸大臣憐雯孝且奇其才，「薦授宏文院撰文中書舍人」，據說李雯當時處境非常可憐，父親的冤仇還沒有報，自己卻幾乎到了要餓死的地步，在這樣的形勢之下，他接受了清朝的幫助，投誠了清朝，為此他的內心始終受到道義的譴責。而在李雯出仕清廷之後，陳子龍對他還能報以同情的善意，實在是因為二人孝心如一，才能夠相互理解。

如果說祖母給予陳子龍的主要是親情上的依賴的話，那麼陳所聞對於陳子龍的意義則大大超越了父親，而是他的朋友、導師和偶像。

「陳所聞，字無聲，少有名諸生間，萬曆乙卯鄉薦，己未成進士，聲籍甚。韓蒲州相國採人望，欲選之史館，而房師楚吳黃門，方為時要人授公旨。所聞曰：『此競地也。』竟假歸，不就試，時論高之。」〔註41〕父親對陳子龍的影響首先是在為人品格和政治傾向上。

據陳子龍《先考繡林府君行迹》回憶，陳所聞「性剛正不阿，雖

〔註40〕〔明〕陳子龍《報夏考功書》，《陳忠裕公全集》卷九，見《陳子龍文集》（上），第477頁，華東師範大學出版社1988年。

〔註41〕〔明〕方岳貢，陳繼儒《松江府志・陳所聞傳》卷四十，第1061頁。

沉默寡言，見不善事則義形於色，儕輩皆嚴事之。」在任職刑部的時候，曾上書《陳獄弊十二條》以揭露這些請託舞弊之舉，因此爲上司所不喜，在刑部僅僅供職二十七天，便調任工部，督管定陵、慶陵的工事。當時的皇陵工事大概都是由官宦總管，這些宦官便借機斂財，虛報人工材料，「所乾沒財以數百萬計，他郎稱督者，無不染指。」陳所聞在工部的任職期間充分表現出他的才能，「計悉錙銖，凡木石細務，莫不躬視，一無所私。」其耿介正直令「中貴切齒恨。」

陳所聞的政治立場無疑是反閹黨的，他不僅和東林黨人文震孟、姚希孟等人是好友，而且還曾經切身參加到揭發閹黨的運動中來。在任職工部侍郎的時候，他和萬燝是好朋友，後來，萬燝因爲揭發閹黨的不法罪行而被閹黨杖殺，當時陳所聞正在松江老家守志，他聽到萬燝被害的消息後，痛哭流涕，並且說：「萬君當不獨死。」〔註42〕表達了自己和好友一致的政治立場。

萬曆四十六年，努爾哈赤發七大恨，進攻明邊，萬曆皇帝在四十六年夏閏月，起楊鎬經略遼東，結果在薩爾滸遭到慘敗。明朝「文武將吏前後死者 310 餘人，喪軍士 48500 餘人，亡失馬駝甲仗無算。」這是明朝對清軍第一次大規模的抵抗戰爭，也正是由於這次失敗，明清攻守異位，明朝再無能力主動出擊，而只能處於被動抵抗的境地。這一年，陳子龍剛滿十歲。陳子龍曾爲這次的失敗做過一首詩《薤露學魏武體感時》：「嘉平以累葉，君子無雄圖。視肉而安寢，忽忽榮其軀。不學竟無術，何以濟馳驅？」一方面表達了他對於這些貪圖逸樂，不學無術的武臣們的極大憤慨，另一方面也表現了對於國事的反思和擔憂：「因緣生事變，紛然付割屠。豈雲漢網密？快人良所無。徘徊西市間，聞有悲秋茶。」〔註43〕

別的十歲孩子，還處在無憂無慮，玩耍自由的童年，而陳子龍卻

〔註42〕〔明〕陳子龍《陳子龍年譜》卷上「天啓五年乙丑」條，見《陳子龍詩集》附錄二，第 636 頁，上海古籍出版社 1983 年。

〔註43〕〔明〕陳子龍《陳子龍詩集》卷二，第 54 頁。

已經開始爲國事憂心，「竊聞諸長老言，輒爲流涕扼腕。」這不能不說是陳所聞的潛移默化之功。陳所聞「生平寡言笑，甚莊」，但對陳子龍卻非常慈愛，每到夜分，就讓陳子龍坐於膝上，「與言古者忠義孝節諸事。」在東林黨人和閹黨進行鬥爭之時，楊漣左光斗等東林義士爲閹黨作書，陳所聞不但自己爲之「扼腕歎息。」而且還爲十八歲的陳子龍「剖別邪正甚悉。」〔註44〕著意培養兒子分別善惡，明辨是非的能力。

　　正是在父親有意的培養和無意的影響之下，陳子龍也成長爲一個勇於任事，耿直不屈的青年。如他自己所說「僕年少氣盛，血肉憤躁，語言輕脫，負正平誕傲之資而兼嵇生好盡之累，每爲流俗所疾。」〔註45〕隨著年齡的增長，思想可以日漸成熟，行事也會越來越沈穩。氣盛的少年終會成長爲老成之士，但是，不畏強權的性格卻是永遠不會改變，反而會愈加頑強。鼎革之後，臥子曾應召出仕南明，就「募練水師」「中興大本」「治兵足餉」「薦舉人才」「整飭京營」等各個方面上書弘光帝，分析局勢，以圖自強，可惜弘光朝廷裏傾軋不斷，朝政爲馬士英、阮大鋮所把持，正人受到排擠，「木瓜盈路，小人成群。」陳子龍在朝五十日，奏章凡三十餘上，「多觸時之言，時人見嫉如仇」，爲「群小側目」〔註46〕。後來，南明傾覆，陳子龍因爲參加吳勝兆的起義，事泄被逮，投水殉國，算是爲他忠孝節義的一生畫上了一個最完滿的句號，陳所聞若地下有知，也足以告慰了。

　　父親對陳子龍另一個重要的影響則是在文學思想上和詩文創作上。

〔註44〕〔明〕陳子龍《陳子龍年譜》卷上「天啓四年甲子」條，見《陳子龍詩集》附錄二，第635頁。

〔註45〕〔明〕陳子龍《報夏考功書》，《陳忠裕公全集》卷九，見《陳子龍文集》上冊，第477頁。

〔註46〕〔明〕陳子龍《陳子龍年譜》卷上「崇禎十七年甲申」條，見《陳子龍詩集》附錄二，第701頁。

　　明朝實行八股取士，八股在當時也叫做「時文」、「制藝」，讀書人只有通過八股考試才能獲得進入仕途的機會，這也是當時的讀書人畢生所追求的目標。陳所聞在萬曆四十七年己未中了進士，也是從這時開始，陳子龍的家庭由一個農耕的素封之家轉變爲仕宦之家。作爲父親的陳所聞，自然也希望自己的兒子能夠進入仕途，爲國效命。因此，他非常重視對陳子龍的文學培養。從萬曆四十一年的春天，陳子龍即開始啓蒙，「師沈先生，經傳俱上口。」四十三年，「師張先生，始學爲對偶。」四十四年「師李先生。……治毛氏詩。」四十六年「師何先生，……初見舉子業。」〔註47〕就在這一年，陳子龍偷偷寫了兩篇文章《伯夷叔齊餓於首陽山之下》及《堯以天下與舜》，因爲不是老師所教授的，所以何先生並不喜歡，而陳所聞卻「甚喜之。」父親隱約感覺到了兒子在文學方面的天分，便開始著意培養陳子龍在這方面的興趣。與「性方整，寡言笑」的何先生不同，陳所聞「抱則引予稱述古今賢豪將相，以至游俠奇怪之事，並教以春秋三傳，莊、列、管、韓、戰國短長之書，意氣差廣矣。」〔註48〕陳所聞的文學興趣對陳子龍的影響是巨大的，陳子龍說自己「幼年不好章句之學，……意志流逸，多妄言，好稗官鄙野之書。」〔註49〕這無疑是受了父親的薰染。

　　陳所聞的文章「奇峭奧衍，戛戛乎求異於時」〔註50〕，最大的特點是模擬昭明文選。據陳子龍說，「府君十餘歲即好讀古文辭，尤嗜者爲左氏司馬氏及梁昭明文選，默識不遺一字。」在對陳子龍的培養中，他也毫不隱諱自己對古文辭的喜愛。陳子龍年幼失母，「府君

〔註47〕〔明〕陳子龍《陳子龍年譜》卷上，《陳子龍詩集》附錄二，第629、630頁。

〔註48〕〔明〕陳子龍《陳子龍年譜》卷上「萬曆四十六年戊午」條，第630頁。

〔註49〕〔明〕陳子龍《陳子龍年譜》卷上「萬曆四十八年庚申」條，第632頁。

〔註50〕〔明〕陳子龍《先考繡林府君行述》，《陳忠裕公全集》卷十一，見《陳子龍文集》上冊，第625頁。

即報膝置或月夜坐几上，稍長教以讀古文詞，所爲文有一語合者必加褒勵。」在學習舉子之業外，「益礪以古學」，並且爲陳子龍請來王元圓先生擔任老師。明人姚弘緒在《松風餘韻》中記載道：「王元圓，字默公，華亭人。陳黃門幼從受經，共相倡和。其詩頓壯渾直，務去纖渺……」「才學爲松人所稱。」雖然不是幾社的成員，但「古文辭居然作者，仿昭明文選體……」〔註51〕幫助幾社的士子彙刻《壬申文選》，「海內爭傳，古學復興矣。」王元圓是陳所聞的好朋友，曾經和陳所聞等人一起參加過小曇花社，他們的文學觀點也基本一致，都喜愛《昭明文選》，傾向於復古，陳子龍後來之所以能夠成爲復古運動的代表人物，和父親、老師的審美趣味息息相關。艾南英後來指責陳子龍對《昭明文選》「斤斤師法之」〔註52〕也就不足爲怪了。

對於陳子龍的文學之路，陳所聞始終給予巨大的支持，即便是在他任職工部不能親自督導陳子龍的學業的時候，也常常給陳子龍寫信，並且「每有都下信，予輒上所爲文於邸中，先君手爲評駁以歸。擇其善者以示所親或同舍郎。是時，頗籍籍，以先君爲有子矣。」〔註53〕人都說孩子是父母生命的延續，陳所聞無疑在陳子龍的身上看到了自己的抱負和理想。天啓元年，因爲陳善謨辭世，陳所聞回到了松江，並因爲哀毀過甚而病倒，陳子龍侍奉左右，「暇輒爲文，先君時時擊節，曰：『兒爲我七發也。』」仍然沒有忘記督促和指導陳子龍的學業。在父親的督導下，陳子龍的詩賦日進，「舉子業亦稍稍佈人間矣。」天啓六年，陳子龍結交了夏允彝、周立勳、彭賓等同樣鍾意於學的朋友，逐漸建立起自己的文學圈子，特別是夏允彝，他比陳子龍大 12 歲，早在萬曆四十六年就中了舉人，他和臥子相交二十年，「誼兼師友」，可以說是陳子龍最好的朋友之一。他對於年

〔註51〕〔明〕杜登春《社事始末》清道光十三年世楷堂刻本光緒二年印本。
〔註52〕〔明〕艾南英《答陳人中論文書》，《重刻天傭子集》卷五。
〔註53〕〔明〕陳子龍《陳子龍年譜》卷上「天啓元年辛酉」條，《陳子龍詩集》附錄二，第 632 頁，上海古籍出版社 1983 年。

輕的陳子龍，特別是他「瑋麗橫決」的文章，賞譽備至，讓陳所聞感到深深的賞慰。就在這一年，十八歲的陳子龍以異等的成績通過縣試、府試，補博士弟子，「名益顯」，可也就是在這一年，陳所聞辭世，年僅四十歲。在陳所聞臨終的時候，他希望兒子能做一個「善士」，並且諄諄囑託他要奉養祖母。他的話牢牢地記在陳子龍的心裏，在他生命的最後一段時間裏，面對清軍的蹂躪踐踏，面對故友的捨生取義，他始終隱忍不發，奉養著八十高齡的祖母，輾轉流離，直到祖母去世，他終於以死殉國。陳子龍正是按照父親的遺願去做的，一個憂國憂民的志士，一個孝順恭敬的孫子，更是一個文名千古的才子。

　　家庭是孩子成長的起點，父母是孩子的第一任老師，從陳子龍的身上，我們可以清晰的看到父親陳所聞的影子，不論是性格上的愛憎分明，慷慨不屈，還是文學上的橫決恣肆，格調高華，都如出一轍；而陳子龍性格中的任俠好義，也不難在家族的歷史中尋到承襲的痕迹。青年時期所養成的價值觀和人生觀，將始終伴隨著他，在他的一生中每一個抉擇的時刻，顯示出力量來。

第二章　晚明社會思潮與陳子龍的社團活動

第一節　東林清議與實學

> 風聲、雨聲、讀書聲，聲聲入耳
> 家事、國事、天下事，事事關心

這是明代東林黨首領顧憲成撰寫的一副對聯，就鐫刻在無錫東林書院的大門口。上聯說的是治學，下聯說的治國，珠聯璧合地指明了東林學派（黨）政治文學的雙重身份。這種雙重身份，也是那個時代的知識分子，包括陳子龍在內的有志士人的共同特點。

明代的政治從萬曆年間就已經開始敗亡了。在頭十年張居正任首輔的時候，雖然好權弄勢，視內閣爲無物，又因爲奪情起復的事件引起了上至官員，下至平民的普遍非議，以至於屢施廷杖，爲士林所詬罵不止，但從政治上說，國家機器的運作還算平穩，特別是經濟上實行了一條鞭法，極大地鼓勵了人民發展農業的積極性，整個社會呈現出了從沒有過的昇平氣象。這一表面的安定景象在張居正死後也維持了一段時間。萬曆皇帝在眞正掌握了權柄之後，也曾經試圖表現出作一個明君的願望和努力。然而可惜的是，他的努力很快就爲懈怠與厭

煩所代替。從萬曆十五年之後，在治平之世的氣象中已經開始出現潛伏的危機了：黨爭愈演愈烈。在張居正掌握權柄的時代，除了廷杖的士人以外，從內閣到六部，官員們都唯唯諾諾，馴順的外表下所壓抑的報復心在張居正死後急劇地膨脹起來，一隻強有力的手消失了，誰來代替成爲張居正之後每一屆首輔所面臨的問題。無論是過於老成的徐階，庸庸碌碌的王錫爵，還是姦佞的沈一貫，誰也沒有張居正掌控一切的鐵腕，或者說沒有他足以擺平八方的能力。當首輔、內閣、皇帝，這方方面面的力量再次碰撞到一起的時候，除了互相的欺瞞與傾軋之外，別無出路。

萬曆二十二年（1594），圍繞著立太子的問題，皇帝和大臣之間產生了第一次激烈的衝突。皇長子常洛，是恭妃王氏所生，而王氏在被立爲恭妃之前，只不過是慈寧宮地位卑下的宮女，她曾被神宗臨幸的這件事情甚至都沒有在皇帝的日常起居里備案，直到她懷孕之後，才通過太后做主立爲恭妃。生母的地位卑下且不得寵，使得常洛，這個名義上的皇長子，實際上並未眞正享受過皇長子的尊貴待遇，更遑論立爲太子。神宗想立受寵的鄭貴妃的兒子常詢爲太子，這也就是後來的福王，在明朝滅亡之後，南明的弘光皇帝正是福王的兒子。可是，多數大臣根據祖制慣例，認爲應該立皇長子常洛爲太子，故而朝廷出現「國本」之爭。當時任職吏部文選司郎中的顧憲成力爭「無嫡立長」，觸犯了神宗，並因此被削去了職位，回到了故鄉無錫。在常州知府歐陽東風和無錫知縣林宰的幫助下，顧憲成和弟弟顧允成一道倡議修復了無錫城東的東林書院，和他的志同道合者高攀龍、安希范、劉元珍、錢一本、薛敷教、葉茂才以及他的兄弟顧允成等共八人聚眾講學，被尊稱爲東林八君子。來聽講求學的人稱顧憲成爲涇陽先生，後來也有人稱他爲東林先生。顧憲成嘗說：「官輦轂，志不在君；官封疆，志不在民生；居水邊林下，志不在世道；君子無取焉。」〔註1〕意思就

〔註 1〕〔清〕張廷玉《明史・顧憲成傳》卷二三一，第 6032 頁，中華書局 1974 年。

是說當京官不忠心事主，當地方官不志在民生，隱求鄉里不講正義，不配稱爲君子。在講學之餘，他們聚在一起議論朝政，品評人物，用「君子」和「小人」去區別政治上的正邪兩派。並主張治學要重在經世致用。他們以憂國憂民的意識爲宗旨，意在有所作爲，不僅吸引了很多懷抱道義而不能爲當政者所接納的士大夫，就連朝中的官員，如孫丕揚、鄒元標、趙南星等人，也與東林書院遙相應和、互通聲氣，逐漸形成了一股不容忽視的政治勢力，被反對黨稱爲「東林黨」。

東林黨的出現和萬曆後期朝政的敗壞有著直接而必然的關係。當時，神宗長時間不上朝理政，久居深宮，過著「每夕必飲，每飲必醉，每醉必怒」的生活，身邊的侍者辦事稍不稱意「輒斃杖下」，且又極其貪婪，恨不得把天下財貨都搜刮進宮中供其揮霍，把大批太監派作「礦使」、「稅監」前往各地橫征暴斂，搞得民怨沸騰。他把朝廷官員的任免都丟在一邊，使在職的官吏無法得到陞遷，空缺的職位難以及時補充。最糟糕的時候，六部的尚書只有一位，都御史十年不補。爲了增置不足的內閣大臣，首輔大臣竟然上了 100 多道奏章請求。這樣一來，就使得朝野上下的派別紛爭愈演愈烈。面臨這樣混亂的政局，東林黨人奮起抵制，大膽彈劾朝中權貴，反對「礦使」、「稅監」，提出要爭京察以整飭吏治，用李三才爲相以加強內閣〔註2〕。從個人品行上說，李三才固然是一個無恥的投機分子，但從挽救明朝垂危的統治著眼，他也不失爲一個有能力有手段的干將。正因爲東林的活動已然超出了在野清議的界限而演變成深入朝廷內部，聚集朝廷官員以影響朝政的政治力量，和沈一貫、姚宗文的齊黨，亓詩教的楚黨，官應震的昆黨，顧天峻的宣黨在不同程度上展開了政見的鬥爭，所以雪球越滾越大，至於那些遙相應和的爭國本、議三案、反對鄭貴妃、擁護李三才的人，在非東林黨人看來，也就都一概成爲東林黨人了。

熹宗繼位後，朝政不僅沒有改觀，反而愈加黑暗，首輔軟弱，黨

〔註2〕有關萬曆皇帝的材料參見樊樹志著《萬曆傳》，人民文學出版社 2003年。

爭不斷，宦官魏忠賢利用了這個混亂的局面，勾結熹宗的乳母客氏，奪取了政權，並且拉攏了很多非東林黨的官員，最終形成了閹黨。據以後的逆案獲罪統計，閹黨的成員至三百二十餘人之多，朝政為他們所操縱，蒙蔽試聽，壓制正人，引起了以東林為首的正直士人的強烈不滿。據《通鑒綱目三編》記載：「天啓四年，時左都副御史楊漣抗疏發忠賢罪狀，給事中魏大中等七十餘人復交章論忠賢不法，葉向高、翁正春請勒忠賢閒住以塞謗，皆不聽。」當時任工部郎中的萬燝「疏最後上，言忠賢毒痛士庶，威加縉紳，生殺予奪，盡出其手。先帝陵工所需，忠賢勒不肯與，自營西山葬地，制擬陵寢，前列生祠，糜金錢數百萬，乞加顯戮。忠賢即矯旨杖殺之。」「夏秋之交，魏閹禍起，耆碩魁壘之臣，黜辱殆盡。」〔註3〕令天下正直的士人們莫不切齒痛恨。在萬燝死後，黃尊素語楊漣曰：「可以去矣。」漣曰：「苟濟國，生死以之。」到了天啓五年六月，果然「閹禍益熾，所屠滅賢士大夫，不可勝數。」據《通鑒輯覽》「逮前副都御史楊漣、僉都御史左光斗、給事中魏大中、御史袁化中、太僕少卿周朝瑞，陝西副使顧大章下詔獄，尋斃之。」尤其令人憤恨的是，楊漣左光斗下獄之後，閹黨對他們所進行的喪心病狂的迫害與折磨：「漣、光斗、大中三人另發大監，其夕同為獄卒所斃。漣之死，土囊壓身，鐵釘貫耳，最為慘毒，光斗、大中亦皆體無完膚。越數日始報，三人屍俱已潰敗不可識矣。」〔註4〕情狀極為慘烈，楊漣死前寫了一篇二百八十字的血書，藏在枕頭裏，死後隨屍體攜出，送到家屬手裏。血書說：「仁義一生，死於詔獄，難言不得死所，何憾於天，何怨於人？惟我身副憲臣，曾受顧命，孔子云：託孤寄命，臨大節而不可奪。持此一念，終可以見先帝於在天，對二祖十宗與皇天后土、天下萬世矣！大笑大笑還大笑，刀砍東風，於我何有哉！」〔註5〕

〔註3〕〔明〕陳子龍《陳子龍年譜》卷上「天啓四年甲子」條，《陳子龍詩集》附錄二，第635頁，上海古籍出版社1983年。

〔註4〕〔清〕夏燮《明通鑒》卷七十九上，第2194頁，嶽麓書社1996年。

〔註5〕〔清〕吳應箕《樓山堂集》卷十八《贈太子太保兵部尚書忠烈楊漣

作為一個政治團體和作為一個文人組織的概念是完全不同的。當東林黨從無錫東林書院的講室走向朝堂的時候，它的性質也無可避免地和所有的黨派一樣，為了維護自身黨派的利益，打擊異己，耍心計，使手段；但從東林黨存在的半個世紀來看，可說是大節無虧，始終以儒家的道德標準為標準，在維護統治秩序的根本目標下，為民請命。特別是在明天啟之後，與以魏忠賢為代表的閹黨的鬥爭中，以楊漣、左光斗為代表的前六君子，高攀龍、周順昌為代表的後七君子無不表現出不畏強權，寧死不屈的凜然正氣，獲得了大多數正直士人的支持和敬仰，寫就了東林黨人歷史中最為光輝耀眼的一筆。

當時左光斗的學生史可法曾偷偷地到獄中看望過罹難的老師，顧公燮《消夏閒記摘抄》上「左光斗識史閣部」條記載：「及左公為逆閹害，下詔獄，史公冀求一見，逆閹防伺甚嚴。久之，聞左公被炮烙，旦夕且死，史公持五十金，啼泣謀于禁卒。卒感焉，使更敝衣草履，偽為除不潔者。引至左公處，則席地倚牆而坐，面額焦爛不可辨，左膝以下筋骨盡脫矣。史公跪抱公膝而嗚咽，左公辨其聲，而目不可開，乃奮臂以指撥眥，目光如炬，怒曰：『庸奴，此何地也，而汝來前。國家之事糜爛至此，汝復輕身而昧大義，天下事，誰可支柱者。不速去，無俟姦人構陷，吾即先僕殺汝。』因摸地上刑械，作投擊勢，吏噤不敢發聲，趨而出，後常流涕述其事以語人曰：『吾師肝膽，皆鐵石所鑄造也。』」明崇禎之後，清兵入關，崇禎弔死煤山，福王朱常洛的兒子朱由崧在南京建立弘光朝，史稱南明。弘光皇帝實是一個昏庸懦弱，貪圖享樂的無用之輩，當政的馬士英、阮大鋮、劉孔昭又多是奪權爭利，排斥異己，苟且偷安的小人。在這樣艱難的形勢下，南明的弘光小朝廷之所以還能夠在江南維持了幾年，不可不歸功於固守揚州的史可法。可以說，當日在獄中左光斗視死如歸的凜然正氣不但

傳》清刻本，收入《四庫禁燬書叢刊》編纂委員會（編）：《四庫禁燬書叢刊》（北京出版社 1997 年），集部，冊 11，卷 16。

給史可法留下了極爲深刻的印象，還對他日後在南明的作爲起到了巨大的促進作用。

事實上，受到左光斗、楊漣等東林士人們鼓舞和影響的又何止史可法一人，在當時那樣黑暗的社會環境裏，只要稍微有一些良知的人都會感覺到義憤塡膺，更不要說以道德自律的士人了。陳子龍的父親陳所聞就是其中的一個，這也直接地影響了年輕的陳子龍。

當時因爲父親去世而治喪在家的陳所聞依然時刻關心政事，「每閱邸鈔，則扼腕歎息。」爲十八歲的陳子龍「剖別邪正甚悉。」不僅如此，陳所聞中進士之後官居工部侍郎〔註6〕，「同官中惟與南昌萬郎中燝稱莫逆，其取捨同也。」〔註7〕據載，萬燝有一次被燒傷，陳所聞「日與周旋，事湯藥，嘗相與扼腕曰朝廷金錢大半爲中人所耗，群臣日言生財以重困我民而不甘言節財，少抑此輩，若言之，我將繼之。」後來，「萬燝以糾閹人杖死，所聞與燝同曹友善，糾閹事實與共謀，泣謂其子曰：『萬君當不獨死。』」〔註8〕事實上，陳所聞不僅是同情好友的遭遇，他還眞正地投身其中，和萬燝一起糾閹抗暴；他不僅僅是一個旁觀者，還是一個實際意義上的參加者。父親的親身體驗和政治態度給青年陳子龍的影響是巨大的，雖然這時的陳子龍還沒有踏入仕途，但是他耿直的性格，和以忠義爲本的政治立場已經基本形成了。在天啓六年發生的後七君子事件中，年輕的陳子龍就以他的實際行動表達了他的立場與態度。

後七君子指的是周起元、高攀龍、周宗建、繆昌期、周順昌、黃尊素和李應升。其中，高攀龍是東林黨的重要領袖，他是萬曆十七年（1589）的進士，授行人司行人，後被貶謫廣東，旋即回鄉家居二十多年，從事著述與講學活動。萬曆三十二年東林書院建成後，

〔註6〕《陳子龍自編年譜》卷上「天啓元年辛酉」條：「先君得刑部郎，治獄。尋改工部郎，護作定陵、慶陵。」
〔註7〕〔明〕陳子龍《先考繡林府君行述》，《陳忠裕公全集》卷十一，見《陳子龍文集》（上），第625頁，華東師範大學出版社1988年。
〔註8〕〔明〕方岳貢陳繼儒《松江府志·陳所聞傳》第1061頁。

高攀龍與顧憲成共同講學，抨擊時政。在顧憲成逝世後，他「獨肩其責」〔註9〕，天啓改元後復出，起任光祿寺丞、少卿，又轉任大理寺右少卿、太僕卿，最後官至左都御史，因為魏忠賢的陷害，被削職為民，東林書院也被毀了。天啓六年二月，因為揭發魏忠賢的義子、御史崔呈秀的種種不法而被逮捕。周順昌是魏大中的兒女親家，曾經「與同臥起者三日」，在魏大中被逮的時候，「因戟手呼忠賢名，罵不絕口。」故而「御史倪文煥承忠賢旨，劾順昌與罪人婚，且誣以贓賄。忠賢即矯旨削奪，已與周起元等並逮。」在錦衣衛逮捕周順昌的時候，有數千居民擁上街頭相送，巡撫毛一鷺來到衛門，學子五六百人攔住他，懇求他解救周順昌。毛一鷺滿臉淌汗說不出一句話。錦衣衛把鐵鎖鏈丟到地上，喝到：「東廠逮人，鼠輩怎麼還敢多嘴！」這一下激起眾怒，眾人一鬨而上毆打錦衣衛，當場打死一人。對於這一段事迹，陳子龍在《自編年譜》「天啓五年」條中這樣記錄道：「居無何，逆閹矯旨逮治周忠介公，吳民憤，憤擊緹騎至死。時道路洶洶，以為四方響應，將有漢末討卓之舉。」陳子龍自己則「陰結少年數輩，詗伺利便，久之寂然，歎恨而已！則縛芻為人，書閹名射之。諸長老罔不訾童騃取赤族，不以聞之先君也。」〔註10〕

　　閹黨的殘酷鎮壓並沒能撲滅東林黨人試圖用儒學拯救時事的努力，後來崇禎帝欽定逆案，掃除閹黨，為在反閹鬥爭中死去的正直士人們平反昭雪。在接下來的十七八年裏，明末農民戰爭似波濤洶湧，滾滾向前，東林黨人的政治重心也紛紛轉移到了鎮壓農民戰爭上來，但東林黨關心時事，以國家天下為己任，同閹黨餘孽不屈抗爭的精神並沒有消失。可以說正是東林黨人的清議之風塑造了陳子龍這一代青年士人的政治態度，也是東林的經世之途為陳子龍在今後的政治文學生命中奠定了基本的立場和主張。

〔註9〕〔明〕高攀龍《高子年譜》見《高子遺書》卷末，上海圖書館藏清光緒二年東林書院重刊本。

〔註10〕〔明〕陳子龍《祭周忠介公墓文》見《安雅堂稿》卷十三，《陳子龍文集》（下），第381頁，華東師範大學出版社1988年。

另一方面，東林黨還是一個以講學爲基礎的學術流派，他們用以講學的東林書院原本是楊龜山創立的，楊龜山是宋代大儒程灝、程頤兩兄弟的門徒，是「二程學說」的正宗嫡傳。顧憲成重修東林書院的時候，就十分明確地宣佈他是講程朱學說的，而程朱學說所立身的根本就是基於道德化標準的理學規範，也是儒家的根本。儒士的第一個特點是「以道自任」，強調士的關懷始終超越一己或家族的利害得失。道是世界的普遍原則，是人類的精神理想。孔子說「士志於道。」（《論語·里仁》）「君子謀道。」（《論語·衛靈公》）「君子憂道。」（《論語·衛靈公》）孟子說「士窮不失義，達不離道。」（《孟子·盡心上》）都是這個意思。

因爲士的關懷超越了一己之私，所以儒士必然要「以天下自任」。在宋代以後的哲學思想中，「理爲天下公共之理」這類的講法俯拾皆是，以強調理的普遍性〔註11〕。明代的學者說：「故必推極其虛靈覺識之知，以貫徹無間於天下公共之物，斯爲儒者之學。」〔註12〕「貫徹無間於天下公共之物」成爲儒者之學的本質特徵。在格、致、誠、正、修、齊、治、平的思想結構中，格致誠正是基礎，而修齊治平不僅是格致誠正的自然延伸，也是格致誠正的最終完成，家國天下在先秦儒學是作爲心性學的必然展開和歸宿。知修身「則知所以治天下國家矣」，所以把修身列入「爲天下國家」的九條常法之中（《中庸》），可見「天下國家」是古典儒家的具有目的意義的關懷。這裏的天下當然是公共的世界，「天下」所代表的人民的、公共的利益始終是儒家的具有終極意義的關懷。這種立場可以孟子的話爲作代表：「思天下之民，匹夫匹婦有不被堯舜之澤者，若己推之而內之溝中，其自任以天下之重如此。」（《孟子·萬章上》）這種「自任」的內涵就是「憂國憂民」。從《孟子》的「樂以天下，憂以天下」（《孟子·梁惠王下》）

〔註11〕〔宋〕黎靖德《朱子語類》卷十八，第398頁，中華書局1986年。
〔註12〕〔清〕黃宗羲《明儒學案·甘泉學案六》卷四十二，中華書局1985年。

到漢代士大夫的「每朝會進見，及與公卿言國家事，未嘗不噫嗚流涕」
〔註13〕；到范仲淹的「先天下之憂而憂，後天下之樂而樂」，以至顧
憲成的「家事、國事、天下事，事事關心」，足以證明「自任以天下
之重」的儒家精神。而在晚明，這種儒學精神的張揚則更有不同於其
他朝代的特殊意義，這和明代特殊的學術環境是分不開的。

在宋之後以後，儒學就開始受到佛教的影響，理學中也有內向
化的發展。有些儒者重視精神的修養，反對只追求家國天下而忽略
個人修養，強調個人的修身應當和家國天下的關心一體並進，如說
「今人但在天下國家上理會，自身卻放在一邊」，「便逐在家國天下
去」〔註14〕。到了王陽明創立心學，強調明心見性，倡導「致良知」，
主張「心外無物」「心外無理」「知行合一」，在社會上廣泛傳播，以
至於「門徒遍天下，流傳逾百年」，一度成為主流哲學。

事實上，王陽明所謂「知行合一」起初並非如後來所發展之「空
談心性」。他說：「夫問思辨行皆所以為學，未有學而不行者也。如言
孝，則必服勞奉養，躬行孝道，然後謂之學。豈徒懸空口耳講說，而
遂可以謂之學孝乎？學射則必張弓挾矢，引滿中的；學書則必伸紙張
筆，操觚染翰，盡天下之學，未有不行而可以言學者也。」〔註15〕但
是，陽明之後的王學產生了分化，其中，以龍溪、心齋為代表發展起
來講究個性解放的王學左派影響尤其巨大。黃宗羲說：「陽明先生之
學，有泰州、龍溪而風行天下。」聽其講學者「不下千餘」。「牧童樵
豎，釣老漁翁，市井少年，公門健將，行商坐賈，織婦耕夫、竊屨名
儒，衣冠大盜」等社會各階層皆宗其說。王學左派最大的特點是掃儒
入佛，融禪入儒，這就把儒學所固有的經世致用統統收羅進「人心」
中去了。這雖然體現了在傳統觀念壓抑下人們要求回歸本真自我、追
求個性解放等積極作用，但也在否定綱常名教的同時否定了一切道德

〔註13〕〔南朝宋〕范曄《後漢書‧袁安傳》第1023頁，中華書局1999年。
〔註14〕〔清〕黃宗羲《明儒學案‧止修學案》卷三十一。
〔註15〕〔明〕王守仁《王文成公全書》，四部叢刊本。

規範，在肯定個性解放和利己主義的同時否定了人應該承擔的社會責任。《明史》中評價王學：「姚江之學……流傳逾百年，其教大行，其弊滋甚。」就是批評王學作為一種儒家倫理學說，在其流傳的過程中不僅沒能指導人的現世道德實踐，反而在發展過程中逐漸破壞了這種實踐，所以當落實到實際操作層面上來時，就必然產生「空」和「無」。士人們只知空談而不懂如何運用，對於國家民族都沒有實際的益處。特別是在晚明危機四伏，存續攸關的時候，心學的流行除了增加社會的糜爛以外，於拯救國運，振奮國勢，實在沒有什麼用處。對此，東林黨人劉宗周尖銳地指出：「自文成而後，學者盛談玄虛，遍天下皆禪學。」〔註16〕表示了強烈的不滿。

　　顧憲成的老師是南中王門的薛應旗（方山），薛應旗是歐陽德的弟子，又曾師從宗朱的呂柟，因此其思想特色是「所見出入朱、陸之間。」〔註17〕受其影響，顧憲成的思想也出入於朱學與王學之間，「蓋東林學脈，本自陽明來。涇陽師薛方山，亦南中王門。而東林講學頗欲挽救王學末流之弊」「蓋東林承王學末流空疏之弊，早有避虛歸實之意。惟東林諸賢之所重在實行。」〔註18〕顧憲成等人以「忠恕」這一道德原則來概括「治國平天下」的政治學說，把「誠意、正心、修身」概括為「忠」，把「齊家、治國、平天下」概括為「恕」。強調只有「誠意、正心、修身」的個人道德修養完善了，才能「恕己及物」，達到「齊家治國平天下」的最高理想〔註19〕。高攀龍更是提出「無用便是落空學問，……立本正要致用」、「學問通不得百姓日用，便不是學問」的觀點。所謂「事即是學，學即是事。無事外之學、學外之事也。然學者苟能隨事察明辨，處處事事合理，物物得所便，是盡性之

〔註16〕〔明〕劉宗周《劉子全書》上海圖書館藏文淵閣四庫全書補遺集部明代卷。

〔註17〕上海圖書館藏四庫全書總目提要，卷一七七。

〔註18〕錢穆《中國近三百年學術史》，第一章引論，第 1 頁，商務印書館 1997年。

〔註19〕〔清〕顧憲成《小心齋札記》上海圖書館藏四庫全書本。

學。若是個腐儒，不通事務，不諳時事，在一身而害一身，在一家而害一家，在一國而害一國，當天下之任而害天下。所以《大學》之道，先致格物，後必歸結於治國平天下，然後始爲有用之學也。不然單靠言語說得何用。」（《東林書院志》）以能否治國平天下作爲衡量學問之「有用」或「無用」的尺度，明確表達了東林黨人倡導經世實學的強烈願望。東林黨所講的學說到底就是四個字「經世致用」。

　　據《顧端文公年譜》萬曆二十六年、二十七年載東林學派和王學就曾經發生過一次論爭，王學的管志道、周汝登與顧憲成、高攀龍等圍繞著心體爲「無善無惡」的問題進行了一次正面交鋒。「時太倉管東溟（志道）以絕學自居，一貫三教，而實專宗佛氏，公（顧憲成）與之反覆辯難，積纍成帙，管名其牘曰《問辨》，公亦名其編曰《質疑》，於『無善無惡』四字駁之甚力。……昆陵二三君子皆力主公之說。」〔註20〕劉宗周在萬曆四十一年的《修正學以淑人心、以培國家之元氣疏》中說：「王守仁之學，良知也，無善無惡，其弊也，必爲佛老頑鈍而無恥。……佛老之害，自憲成而救。」〔註21〕黃宗羲也明確指出：「先生（周汝登）之無善無惡，即釋氏之所謂空也。後來顧涇陽、馮少墟皆以『無善無惡』一言排摘陽明。」〔註22〕東林黨人強調「道性善」，以補「無善無惡」之說，「性善發於孟子，孰不謂老生常談。然自『無善無惡』之說熾行之後，忽擡出此二字以正告天下，遂聳乎有回瀾漳川之功」、「顧涇陽先生與忠憲公（高攀龍）講學宗旨，全在揭出『性善』二字，以砥『無善無惡』之狂瀾」。顧憲成抨擊了「無善無惡」所帶來的危害，「以爲無善無惡只是心之不善於有也，究竟且成一個混。……混則一切含糊、無復揀擇。圓融者便而趨之，……以任情爲率性，以隨俗襲非爲中庸，以閹然媚世爲萬物一體，

〔註20〕嵇文甫《晚明思想史論》，東方出版社 1996 年。
〔註21〕〔明〕劉宗周《劉子全書》上海圖書館藏文淵閣四庫全書補遺集部明代卷。
〔註22〕〔清〕黃宗羲《明儒學案・泰州學案》，中華書局 1986 年。

以枉尋直尺為捨其身濟天下，以依違遷就為無可無不可，以猖狂無忌為不好名，以林難苟免為聖人無死地，以頑鈍無恥為不動心者矣。」因為混，所以不清，因為圓融，所以不明，因為「隨俗襲非」「闇然媚世」就會「埋藏君子，出脫小人」。「『無善無惡』四字最險、最巧。君子一生兢兢業業、擇善固執，只著此四字，便枉了為君子。小人一生猖狂放肆，縱意恣行，只著此四字，便樂得做小人。語云：『埋藏君子，出脫小人』，此八字乃『無善無惡』四字膏肓之病也。」〔註23〕這場心體為「無善無惡」的論辯，以政治為依託，從學術論政治，實際上是以顧憲成、高攀龍為首的東林黨人同以魏忠賢為首的閹黨之間的政治鬥爭在思想學術領域的反映。

東林學派的領袖人物同時也是東林黨人，他們集政治身份和學術身份於一身，學術上講求的經世致用落實到操作層面，也就成了他們的政治主張；而他們抗擊閹黨，關心民瘼的政治主張和行動，也為他們的學說做了最為有力的宣傳和證明。士人們在接受他們政治主張的同時，也就接受了這二位一體的學術主張，這一點在陳子龍的身上表現得非常突出，不論是他的文論還是詩論，都表現出強烈的救世願望，尤其是《皇明經世文編》的編輯和出版，成為陳子龍經世致用思想在文學領域中的集中表現，特別需要注意的是，參與編輯《皇明經世文編》的多是復社和幾社中人，這些人恰恰是被看做東林餘韻的文人團體，這也就說明了他們和東林學派在文學乃至政治思想上的一貫性。

第二節　陳子龍與復社的淵源辨微

復社承襲東林而來，陳子龍和復社之間存在著無法分割的緊密聯繫，但這種聯繫並不是單純的組織團體與成員的關係，而更多地呈現出一種「同聲相應、同氣相求」的同志關係，思想和志趣上的相近是他們相互選擇的最為重要的原因，雲間幾社則是他們在組織結構上的紐帶。

〔註23〕〔清〕顧憲成《顧端文公遺書》清光緒三年涇里宗祠刊。

　　復社的前身是應社。應社的成立時間非常早，朱倓說，應社始於天啓甲子（天啓4年～1624年），倡於常熟。計東在《上吳祭酒書》中說：「應社之本於拂水山房、浙東讀書社之本於小築，各二十餘年矣。」萬曆末年蘇州的拂水山房社應該就是應社的起源。「范文若字更生，萬曆丙午舉於鄉。美姿容，以風流自命。與常熟許士柔、孫朝素，華亭馮明玠，昆山吳煥如五人爲拂水山房社。」〔註24〕拂水山房社的成員多是常熟人，「拂水山房倡於瞿純仁，其同社皆常熟人，繼之者許士柔、孫朝素亦常熟人。承其遺風，乃與上海范文若、華亭馮明玠、昆山王煥如，扔用舊址，相結爲社。」〔註25〕其中有一個叫做楊彝（字子常）的人，據查愼行的《人海記》載：「常熟楊子常，家富於財，初無文采，而好交結文士，與太倉顧麟士（即顧夢麟）、婁東二張友善，以此有名諸生間。」〔註26〕成爲社中的經濟砥柱。應社成立時，除了拂水山房社以外，還包括了金壇詩人周鐘建立的匡社，當時張溥和張採「聞周介生倡教金沙，負笈造謁之，三人一見，相得甚歡，辯難五晝夜，訂盟乃別。溥歸盡棄所學，更尚經史，試乃冠軍。」「文社始天啓甲子，合吳郡、金沙、檇李，僅十有一人，張溥天如、張採耒章、楊廷樞維斗、楊彝子常、顧夢麟麟士、朱隗雲子、王啓榮惠常、周銓簡臣、周鍾介生、吳昌時來之、錢栴彥林，分主五經文字之選，而效奔走以襄厥事者，嘉興府學生孫淳孟樸也。」〔註27〕拂水山房與匡社以南京應天府爲名合併後成立了應社。當時加入的人裏面，後來很多人都和陳子龍有交往，如張溥、楊維斗、周介生、吳昌時、錢彥林等等，但是當時十八歲的陳子龍並不是其中的一員。

〔註24〕〔清〕李延罡《南吳舊話錄》卷二十三，第4頁，瓜蒂庵藏明清掌故叢刊影印本，上海圖書館藏。

〔註25〕〔清〕朱倓《明季南應社考》，第542頁，《國學季刊》二卷三期，1930年9月。

〔註26〕〔清〕朱倓《明季南應社考》，第543頁。

〔註27〕〔清〕朱彝尊《靜志居詩話》卷二十一，轉引自謝國楨《明清之際黨社運動考》，第102頁，上海書店出版社2004年。

這時的復社是由吳𣷱和孫淳成立的，也是由他們來主持的。當時「𣷱與同志孫淳等四人創爲復社，義取剝窮而復也。太倉張溥舉應社以合之。」〔註28〕也就是說，在最初出現的諸多文人社團中，同時存在了復社和應社兩個社團，張溥是應社的成員之一，並且通過他的努力把應社和復社合併了起來，應社中的成員漸漸成爲了復社的骨幹，比如說應社成員中以負責招納社員的孫淳後來在復社中也擔負同樣職責，並遍遊天下社團。一位來自嘉興的復社盟友說他「忘其身，惟取友是急，義不辭難，而千里必應。」〔註29〕

根據謝國楨先生在《明清之際黨社運動考》中的考證，在這樣的轉變過程中，張溥所起到的作用是巨大的，因爲早先，應社和復社的關係並不像我們以爲的那樣友好。計東《上吳祭酒書》「始庚午之冬，因魚山熊先生（開元）自崇明凋宰我邑，最喜社事，孫孟樸乃與我婦翁（吳𣷱）及呂石香輩數人始創復社，頗爲吳門楊維斗先生所不快。孟樸常懷刺謁楊先生，再往不得見，呵之曰：『我社中未嘗見此人。』我社者應社也。」所以，應社後來能夠和復社合併，「賴天如先生調劑其間，而兩社始合爲一。」〔註30〕

或者正因爲從一開始就存在了這樣的社團合併關係，所以在復社成立之後，也依然沿襲了這種諸多社團同時並存的結構。這樣的組織是比較複雜的，大概是在一個大社之內有許多小組織，對外是用復社的名義，對內則是互不干涉的，陳子龍所參與成立的幾社正是作爲復社集團下的一個社團而出現的，他自己也就成了復社的成員之一。復社自成立之後影響巨大的有三次大會：第一次是崇禎二年己巳尹山大會。《復社紀略》卷一中有載：「吳江令楚人熊魚山開元，以文章經術爲治，知人下士，慕天如名，迎至邑館。……於是爲尹山大會。……

〔註28〕〔清〕楊鳳苞《秋室集》卷五，上海圖書館藏文淵閣影印四庫全書本，轉引自謝國楨《明清之際黨社運動考》，第105頁。
〔註29〕〔明〕朱倓《明季南應社考》，第576頁。
〔註30〕王應奎《柳南隨筆》轉引自謝國楨《明清之際黨社運動考》第103頁。

遠自楚之蘄、黃，豫之梁、宋，上江之宣城、寧國，浙東之山陰、四明，輪蹄日至，比年而後，秦、晉、閩、廣，多有以文郵置者。」

　　第二次是崇禎三年的金陵大會。《復社紀略》卷二：「崇禎庚午鄉試，諸賓興者咸集，天如又爲金陵大會。是科主裁爲江西姜居之曰廣，榜發，解元楊廷樞，而張溥、吳偉業皆魁選。」

　　第三次是崇禎五年的虎丘大會。這時張天如已中了進士，歸假太倉，在虎丘開復社大會，刊《國表社集》行世。「癸酉春，溥約社長爲虎丘大會。先期傳單四出，至日，山左、江右、晉、楚、閩、浙以舟車至者數千人，大雄寶殿不能容，生公臺、千人石麟次布席皆滿，往來絲織，……觀者甚眾，無不詫歎，以爲三百年來，從未一有此也。」〔註31〕

　　這三次大會召開的時候，都恰逢陳子龍落第在家，從客觀上說比較空閒，從主觀上說，作爲復社的成員，也應該有參與大會的願望和動機，但也僅僅是參與而已，還不能找到更多的證據以證明他在其中扮演了什麼重要的角色。而到了後期，隨著陳子龍步入仕途，他和復社的關係也就幾乎處在有名無實的狀態之中了。崇禎十五年由鄭超、李雯召集在虎丘重開大會，這也是復社後期唯一一次規模巨大的大會，當時的陳子龍因爲在紹興任上，忙於督漕剿逆，沒有參與。事實上從一個社團的人員結構來說，陳子龍自始至終也沒有參加到復社的核心組織中過，後人之所以常常將復社和陳子龍並提，以標舉陳子龍在復社中的地位，除了看重陳子龍的名望之外，更多地是從他們的政治立場、他們的文學主張，還有他同核心組織成員的私交等方面來看的。

　　陳子龍和復社核心領袖們，特別是和張溥有著非比尋常的親密關係。

　　雖然張溥將應社併入復社是在崇禎二年，但陳子龍和復社的淵

〔註31〕　〔明〕陸世儀《復社紀略》卷二，見《中國內亂外禍歷史叢書》第十三輯，第207頁，上海書店1982年。

源則可以向前追溯到天啓六年。據陳子龍的自編年譜《天啓六年丙寅》:「是歲,始交陳眉公、董玄宰兩先生,及墨水侯豫瞻、武塘錢彥林昆弟。」武林錢彥林昆弟中就有參加應社的最早成員錢栴;到了天啓七年,「始交婁江張受先、張天如,吳門楊維斗、徐九一。」至此,陳子龍和日後成爲復社領袖的張溥也建立了聯繫,他們的關係自建立的這一刻起,就再沒有中斷過,從陳子龍所留下的詩文中可以讓我們眞切地感受到他和張溥之間的深厚友情。

崇禎十四年,張溥和復社的成員打擊了薛國觀,促成了周延儒入閣,可惜周延儒四月裏入了閣,張溥卻帶著他未完的心願在五月裏就暴病身亡了。就在他死前,還在跟陳子龍通信,「越山北望指吳關,一月緘書定往還。數日不傳雲裏字,那知非復在人間。」〔註32〕他死得非常突然,讓作爲好友的陳子龍完全沒有思想準備,因此,悲慟也就愈發強烈,除了《哭張天如先生》二十四首之外,臥子還寫過一組七言絕句來追憶他,《去歲孟秋十三夜予從京師歸遇天如於鹿城談至四鼓而別孰知遂成永訣也金秋是夜泊舟禾郡月明如昨不勝愴然》

「日暮維舟楓樹林,玉峰峰外漏沉沉。那堪獨對當時月,淚落吳江秋水深。」臥子在秋天的傍晚,獨自一個人佇立在清冷的江邊,四周是肅穆的青山,身旁是蕭瑟的楓林,耳邊響起聲聲暮鼓,臥子從傍晚一直呆到夜深,月亮升起來了,非常明亮,讓他想起和張溥共同渡過的同樣有著明月的秋夜。

「去年相見語情親,今歲相思隔世塵。聞道月輪迴地底,可能還照去年人。」物是人非,睹物思人,不由令人潸然淚下。陳子龍和張天如從天啓七年訂交,已經過去了將近二十年,兩人同在崇禎三年中舉,張溥比臥子年長六歲,對臥子來說,既是好友又如兄長,「二十春秋如一日,生平兄事更何人?」說他「有敦敏之姿,宏遠之量,英俊之才,該博之學,弱冠而名滿天下。」「無愧乎大賢矣。因爲他。

〔註32〕〔明〕陳子龍《哭張天如先生·二十四首》之二,見《陳子龍詩集》卷十七,第591頁,上海古籍出版1983年。

德高而能下士，才廣而能進善者」〔註33〕，對天如非常敬重和佩服。

在臥子的詩中，我們不僅可以看到他對張溥人品才德的敬佩，還可以看到兩人之間的惺惺相惜，「憶君弱冠負經綸，予亦童年許俊民。」〔註34〕陳子龍是把自己和張溥是處在相等的位置上的，這種知己一方面指的是二人的政治思想，另一方面則是二者相似的文學主張。關於陳子龍和張溥的交往可見附錄的《陳子龍交遊考》。除了張溥以外，陳子龍和復社中的其他核心成員也大多有所交往，比如楊廷樞和吳昌時。

其次，陳子龍和復社具有相同的政治立場。

復社及其人物多是東林流亞，閹黨叫他們「東林餘孽」，他們則自稱為「小東林」或「東林餘韻」。以正直的士人群體為主體，注重氣節，在政治立場基本上承襲了東林黨反對閹黨，特別是反對閹黨殘留分子的復逆活動。那些在同閹黨鬥爭中慘遭殺害的東林黨人的後代幾乎都加入了復社，並且無一例外地成為中堅力量，比如陳於廷的兒子陳貞慧、黃尊素的兒子黃宗羲、顧憲成的兒子顧杲、文震孟的兒子文秉、周順昌的兒子周茂蘭等。正是有他們的存在，才讓復社的抗閹活動在東林黨敗落之後得以延續，最突出的例子就是復社在南京為驅逐阮大鋮所發起的《留都防亂公揭》。

當時崇禎欽定逆案，阮大鋮失了勢，躲到南京來，正巧東林被難的楊漣、左光斗等人長大的孤兒們，像周順昌的兒子周茂蘭、魏大中的兒子魏學濂、黃尊素的兒子黃宗羲和其他的復社名士們都聚集在南京，由復社四公子之一的冒襄出面幫助他們組織了桃葉渡大會同難兄弟。阮大鋮不是沒有才華的人，他想通過自己的才華拉攏復社，討好復社的侯朝宗，這便是《桃花扇》創作的藍本。阮大鋮雖然千方百計試圖取媚復社，但是復社的人又怎麼能夠和一個逆案中的禍首暗通聲氣，招搖過市呢。於是，吳應箕、陳貞慧、侯方域、黃宗羲這些復社

〔註33〕〔明〕陳子龍《張天如先生文集序》，見《安雅堂稿》卷一，《陳子龍文集》（下），第 25 頁，華東師範大學出版社 1988 年。

〔註34〕〔明〕陳子龍《哭張天如先生‧二十四首》之三，見《陳子龍詩集》卷十七，第 591 頁。

的年輕人們就想作一篇宣佈阮大鋮罪狀的文字《留都防亂公揭》來驅逐阮大鋮出境。起草者是吳應箕，署名上首先是東林子弟無錫顧端文公的孫子顧杲，然後是被難的孤兒們，然後是復社，還有幾社的名士。據陳貞慧《書事七則防亂公揭本末》記載：「崇禎戊寅，吳次尾有『留都防亂』一揭，公討阮大鋮。大鋮以黨崔、魏，論城旦，罪暴於天下，其時氣魄尚能奔走四方士，南中當事多與遊，實上下其手，陰持其恫喝焉。次尾憤其附逆也，而鳴夅坐輿，偃蹇如故，士大夫繾綣，爭寄腹心，以為良心道喪。一日言於顧子方，杲子方曰：『杲也不惜斧鑕，為南都除此大憝。』」其結果是「鋮歸潛迹南門之牛首，不敢入城。」當時陳子龍因為繼母唐宜人去世過松江守喪，忙於《皇明經世文編》等書籍的編輯，並沒有來到南京，因此也就沒有參與這次的討逆活動，但是他和身在金陵的方密之有書信往來，對南都的情況是非常瞭解的，對於這次的防亂公揭「臥子極歎此舉，為仁者之勇。」他是完全贊成這次的舉動的。固然，從後人的眼光來看復社名士驅逐阮大鋮這件事可能有辦得過火的地方，但是他們純潔無偽的舉動是真誠的，他們繼承了東林清議的精神，不動一刀一劍，只用一張公揭就把阮大鋮徹底打壓了，從當時的歷史狀況來說，確實是大快人心的。

可惜後來在弘光即位之後，馬阮當政，阮大鋮展開了瘋狂的報復。周鑣、雷演祚都被阮大鋮所害，陳貞慧被抓入錦衣衛，幾乎喪命，侯方域差點也被抓住，吳次尾、沈士柱都偷偷地跑了，冒襄回到如皋歸隱，陳子龍也無可避免地受到排擠，回到了松江。而等到後來，清兵南下，連弘光小朝廷都無法保全的時候，復社的不少成員仍堅持武裝鬥爭，陳子龍、夏允彝就是在這時起兵松江的，黃淳耀、侯岐曾也領導嘉定軍民的抗清鬥爭，失敗後都不屈而死。杜登春《社事始末》說：「乙酉、丙戌、丁亥三年內，諸君子之各以其身殉國者，節義凜然，皆復社、幾社之領袖也。」明亡以後，除了少數的復社成員由於種種原因不得不出仕清朝以外，一些著名的復社成員又遁迹山林，顧炎武、黃宗羲等總結明亡教訓，專心著述；方以智、陳貞慧等則削髮

爲僧，隱居不出。這些行動，都表現了復社提倡氣節，重視操守的主張。

正因爲如此，今天我們在談及復社時，往往會談到陳子龍，他的殉國爲復社的政治定位做出了最好的注腳，而事實上，復社的政治性要遠遠大於陳子龍所扮演的角色。復社對國家政治的干預是非常突出的，其心機手段都遠遠超過了年輕士子們所能掌控的範圍。張溥、吳昌時等人利用內閣變動頻繁之機，獲得重要職務，以控制朝政，其成員對國家體制中的滲透越來越顯著。在政治變遷上，復社的推進力度也大大超過東林黨。這主要在於二者成分不同，前者基本是在朝官員，或被罷免的在野之臣；而後者大部分爲諸生，屬於無政治階層，復社將政治參與擴大到更爲廣闊的社會層面。也就是說，復社的成立，一開始就醞釀著明確的政治動機。

但在政治運動的同時，復社也是當時最大的文人社團。雖然他的文學活動由於受到黨爭的影響，難免有門戶習氣，故而當時有「八股先生」之稱〔註35〕。但其文學活動、文學思想和文學創作在當時產生過廣泛而深刻的影響，陳子龍更是被看作復社重要的代表作家之一。他的文學思想和復社的文學主張之間存在著同構性，之所以說他和張溥惺惺相惜，很大程度上也是因爲他們的論文主張一致。陳子龍曾自我表達道：「余不敏，然有友數人皆天下賢士，有張天如溥者，其一也。夫天如之文章，天下莫不知其能，余獨疑其所繫者異，觀夫文貴不羈之體，而道符和平之旨，故文之工者，必振蕩吒嗟協其不平之心而窮於所往，然必以爲違棄精神，觀其要妙憔悴未嘗不謂離道也，及乎心安意馳，愷悌仁人之言發而條直，淡薄難爲工，美修辭者所不道，是二體者立，故文士則騁其放侠，薦紳則樂其便近，文章日衰而道亦以散。今觀天如之書，正不掩文逸不逾道，彬彬乎，釋爭午之論，取則當世不其然乎？」〔註36〕他們都欣賞文質彬彬的中國古典之美，強

〔註35〕梁啓超《中國近三百年學術史》第 4 頁，東方出版社 1996 年。
〔註36〕〔明〕陳子龍《七錄齋集序》見《陳忠裕公全集》卷七，第 364 頁，

調文以載道之用，簡單地說就是「興復古學」「務爲有用」。

　　崇禎元年，張溥選貢入太學，在京師開展了一系列的活動。「明年戊辰，溥以覃恩選貢入京……溥廷對高等，諸貢士入太學者俱願交歡溥，爭識顏面，因集多士爲成均大會。是時宇內名卿碩儒，前爲崔、魏催折投荒削逐者，崇禎初政，後先起用，聞溥名皆願折節訂交。」〔註37〕張溥很好地利用了這一時機，舉會訂盟，結交了很多東林耆舊和文壇名流。崇禎四年正逢會試之年，陳子龍、吳偉業、楊廷樞、杜麟徵等人都紛紛來到京師，一時群英薈萃，當時和張溥交遊者共有十一人，陳子龍即在其中。據陳子龍《壬申文選凡例》：「辛未之春，余與彝仲、讓木、燕又俱遊長安，日與偕者江右楊伯祥、彭程萬年少、吳中楊維斗、徐九一、婁江張天如，吳駿公、同郡杜仁趾，擬立燕臺之社，以繼七子之迹，後以升落零散，遂唱和鄉里，不及遠方。」〔註38〕這些擬立燕臺之盟的文人們，日後都成爲復社的主要成員。這次訂盟燕臺明確地提出了「繼七子之迹」，倡復古之學的文學主張，可以說標誌著復社共同文學思想的形成，「明詩鳳侶多相得，下澤鷗群且自盟。」後來，復社一直堅持宗法七子，也是從這次會盟而來的。

　　之所以會選擇復古作爲自己的論文主張，從復社方面來說，不排除有領袖的個人因素，張溥和張採都是太倉人，張溥在《王文肅課孫稿序》中指出：「嘉靖之季，文尚弘邈，吾婁相國起而昌大其事，觀斯備矣。當時稱述大家者，咸云『琅邪探放六藝，太原綜切義理。』兩家嶽嶽儒林間，四方車蓋輻輳其鄉，童子歌謠，丈人播說，未能先也。」〔註39〕在《王子彥稿序》復云：「予生時晚，不及從琅邪王氏

　　　　華東師範大學出版社 1988 年。
〔註37〕〔明〕陸世儀《復社紀略》卷一，第 174 頁，見《中國內亂外禍歷史叢書》第十三輯，上海書店 1982 年。
〔註38〕〔明〕陳子龍《壬申文選凡例》，見《陳忠裕公全集》卷十二，第 666頁，華東師範大學出版社 1988 年。
〔註39〕〔明〕張溥《七錄齋詩文合集‧古文近稿》卷一，上海圖書館藏續

兩先生遊，則聞之長老云『元美先生廣大，敬美先生方嚴。』輒私心想見之。」琅邪王氏指王世貞、世懋兄弟，太原王氏指王錫爵，或文爲宗主，或位居相國，皆爲太倉人。這兩段文字說明，太倉二王之文對張溥有著深刻的影響。吳偉業也是太倉人，他在《太倉十子詩序》中指出：太倉之文「至於琅邪、太原兩王公而後大，兩王既沒，雅道漸滅，吾黨出，相率通經學古爲高，然或不屑於聲律。」

　　另一方面，復古主張的提出也是爲了其政治主張服務的，興復古學的最終目的在於創造一個「比隆三代」〔註40〕的理想社會。從政治上講，明代是「漢人復興的重要時代」。明代在經歷了太祖開創基業，成祖勵精圖治的歷史階段之後，到了永樂後期出現了「威德遐被，四方賓服……幅員之廣，遠邁漢唐」〔註41〕的昇平局面，而明興以前則是「曩宋失馭，中土受殃，金元入主二百餘年，移風易俗，華夏腥羶」的時代。疆域的擴張、國力的增強，使不少人自然萌發了「遠紹漢唐」、「比隆三代」的政治理想，此種思想又自然地反映到一些士人對於文學的認識上。吳偉業說：「有一代之興，必有一代之文以爲之重」〔註42〕。依此觀念，政治上「遠邁漢唐」的明王朝，文學上所要取法的自然當屬漢唐，而不會是宋元；隨著政治上「遠邁漢唐」，文化上亦必然要追求對等之勢。也正是與此相連，陳子龍提出了「文當規兩漢，詩必宗趣開元，吾輩所懷，以茲爲正」〔註43〕的論文主張，提出「國家之文」的說法。所謂「國家之文」，即指「睹山川都邑之盛，典文禮樂之華，宜有雍容歌頌之業揄揚聖朝」之文、「潤色鴻業」之文。他在《七

修四庫全書影印明崇禎九年刻本。
〔註40〕《復社紀事》卷二四，《中國內亂外禍歷史叢書》第十三輯，第157頁，上海書店1982年。
〔註41〕〔清〕張廷玉《明史‧成祖本紀》第93頁，中華書局1974年。
〔註42〕〔清〕吳偉業《陳百史文集序》，見《吳梅村全集》，上海古籍出版社1999年。
〔註43〕〔明〕陳子龍《壬申文選凡例》，見《陳忠裕公全集》卷十二，第666頁。

錄齋集序》中所說的明代「文且三盛」，講的其實也就是「國家之文」。振興「國家之文」，是從前後七子到復社一以貫之的思想。陳子龍認為，由於「呶之者申申起，卒難奪其眾且久」，「國家之文」雖經弘治、嘉靖兩度振起卻未能臻於極盛。為此，前後七子的未竟之業需要有後繼者加以光大，才能使「國家之文」可望「燦然與三代比隆」。這可以說是明代文學之所以到復社時出現第三次復古思潮的重要原因。而且，「國家之文」與「文人之文」之異也是復古派與唐宋派、公安派之爭的焦點。

由張溥、吳偉業、陳子龍上溯到李攀龍、王世貞再上溯到李夢陽、何景明，與其說他們在主張文學復古方面有著一致性，倒不如說他們在思想氣質和處世精神方面屬於同路人。從李夢陽提倡三代之學到張溥以興復古學為己任，從李夢陽批判士人病在元氣到張溥激勵復社諸子「明生死之大」〔註44〕，從李夢陽疏劾劉瑾等「八虎」、不避勢要到張溥承緒東林、反對閹黨，復古派取捨同趣，血脈相通。陳子龍謂：「國家景命累葉，文且三盛：敬皇帝時，李獻吉起北地為盛；肅皇帝時，王元美起吳又盛『今五十年矣，有能繼大雅、修微言、紹明古緒，意在斯乎？天如勉乎哉！』〔註45〕明文三盛實與「國家景命」息息相關，文學復古的宗旨就在於「繼大雅、修微言、紹明古緒」，以成就「比隆三代」之國。復社講「務為實用」，說的就是這個。說到底，復古派的論文主張仍然是為了現實政治服務的，這才是最大的實用。

王沄的《春藻堂燕集序》記載，陳子龍回鄉之後「與同里周太僕勒卣、宋待詔子建、朱郡丞宗遠、王文學默公，共肆力為古文辭。上溯三百，下迄六朝，靡不揚挖。」而他所參與建立的雲間幾社，正是復社在文學層面上的繼承與擴展，無論是他講求古文辭的論文主張，還是組織編寫《皇明詩選》《皇明經世文編》的具體行動，無一不體

〔註44〕〔明〕張溥《七錄齋詩文合集・古文近稿》卷三《五人墓碑記》，上海圖書館藏續修四庫全書影印明崇禎九年刻本。
〔註45〕〔明〕陳子龍《七錄齋集序》，見《陳忠裕公全集》卷七，第364頁。

現出了和復社論文主張的同聲相應，同氣相求。

第三節　陳子龍幾社領袖地位之確立

　　幾社的成立和復社同時。早於幾社的燕臺七子，是幾社的前身。「時婁東張天如先生溥、金沙周介生先生鍾，以明經貢入太學，先君（杜麟徵）上辛酉賢書，夏彝仲先生允彝亦以戊午領鄉薦，偕遊燕市，獲締蘭交。」〔註46〕在北京的這段時間裏，他們目睹了政治的敗落，社會的動蕩，以及世道人心的淪喪，感慨於「聖學衰息」，所說的聖學，指的無非是傳統的士人思想。爲了挽救這一敗落的形勢，杜麟徵與王崇簡「倡燕臺七子之盟」，後來擴大至二十餘人。當時參與其中就有復社的楊廷樞，張採，後來與陳子龍發生辯難的艾南英，以及日後參加幾社的宋徵璧。但是，陳子龍並不在其中。天啓元年，正是陳善謨去世，陳所聞任職刑部之時，家裏的事務都由陳子龍料理，他「修庀器用，督飭僮奴。」〔註47〕無暇顧及到別的事情；等到陳所聞回鄉守誌之後，陳子龍先是師從王元圓學詩賦，後來陳所聞因爲「毀疾過禮，羸弱致瘍。」〔註48〕更需要陳子龍在身邊侍奉。無論是從空間上，還是從時間上，陳子龍都和當時的文人社團扯不上關係。

　　杜麟徵、夏允彝和張溥在燕臺結盟之後，便開始著手建立文社的事情。張溥和周鍾做了《復社國表》，復社便由此而立。但是，在建社問題上，他們的意見並不完全一致：「婁東、金沙兩公之意，立主廣大。」這也引證了日後復社的發展軌跡，而杜麟征和夏允彝等人則「主於簡嚴。」於是，雖然復社和幾社同源而出，同時而起，但在一開始，二者的發展方向就有了分歧，因此杜麟徵等人才決定「自立一

〔註46〕〔明〕杜登春《社事始末》清道光十三年世楷堂刻本光緒二年印本。
〔註47〕〔明〕陳子龍《陳子龍年譜》卷上「天啓元年辛酉」條，見《陳子龍詩集》附錄二，第 632 頁，上海古籍出版社 1983 年。
〔註48〕〔明〕陳子龍《陳子龍年譜》卷上「天啓二年壬戌」條，見《陳子龍詩集》附錄二，第 633 頁。

名。諸君子同於公車，訂盟起事，並駕齊驅，非列棘設藩，各為門戶。」
〔註49〕

　　據杜登春的《社事本末》記載，「幾社會議止於六子，六子者何？
先君（杜麟徵）與彝仲兩孝廉主其事，其四人則周勒居立勳、徐闇公
孚遠、彭燕又先生賓、陳臥子先生子龍是也。」之所以把陳子龍的位
次置於最後，並不是沒有道理的。杜登春是這麼說的：「時先父延燕
又先生於館席授諸叔古學，凡得五人同筆硯。」「臥子先生甫弱冠，
聞是舉也，奮然來歸。諸君子以年少訝之，乃其才學則已精通經史，
落紙驚人，遂成六子之數。」也就是說，在幾社最開始籌劃建立的核
心小組裏，並沒有陳子龍，之所以沒有陳子龍，是因為他太年輕，較
之其他五子為「子侄行」，故而「諸君子以年少訝之。」但是，由於
他的才學出眾，所以最終加入進去，這才有了復社、幾社「兩社對峙，
皆起於己巳歲」的局面。

　　從這裏可以看出，幾社的性質是一個以經史為主的文社。「幾者，
絕學有再興之幾，而得知幾其神之義也。」因為這樣，臥子才可能由
於精通經史而被接受，這既符合了杜麟徵、夏允彝之所以要另立一名
的初衷，也表現了幾社「盡取友會文之事實」的宗旨。復社借了「婁
東、金沙之聲教，日盛一日，幾於門左千人、門右千人。」過多地干
預政治，「為同心者所憂，異己者所嫉。」而幾社六子，「自三六九會
藝詩酒唱酬之外，境外交遊，概置不問。至於朝政得失，門戶是非，
尤非草莽書生所當與聞。」幾社的主要成就也是在文學上。不論是《幾
社壬申文選》、《陳李倡和集》，還是後來以幾社為班底的雲間詩派、
雲間詞派，就連以經世致用為唯一目的的《皇明經世文編》《農政全
書》等也無一不是通過文學的載體來發生作用的，這也給了擅長古文
辭的臥子極大的發展空間。

　　其次，幾社以「取文會友」為目的，其取友標準則非常嚴格。原

〔註49〕〔明〕杜登春《社事始末》清道光十三年世楷堂刻本光緒二年印
　　本。

先的五子都很熟識，而陳子龍和夏允彝、周立勳乃是舊交，「幾社非
師生不同社，或指爲朋黨之漸，苟出而仕宦必覆人家國，陳臥子聞而
怒。夏考功曰：『吾輩以師生有水乳之合，將來立身必能各見淵源。
然其人所言譬如挾一良方，雖極苦口，何得不虛懷樂受？』臥子曰：
『兄言是』乃邀爲上客。」〔註50〕這樣的人員結構也決定了幾社在日
後的發展中不可能像復社那樣打開門戶，形成「凡文武將吏及朝列士
大夫，雍庠中子弟，稱（婁東）門下士從遊者，幾萬餘人」的巨大聲
勢，但也恰恰是這種嚴密和謹愼，造就了幾社持久的影響力。人與人
之間通過師友、子弟的關係連結起來，不會因爲某種外在的事件或變
革而改變，特別是同幾社重文的特色結合起來，更加擁有了生命力。
僅就詞來說，從雲間詞派到西泠十子，柳州詞派，西陵詞派，乃至陽
羨浙西，整個清代詞學無不以此爲入手。

　　從上述的材料可以知道，在幾社成立之初，並不是由陳子龍發起
的。郭紹虞論「明代的文人集團」就說「幾社爲夏允彝諸人所組織。」
〔註51〕而六子中在當時以文著稱的，則首推周立勳和徐孚遠。《社事
本末》：「周、徐古今業，固吾松首推。」也沒有特地提到陳子龍；崇
禎二年《幾社會義初集》之刻，主持者爲杜麟徵、夏允彝；崇禎五年
杜麟徵爲《幾社壬申文選》做序時，也只是把臥子和幾社的士子並舉，
也就是說在幾社最初的文學活動中，陳子龍的角色是從一個邊緣者逐
漸轉變爲一個積極的參與者，並不是領袖。而到了崇禎十年登第之
後，他的心思就更多地放在了經世救國上。崇禎十三年，幾社分裂爲
求社和景風社，後來又出現了各個小的分社，如雅似堂社、西南得朋
會等等，各自開展社事活動。此時的陳子龍並不在松江，而是在紹興
擔任推官，忙於賑濟災民，平定許都之亂，更加無暇顧及文社之事。
周立勳《符勝堂集附錄》曾記載了陳伯璣和楊龍友、陳子龍在承恩寺

〔註50〕〔清〕李延罡《南吳舊話錄》卷二十三，瓜蒂庵藏明清掌故叢刊影
　　　　印本，上海圖書館藏。
〔註51〕郭紹虞《照隅室古典文學論集》第 183 頁，上海古籍出版社 1983 年。

見面，「所言皆機務，絕不論文，座中桐城光、左二兄，偶談其鄉社事水火，欲公（指陳子龍）收回所撰某某序文，公應聲曰：『天下何等時？正當澳小群爲大群，奈何意氣若此！』」使陳伯璣「退而益歎服公之慷慨激烈，非僅文人比也。」甚至可以說，這段時間裏，陳子龍對於幾社來說就相當於「掛名」而已，而到了鼎革之後，他供奉南明，時時刻刻都在爲如何興復明朝而操勞，更加不可能涉足社事，直到他投水殉國，他再沒有參與過幾社的文學活動〔註52〕。

可是後人在提及雲間幾社之時，往往把陳子龍作爲幾社的領袖加以標舉，又或把陳子龍、夏允彝並提，這首先和科舉有關。

文人結社本來是很清雅的事情，一方面選擇知己，一方面交流學業。他們所交流的學業，占主導地位的是八股制藝。復社之所以能夠聚齊起成千上萬的學子來擁護它，當然有其品格操守方面的模範作用，但說到底，還是因爲張溥等人能夠通過政治力量，把持科舉考試。他們拉攏士子，圖得科名，「溥獎進門弟子不遺餘力，每歲科兩試，有公薦，有獨薦，有轉薦。公薦者，某案領批，某科副榜，某院某道觀風首名，某郡某邑季考前列，次則門弟子某公弟，甚至某公孫，某公婿，某公甥，更次則門牆某等，天如門下某等，受先門下某等。**轉**薦者，江西學臣王應華視薦牘發時，案撫州三學，諸生鼓譟，生員黜革，應華奪官，後學相戒不受竿牘，三吳社長更開別徑，開通京師權要，專箚投遞，……名爲公文，實私牘也。獨薦者，公薦雖已列名，恐其泛常，或有得失，乃投專箚。……及榜發十不失一。」〔註53〕正是由於他們有這樣種種的手段通關節，走偏門，所以「爲弟子者爭欲入社，爲父兄者亦莫不樂其子弟入社。」久而久之，就形成了文社和科舉一榮俱榮，一損俱損的狀況。一個文社如果沒有人在科舉考試中獲得成功，那麼這個文社就難以爭取到士子的支持；而一個文社的領

〔註52〕可參見朱麗霞、羅時進《松江宋氏家族與幾社之關係》，《北京大學學報》2005年2月。

〔註53〕〔明〕陸世儀《復社紀略》卷二，第208頁，見《中國內亂外禍歷史叢書》第十三輯，上海書店1982年。

袖，張溥也好，張採也好，艾南英也好，莫不應該是在科舉上有所建樹之人。從幾社來看，六子的仕途經歷各不相同，杜麟徵在崇禎元年會試中得中副車，夏允彝與陳子龍同在崇禎十年會試中得中進士，彭賓在崇禎三年得中舉人，而周立勳和徐孚遠則始終失意於科舉，這樣我們看出，六子在科舉上走得最遠的是陳子龍和夏允彝，而且兩人同年得中，在當時讚譽一時，不能不說是為幾社爭光露臉了，而陳夏並舉之名也始於此。在一般士子眼中，陳夏兩人即成為幾社的代表，後人標舉幾社，即標舉陳夏，標舉陳夏，也必然說到幾社。

其次，這和幾社後期作文的轉向有很大的關係。

我們已經說過，幾社重文，這便給了陳子龍很大的發展空間，不論是參與《壬申文選》的編選，還是他崇禎七年下第回鄉後鑽研古文辭，「作古詩樂府百餘章」，又或是與李雯宋徵輿相互倡和，出版《陳李倡和集》，建立雲間詞派，都是在幾社的整體氛圍下進行的。同他一起進行文學活動這些人也都是幾社的成員。可以說，陳子龍的文學成就是在幾社的土壤中生根、發芽，進而茁壯成長的，他在古文辭上所獲得的成就也為他在幾社中樹立了自己形象，而他對於幾社的文學活動所起到的作用更是重大的，具有轉折意義的。

在幾社建立的初期，相互酬答的無非是制藝，其關注點主要在八股文。幾社的其他幾位重要成員，如夏允彝、杜麟徵等，並不以詩文名世，而陳子龍由於受到父親和老師的影響，從來便有對古文辭的濃厚興趣，他的好友李雯因為同陳子龍交往也開始致力於詩文創作。也就是說，陳子龍把詩文創作的風氣帶到幾社中來了。開始的時候，臥子只是同李雯、徐孚遠等好友「益切靡為古文辭」〔註54〕，「間以詩酒自娛。」〔註55〕但漸漸地，這個倡和的範圍就從二三好友擴大到了全幾社的共同活動，不再局限於幾個人，也不限定於特殊的場合，而是

〔註54〕〔明〕陳子龍《陳子龍自編年譜》卷上「崇禎二年己巳」條，見《陳子龍詩集》（下），第 643 頁。

〔註55〕〔明〕陳子龍《陳子龍自編年譜》卷上「崇禎四年辛未」條，見《陳子龍詩集》（下），第 646 頁。

變成了幾社眾人日常的活動。在崇禎五年「集同郡諸子治古文辭益盛，率限日程課，今世所作《壬申文選》是也。」刻板乏味的八股文逐漸被充滿感情和思想的古文辭作代替，在當時的文壇產生了很大的影響。《老學庵筆記》裏記載了這樣一則逸聞：「臥子嘗月夜泛舟白龍潭，匏尊瓦杯，欣然獨酌，興至，輒高詠良久。岸上一人曰：『足下少住』亦棹扁舟，攜壺竟上臥子船頭，各不交語，吟詠間作，夜深始散。其人上岸大聲曰：『我朝以八股壞天下，幾社諸君又以才情壞八股。』臥子欲與再談，乃搖手而去。明日，臥子語夏瑗公，瑗公曰：『此公爲劉公榮則不足，爲顧子敦則有餘，然我輩終落其齒牙。』」「以才情壞八股」這是從反面說出了臥子等人古文辭創作的巨大聲勢。於是「當陳、夏《壬申文選》後，幾社日擴，多至百人。」〔註56〕創作古文辭也就成爲了幾社的特色與傳統。這個風氣在幾社始終保持著，直到明代滅亡，清朝建立之後，已經身爲清朝新貴的宋徵輿在丁憂期間回到雲間，還爲原社諸子指點古文辭法，「先生唯唯，分古文詞題，嚴督諸子，按月一較。較其缺略有罰，合式者親舉一觴飲之，未合式者勉之以應讀何書。」〔註57〕不能不說是沿襲了臥子的做法，繼承了幾社的傳統。幾社之所以能夠從八股文成功轉型爲古文辭，並以古文辭的創作名揚天下，陳子龍居功至偉。他的文學成就正如全祖望《張尚書集序》所說：「明人自公安、竟陵狎主齊盟，王、李之壇幾於扼塞。華亭陳公人中出而振之。」〔註58〕

　　陳子龍對幾社的影響不僅表現在文學上，還表現在思想導向上。幾社建社之初，曾刻意同政治保持了距離，故而擺脫復社，另立一社，可說是一個純粹的文人社團。江南本就有詩酒傳統，何況這些年輕倜儻的才子們會聚一堂，那必然是風流自命，浪漫瀟灑的。臥子也並不缺乏這樣的浪漫細胞，從他留下的《中秋偕闇公舒章讓木集飲》《十六夜又

〔註56〕楊鍾義《雪橋詩話續集》卷一，第66頁，求恕齋叢書本。
〔註57〕〔明〕杜登春《社事始末》清道光十三年世楷堂刻本光緒二年印本。
〔註58〕〔清〕朱鑄禹《全祖望集彙校集注》，上海古籍出版社2000年。

偕闇公讓木諸同社集飲》《偕諸公集盛氏》等詩作中還可以想見他們那時的生活狀態，但是，從小在父親的教導和影響下所形成的親近東林、勇於任事、關心國事、積極入世的基本性格是無法改變的，何況國運日衰，危機四起，他更不可能僅僅流連詩酒，枉度青春。吳偉業在《彭燕又壽序》中回憶了年少時的一件往事：「往者予偕志衍舉於鄉，同年中雲間彭燕又、陳臥子以能詩名。臥子長予一歲，而燕又、志衍，俱未三十，每置酒相與為歡，志衍偕燕又好少年蒲博之戲，浮白投盧，歌呼絕叫，而臥子獨據胡床，燃居燭刻韻賦詩，中夜不肯休，兩公者目笑之曰：『何自苦』臥子慨然曰：『公等以歲月為可恃哉！吾每讀終軍、賈誼二傳，輒繞床夜走，撫髀太息，吾輩年方隆盛，不於此時有所記述，豈能待喬松之壽，垂金石之名哉！曹孟得不云乎，壯盛智慧，殊不吾來，公等奈何易視之也。』」從這件小事可以看出臥子慨然以天下為志的雄心抱負與同輩人相比，顯得尤為突出。他的這種經世之懷，救世之志得到了夏允彝的支持，故而幾社漸漸地從純文人社團轉變為有經世之懷的文人團體，他們的文學活動也從古文辭的詩酒倡答轉變為編撰《皇明經世文編》《農政全書》等關乎國計民生的實用著作。後人在議論幾社時，往往注意到它在實學方面所作的努力和貢獻，這一切無不與臥子有密切的關係。是臥子用自身的經世之懷影響並調整了幾社的發展方向，在幾社的轉型中，他是一個關鍵性的人物。

　　陳子龍不僅是一個文人，更是一個志士。葉矯然在《龍性堂詩話續集》中說「大樽豈僅以記述名世哉？」「實因其人而益重其詞」〔註59〕可謂一鍼見血。在甲申鼎革之後，陳子龍積極投身到復興明朝的運動中去，則是以實際行動實踐了他經世救國的文學思想。明亡之後像吳應箕、吳易、侯峒曾、顧杲等復社幾社成員紛紛慷慨殉國，而人們心中幾社的兩位領袖夏允彝和陳子龍齊齊殉國，就有比他人加倍的意義，可以說，陳夏二人在他們人生的最後一次選擇中

〔註59〕〔清〕江順詒《詞學集成‧附錄》第 3304 頁，《詞話叢編》本。

同樣成為了幾社的代表。這些人在入清後都受到了乾隆皇帝的褒揚，陳子龍被追諡為「忠裕」，以獎掖他「崇獎忠貞」，乾隆此舉的目的無非是為了邀買人心，為自己的統治增加一分德政，但在客觀上也使陳子龍得到廣泛的宣揚。這也就不奇怪為何清代的學人推陳子龍為明詩第一〔註60〕，「明人自公安、竟陵狎主齊盟，王、李之壇幾於扼塞。華亭陳公人中出而振之。」〔註61〕「臥子……空同、大復之後，一人而已。」也不奇怪後人目臥子為幾社第一人了。雖然從後期的社事活動上來看，陳子龍的參與度確實很低，但是他把幾社從一個研究制藝的八股文社改變為以古文辭留名歷史的文學社團，是他把幾社從一個純文學團體轉化為明末亂世中努力探求救國方略的愛國組織，更是他，以自己捨身殉國的壯舉為幾社做出了表率，使幾社具有了同復社比肩的地位和意義，也讓後人得以更加全面準確地評價幾社，所以，以大樽為幾社之靈魂所繫，當之無愧。

〔註60〕〔清〕全祖望《張尚書集序》：「明人自公安、竟陵狎主齊盟，王、李之壇幾於厄塞，華亭陳公人中出而振之。」見《鮚埼亭集外編》卷二十五，《四部叢刊》本。

〔註61〕〔清〕倪永清《詩最》，見《陳子龍詩集》附錄四，第781頁。

第三章　陳子龍的政治活動與
生死抉擇

第一節　從三次會試到任職紹興看陳子龍的出處
抉擇

何事最傷心，青春與黃土。

崇禎四年的春天，二十四歲的陳子龍第一次參加了會試，主考官
是周延儒、何如寵，爲陳子龍閱卷的是文安之和倪元璐。這兩位都是
正直的文官，文安之後來曾經擔任國子監的祭酒，但是因爲冒犯了薛
國觀，被削藉放還了。明亡後，他參加過福王和永曆的小朝廷，「十六
年，王奔永昌，入緬甸，地盡失，安之鬱鬱而卒。」〔註1〕倪元璐和陳
子龍的交情更多一些，陳子龍應試的這一年，他剛剛擔任了皇帝的講
官，後來又擔任過國子監祭酒，因爲得罪了溫體仁，落職閒住，崇禎
十五年再次起復，李自成陷京師之後，「元璐整衣冠拜闕，遂自縊死。」
〔註2〕因此可以說，這兩位先生不論是才學還是抱負，都和陳子龍有共
同之處，他們也都非常欣賞陳子龍的卷子，就把他推薦給了擔任主考

〔註1〕〔清〕張廷玉《明史》卷二五一，第 6425 頁，中華書局 1974 年。
〔註2〕〔清〕計六奇《明季北略》第 506 頁，中華書局，1984 年。

的周延儒，周延儒作爲閣臣雖然柔佞，但也是個才子，看到陳子龍的卷子，也很喜歡，「欲置異等」，可是，因爲陳子龍的卷子塗抹得很厲害，周延儒「恐爲某公所疑，遂止。」〔註3〕這個某公指的應該是同樣任在內閣的溫體仁，周、溫兩人的爭鬥從來都沒有停止過，陳子龍是復社的人，而當時的朝議無不知道周延儒和復社關係特殊，更何況他的外甥吳昌時也在復社，和陳子龍還頗有交情，在這樣幾個條件之下，他不能不考慮到可能招來的議論和攻擊。在這一次的會試中，陳子龍落第了，和他一樣落第的還有夏允彝，吳偉業則中了會員。

回到松江之後，陳子龍把主要的精力都放在了古文辭的寫作上，和好友一起，「閒以詩酒自娛」。這一時期他結交了很多文友，「問業者日進，戶外履滿。」可以看出這一次的落第對於年僅二十四歲的陳子龍來說，並沒有造成太大的打擊，畢竟他還很年輕。但是這一次的北京之行，卻是他第一次走近政治和權力的中心。他的所見所聞，所接觸到的人和事，都給了他很多新的體驗，使他在談論詩文之外更加積極地議論時政，關注時局。

其實早在崇禎三年的時候，明朝的形勢就發生了很大的變化。崇禎二年十月，皇太極率後金兵及蒙古兵約十萬避開寧遠、錦州南下，十一月初一，京師戒嚴。崇禎三年三月十六日，崇禎帝中了皇太極的反間計，殺了薊遼督師袁崇煥，雖然在殺毛文龍這件事上，袁崇煥本身的行爲確實存在問題，但是崇禎帝殺了他卻是錯上加錯，可說是親者痛仇者快。東北建州的清兵雖然暫時被擊退了，但是隨時都有捲土重來的可能性，因此，孫承宗建議修築大淩城，來保護錦州。這是一個很好的建議，在清兵再犯之前如果可以建起一道阻擋的屏障，對關內是非常有效的保護。崇禎四年的五月，祖大壽帶了兵將兩萬餘人，修築大淩城，可是，在即將修好的時候，朝廷的主意又改了，「廷議大淩荒遠，不當城，撤班軍赴薊，責撫鎮矯舉。」巡撫山海關的丘禾嘉

<hr>

〔註3〕〔明〕陳子龍《陳子龍自編年譜》卷上「崇禎四年辛未」條，第646頁。

撒走了防兵。結果到了八月，清兵復來，「大兵抵城下，別遣一軍截錦州。城中兵出，悉敗還……大淩城人民商旅三萬有奇，僅存三之一，悉爲大清所有，城亦被毀。」〔註4〕面對這樣反覆失措的行爲，年輕的陳子龍憤而寫下了《淩河》詩：「寄語鄰邊士，何勿常悠悠？失地律尙輕，開邊罪難酬。君王不好大，誰敢思封侯。」〔註5〕對朝廷的多疑輕率表示了極大的憤慨。國家越來越貧窮、混亂，山西、陝西一代的農民起義雖然受到朝廷的鎮壓，但是其猛烈發展的勢頭已經不可遏制了。到了崇禎四年的時候，農民軍已經壯大分化爲三十六營，更加難以控制，而朝堂上的政事則沒有任何的進步，「諸臣所目營心計，無一實爲朝廷者，其用人行事，不過推求報復而已。」正是「小人之焰益張……君子之功不立。」（《崇禎四年所上尊旨明切具奏疏》）

　　遠在松江的陳子龍不可能對朝廷的變化瞭解得非常清楚，他只是感覺到了國事的不安，覺得國家需要幫助和拯救，他「作書數萬言，極論時政。」其目的都是爲了能夠上呈朝堂，有裨政事。然而，政治是不可能憑几篇論政的文章可以改變的，對此，老到的陳繼儒比他看得更加清楚，「陳徵君怪其切直」〔註6〕，告誡他不在其位，不謀其政。可是年輕的陳子龍「體服周孔之數，心歷史屈之直」〔註7〕，對自己的才能有充分的自信，「假令陛下發明詔，開德音，使臣出入承明之廬，付臣以珥筆之任，承備顧問，舉擡遺失，必能使雅言輻輳，文令縱橫，宰相諤疑，遠夷屈服，時無過舉，後有令名，且臣於孫吳用兵之書，須臾鈐決之符，亦略聞其蘗矣。」他努力地想獲得機會來證明自己，「臣今幸當盛隆，年歲壯茂，沐浴詩書，玩心虛無，又有朋儕之樂，文筆

〔註4〕　〔清〕張廷玉《明史‧丘禾嘉傳》卷二六一，第6769頁，中華書局1974年。

〔註5〕　〔明〕陳子龍《淩河》，見《陳子龍詩集》卷四，第94頁，上海古籍出版社1983年。

〔註6〕　〔明〕陳子龍《陳子龍自編年譜》卷上「崇禎四年辛未」條。

〔註7〕　〔明〕陳子龍《陳忠裕公全集》卷六《求自試表》，見《陳子龍文集》（上），第298頁，華東師範大學出版社1988年。

之娛，處於世者，可謂盛矣，而急急於陛下，欲以捐無憂之軀，授不羈之命者，誠以志士忘身以殉主，忠臣竭能以延祚也。又以春秋薦加，壽命莫寄，覽賈生鵬鳥之篇，讀子建求通之表，中當鄧傅拜袞之年，近迫魏帝白頭之歲，悲離沉疢如待奄忽，觀竹帛之廢興，鑒鍾鼎之淹固，古之賢士多不逢時，臣獨何人自對明主，此掩卷而難忘，撫心而於邑也。」〔註8〕可以看出，這個時候他的心中充滿了積極入世的渴望。

他的這些文章自然是沒有得到什麼回音的，他不能不感到懷才不遇的沮喪，他在崇禎五年的生日時寫道：「擊劍讀書何所求，壯心日月橫九州。頗矜大兒孔文舉，難學小弟馬少游。不欲側身老章句，豈徒挾策干諸侯。閉門投轄吾家事，與客且醉吳姬樓。」〔註9〕但是也沒有什麼辦法，畢竟這時的陳子龍還只是一個舉人，距離政治還有相當的距離，反倒是在他的倡導下，幾社的古文辭愈加盛行起來。他和夏允彝、周立勳、宋存標、宋徵璧等人，共同徵選了一批古文，編撰成冊，當時稱為《壬申文選》。王沄《春藻堂宴集序》中對它褒獎甚高：「我郡之有古文辭也，自崇禎壬申昉也。先是辛未陳黃門臥子、夏考功彝仲、宋太守尙木、彭司李燕又、杜職方仁趾，同上公車，與吳中徐詹事九一、楊孝廉維斗、張庶常天如、吳祭酒駿公、豫章楊太史伯祥、彭城萬孝廉年少諸公，會於京師，擬集燕臺之社，以繼七子之迹。會杜職方、張庶常、吳祭酒、楊太史登第，黃門四公報罷，歸，乃興同里周太學勒卣、徐孝廉闇公、李舍人舒章、顧徵君偉男、宋待詔子建、朱郡丞宗遠、王文學默公，共肆力為古文辭。上溯三百，下迄六朝，靡不揚棄，至壬申而集成。吳中姚文毅公為之序，天下所稱幾社壬申文選是也。」

而國家局勢的惡化仍在繼續。崇禎四年冬，孔有德反明，攻陷登

〔註8〕〔明〕陳子龍《陳忠裕公全集》卷六《求自試表》，見《陳子龍文集》（上），第298頁，華東師範大學出版社1988年。

〔註9〕〔明〕陳子龍《生日偶成》二首，見《陳子龍詩集》卷十三，第414頁，上海古籍出版社，1983年。

州。「山東無兵八九年，遼人一夜成豺虎。千村寂歷煙火微，爐邑殘城滿鼙鼓。」〔註 10〕崇禎五年，朝廷開始加派遼餉。六年，周延儒被罷了相。這一年的秋天，陳子龍再次上京，準備第二次的會試。這時掌權的已經是溫體仁了，這是個「外曲謹而內猛鷙，機深刺骨」〔註 11〕的人物，如果說崇禎用周延儒使國事腐敗，那麼這次起用溫體仁，則是讓國家墮入更加瘋狂的地步，所以民間有「崇禎皇帝遭瘟（溫）了」之說。特別糟糕的一點是崇禎帝越來越不信任外臣，又開始大量地起用內臣，繼崇禎三年令太監張彝憲總理戶、工兩部錢糧之後，又以司禮監太監曹化淳提督京營，太監陳大金、閻思印、謝文舉、孫茂霖為內中軍，分入曹文詔、左良玉的軍營記功過，催糧餉，甚至令入覡官投冊，官員見內臣行屬下禮，外地官員入京先要謁見內臣等等。這遭到了飽受閹黨之害的官員們極力阻止，袁繼咸、倪元璐等相繼上書請罷，皆不聽。固然，如思宗所說「朕不得已遣用內臣」，實在是外臣能實心幹事的太少，徒託空言假公濟私的太多，使他有一種無人可用的感慨。於是想到了身邊的那些閹官，只有他們才是真正的心腹股肱，意在藉重他們來矯枉振頹。但是遣用內臣監軍、監財，總是一種不祥之兆，極易挫傷外廷大臣的忠心，使朝政日益失去人心。對於中官監軍，陳子龍無疑是反對的，他在《擬招討澤潞使成德王元逵魏博何弘敬上宰相李文饒求罷中使監軍書》中就堅定地表達了自己的態度，而且對於內臣監軍的弊端也分析得很到位：「數遣中使，疑阻將率朝廷寄以腹心期其伺察動靜以致軍中畏貳撤其外禦之謀，先圖內防之計，曲躬枅鼓之下，甘言矢石之間視其喜怒如當勝敗，又進則貪功退則營利或挾朝命竦以禁密，甚通賊旨示其重輕，內外相間，功都不立，至於河朔世將，亦置監軍迹所施為，有害無利。」

　　這一年他寫了大量關注時事的詩歌，像《雜詩四首》和《傷秋四

〔註 10〕　〔明〕陳子龍《登州行》，見《陳子龍詩集》卷八，第 209 頁，上海古籍出版社，1983 年。

〔註 11〕　〔清〕張廷玉《明史·奸臣傳》卷三零八，第 3971 頁，中華書局 1974年。

首》，每一首都是針對當時所發生的時事。而在《通鑑綱目三編》中記載的有關於農民起義軍的史實，如「崇禎六年二月，流賊犯畿南、河北……」；「崇禎五年八月，曹文詔與左光先等，分剿宜君、清澗、米脂、合水賊，皆大捷。洪承疇亦破賊平涼……關中巨盜略盡。」等等也樣也都出現在陳子龍的詩歌中〔註 12〕，可見他在尚未走入政治之前就已經抱有了強烈的責任意識，但是他也清醒地認識到若想能夠為國效力，把這種抱負轉化為現實，唯一的途徑只能是通過科舉，所以，在六年的九月，陳子龍和宋徵璧一同再次赴京參加會試。

在告別李雯的時候，臥子寫了《留別舒章並酬見贈之作・二首》：「相逢抱膝各凄然，大略英謀負少年。……余依閶闔真人氣，君擅荊吳劍客賢。此別烽煙天下滿，異時羽翰更周旋。」〔註 13〕他告訴自己這次會試一定要成功，好為國效命，建功立業。作為知交，李雯非常瞭解臥子的心情，在回贈詩中寫道：「如君少有功名志，他日相逢見棨旌。」

然而，崇禎七年的第二次會試，陳子龍又一次失敗了。

這一次的失敗給了陳子龍很大的打擊，「春，復下第罷歸。予既再不得志於春官，不能無少悒悒。」〔註 14〕如果說第一次會試失敗還只是年少失意的惆悵，那麼這一次的失敗則是對臥子報國熱情的當頭一棒，他不得不再等三年。他寫了一篇《秋望賦並序》，其心情之落寞溢於言表：「予弱歲沉悼茂壯，淹抑五十之年，已及其半而位不列於章服，名不奮於邦家，俯仰赧焉。軒輊莫措，自念終賈之儔未為窮絕，撫時感運，遂殊塵漢，此所以當陰景而懵惻，披涼飂而黯淡也。且夫哀樂放心，至人之達節，榮悴莫憾，曠士之冥致，推於近道，其

〔註 12〕 《傷秋》四首「泛泛江南獨自傷，神州鼙鼓尚相望。……五校秋風雕擊急，九河戰氣燕歸忙。」，見《陳子龍詩集》卷十三，第 426 頁，上海古籍出版社，1983 年。

〔註 13〕 《陳子龍詩集》卷十三，第 427 頁。

〔註 14〕 〔明〕陳子龍《陳子龍自編年譜》卷上「崇禎七年甲戌」條，第 650 頁。

迫庶乎。至於才情之士，託思綿渺，援趣流激，雖途值恬夷，會當輻輳，猶淫淫而煩怨，冉冉以悲時。況乎頗臻搖落之期，大有傷心之事，鮮世俗之工巧，抱泛濫之餘聲，有不遇此愀屬增其浩歎者乎。」〔註15〕他回到松江，閉門謝客，鑽研古樂府，「作古詩樂府百餘章」。

> 端居日夜望風雷，鬱鬱長雲掩不開。
> 青草自生楊子宅，黃金初謝郭槐臺。
> 豹姿常隱何曾變，龍性能馴正可哀。
> 閉戶厭聞天下事，壯心猶得幾徘徊？〔註16〕
> 男兒致身須榮戟，何事縱橫弄文籍？
> ……讀書射獵徒為爾，何況飯牛還牧豕。
> 惟應與客乘輕舟，單衫紅袖春江水。〔註17〕
> 獨坐孤亭晚，昏鴉滿廢丘。
> ……衰草居然白，寒花強自紅。
> 霜明群雁影，葉冷一溪風。〔註18〕
> 荒荒何所有，暮靄倚山橫。
> ……日黃寒共影，雨白照還明。
> 愁絕孤鴻夜，辛勤萬里行。〔註19〕
> 獨對滿庭草，幽心不可名。
> 秋香情入暝，雲葉魄生明。
> 移燭金波薄，添衣玉露輕。
> 自聽孤鴻過，碧落久無聲。〔註20〕

春女思，秋士悲。這些詩歌就成為了臥子自我遣懷的最佳途徑。

在這一階段，臥子生活主要是讀書和詩酒，他結交了宋徵輿，唱和不斷。崇禎八年，他和徐孚遠等人一起住南園讀書，李雯曾就他

〔註15〕〔明〕陳子龍《陳忠裕公全集》卷一，見《陳子龍文集》（上），第9頁，華東師範大學出版社1988年。

〔註16〕《雜感》，見《陳子龍詩集》卷十三，第435頁。

〔註17〕《甲戌除夕》，見《陳子龍詩集》卷八，第241頁。

〔註18〕《晚秋郊外雜詠・八首》，見《陳子龍詩集》卷十一，第332頁。

〔註19〕《寒雲》，見《陳子龍詩集》卷十一，第333頁。

〔註20〕《秋暮》，見《陳子龍詩集》卷十一，第326頁。

們在一起讀書的文士生活寫下了一篇《會業序》:「幾年春,闇公、臥子讀書南園。余與勒卣、文孫輩,或間日一至,或連日羈留。樂其修竹長林,荒池廢榭。登高岡以望平曠,後見城堞,前見丘隴,春風發榮,芳草亂動。雖僻居陋壞,無憑臨弔古之思,而覽草木之變化,感良辰之颷馳,意慨然而不樂矣。兼以春多霖雨,此鄉有惡鳥,雉尾而赤背,聲若嗡中出者,繞籬大鳴,鳴又輒雨,臥子思挽弓而射之,竟不可得。又有啄木鳥,巢古藤中,數十爲伍,月出夜飛,肅肅有聲。……臥子顧而言曰:『此固昔賢笑歌遊樂之場也,此事曠絕既數十年,而後惡鳥、啄木之群,相與聚族而居之,飛走飲食其中又數十年,而此蟲鳥又何知?若夫志動日月,氣屬風雲者,固不堪鬱鬱坐對此曹耳。』予笑而言曰:『今流人之亂也,大江以北,大河以南,有介而登者乎?』曰『有』『有負而走者乎?』曰『有』曰『有僵而殣者乎?』曰『是不可勝數也』『則我儕之聚於荒郊,悠優詩書,是不可謂非天子之福,南人之幸。且我等今日六七布衣諸生,偶得偃仰而追隨也,使他日或在朝廷,或在方國,或在蠻瘴,或在鄉里,千里相思,十年不見,則又安知南國之啄木、惡鳥、獝獺之群,不又爲賞心樂事不可復遇者耶?』臥子以爲然,曰:『是不可以無所志。』文孫曰:『即我南園之中,我數人之所習爲制科業者,集而廣之,是亦可以志一時相聚之盛矣。雖然,今天下徒以我等爲飲酒賦詩,擴落而無所羈,方與古之放言之士,鄙章句,廢畦町,岸然爲躍冶者以自異於世;而不知其局促淹困,相守一方,是區區者,蓋亦有所不免也。』」從這篇序裏我們看到,臥子對於當時的時局已經有了切實的認識,有人奮起抗爭,「介而登者」;有人流離失所「負而走者」;有人爲人魚肉「僵而殣者」,今天讀書的南園,修竹長林,芳草亂動,爲笑歌遊樂之場,而明天就可能成爲惡鳥出沒的荒地,因此,作爲士人「不可以無所志。」在第二次會試的挫折之後,臥子的用世之心更加強烈了。

　　崇禎七年，車廂峽事件〔註21〕，明朝失去了剿滅農民軍的最好機會。緊接著，「崇禎八年乙亥，秦賊數十萬出關，三分，入晉、入豫、入楚。冬春之際，悉萃於秦。」〔註22〕在這一年的冬天，張獻忠、掃地王等農民軍的領袖率部武裝襲擊了明皇陵所在地鳳陽。焚毀三府（撫、按、府）公署、留守司府廳共計 594 間，焚毀鼓樓、龍興寺 67 間，民房 22652 間，殺死官員 6 名、生員 66 名，各類兵將 4000 餘人〔註23〕。文震孟曾寫了一篇《皇陵震動疏》分析禍亂之源，直率地指出造成社會動亂的原因有四方面，其中特別提到了「將無紀律，兵無行伍，燒殺搶掠更甚於賊。」以至於民間有「賊兵如梳，官兵如櫛」之說。年輕的陳子龍也在《上張中丞論禦賊事宜書・乙亥春三月》中說到「今江南之民困極矣，有死於催科者，死於徭役者，有死於飢饉者，有死於污吏之攘奪者，有死於豪家之橫逆者，十年以來，雖素封富室，皆已蕭然，至於貧困，不保朝夕，今愁霖浹旬菽麥敗爛，而過撲愈急，兵事紛紜，民之思亂，十室而九，寇在門庭，而人心如此撲之，往古未有不亂者。」文震孟的疏文可說是切中時弊，思宗看後也讚歎不已，「本內追溯亂源，亟圖妙算，殊屬剴切，並理財用人等事，該部悉心籌劃，以備採擇。」〔註24〕然而，皇陵遭襲的主要責任人楊一鵬、吳振纓，一個是溫體仁的姻親，一個是王應熊的座主，在溫體仁的庇護下，竟然以遣戍了事，溫體仁之恣意縱行，國勢之頹敗無力，一至於此！令人在松江的陳子龍痛徹心肺，寫下了「哀痛傳新詔，逍遙恨曩篇。何人慰明主？飛捷到天邊。」〔註25〕的詩句，特別

〔註21〕〔清〕吳偉業《綏寇紀略》卷二《車廂困》，見《歷代筆記全集・清》。

〔註22〕〔清〕趙吉士《寄園寄所寄》十二卷 B 引《流寇瑣聞》，見《歷代筆記全集・清》。

〔註23〕〔清〕吳偉業《綏寇紀略》卷三《真寧恨》引《給事中林正亨查鳳陽失事疏》，見《歷代筆記全集・清》。

〔註24〕〔明〕黃宗羲《明文海》卷六二，《文震孟皇陵震動疏》，見《明史》卷二五一《文震孟傳》第 6495 頁。

〔註25〕陳子龍《諸將》五首，見《陳子龍詩集》卷十一，第 342 頁。

是「何人慰明主」一句，表明他再一次堅定了爲國出力，爲君分憂的
決心。

　　崇禎九年，陳子龍第三次前往北京參加會試，同行的有彭燕又、
鄭超宗，都是復社的成員。這一路並不順利，因爲是多天，「阻凍邵
伯，驛路且斷，秦郵王鐵山司馬，時罷縣令家居，遣私馬護行，得達
淮陰。」除夕才到達了費縣。這一次的會試，陳子龍終於成功了，「與
彝仲俱得雋，素稱同心。」〔註26〕而且，這一次陳子龍的座師是黃道
周，他也成爲陳子龍一生所敬仰愛戴的人。現在的人可能很難理解科
舉時代一位新進進士對於主考官或者是本房座師的愛戴，那是因爲在
科舉時代，錄取的名額甚至連考生數量的十分之一都不到，考生的黜
陟，與考官有著直接而巨大的關係，何況黃道周不管是才學上的成
就，還是德業上的資望，都堪稱海內名士，和劉宗周二人並稱「二周」，
在晚明可說是影響至大。特別是從他的政治責任感來看，更可說是陳
子龍的父執，他以敢於直言而名滿天下，周延儒當政時，他上疏批評
周延儒；溫體仁掌權時，他又上疏請罷溫體仁，從不依附於任何勢力
人物，始終以自己的實際行動實踐著士人的操守，因此而受到過很多
次的貶斥，甚至是廷杖的危險，但始終強項不屈。陳子龍在老師受到
貶斥的時候，也始終陪伴左右，寫過很多寄贈的詩篇來表示支持和敬
仰。他們之間的契合，主要來自精神上的感召。明亡之後，黃道周在
隆武朝任首相，「順治二年七月，唐王鍵遣其大學士黃道周以兵出江
西。十二月，道周進至婺源，遇大清兵，戰敗見執。至江寧，幽別室
中，聞當刑，書絕命辭衣帶間。過東華門，坐不起，曰：『此與高皇
帝陵寢近，可死矣。』監刑者從之。」〔註27〕其節義如此！陳子龍曾
以「殉國何妨死都市，烏鳶螻蟻何分別？」〔註28〕來悼念他，而他自

〔註26〕《陳子龍自編年譜》「崇禎九年丙子」條，見《陳子龍詩集》（下）
　　　　第652頁。
〔註27〕《明通鑒輯覽》見上海圖書館藏四庫全書本。
〔註28〕陳子龍《歲晏效子美同穀七歌》之五，見《陳子龍詩集》卷十，第
　　　　310頁。

己最終以死殉國，其激昂慷慨，與其師如出一轍。

　　這一年，陳子龍正好三十歲了。從崇禎四年到崇禎十年，七年的時間，陳子龍經歷了三次的會試，終於成了進士，他的心情自然是歡快的，這種歡快一方面來自七年時間的壓抑和積纍，終於有朝一日達成心願，另一方面，是他終於有機會能夠進入政治權力的圈子，能夠爲這個日漸危亡的國家貢獻自己的力量。崇禎十年的春天，他和夏允彝、錢仲馭一起踏青，在他快樂的心情下，春天的景色也異常可愛〔註 29〕。今天的他已經是大明的官員了，他能看到自己所面對的仕途，「且登高臺立斯須，幾甸千里開神圖。夏子名譽聞東吳，錢郎相門眞鳳雛。一朝彈冠事天子，長纓何計摧□□。矯首北望嗟崎嶇，諸陵煙樹神所扶。」〔註 30〕他的雄心抱負在這個春天裏充分地揮灑了出來。

　　六月，陳子龍被分配到廣東惠州擔任審判工作，也就在這個月，溫體仁被罷免了。這實在是一件大快人心的好事。溫體仁在內閣八年，思宗始終受他的蒙蔽，如劉宗周所說：「臣於是知小人之禍人國無已時也。皇上惡私交，而臣下多以多以告訐進；皇上錄清節，而臣下多以曲謹容；皇上崇勵精，而臣下奔走承順以爲恭；皇上崇綜覆，而臣下瑣屑苛求以示察。究其用心，無往不出於身家利祿。皇上不察而用之，則聚天下之小人立於朝，而有所不覺矣。嗚呼！八年之間誰秉國成，臣不能爲首揆溫體仁解矣。」同周延儒相比，周貪污狼藉，毫無操守，自不諱言，但是用心卻比較寬厚，而溫體仁則苛刻陰鷙，打擊報復無所不至，「時寇事已張，首輔溫體仁專心傾軋，不計國事。」一味媚上以制下，排斥異己，雖有才幹，卻是一個徹頭徹尾的小人。早在崇禎元年會推閣臣的時候，溫體仁就以「錢謙益有黨」令錢謙益

〔註 29〕陳子龍《高梁橋行》「西直門西春景殊，長堤十里多歡娛。……般紅溪草寒菰菼，咫尺已自忘江湖。」見《陳子龍詩集》卷九，第 256 頁。
〔註 30〕陳子龍《高梁橋行偕夏彝仲、錢仲馭遊賦》，見《陳子龍詩集》卷九，第 256 頁。

罷官回鄉閒住，時隔多年，溫體仁仍不放過他，必置之死地而後快。收買了錢謙益老家常熟縣衙的書手張漢儒誣告錢謙益、瞿式耜作惡鄉里，開具了五十八條罪狀，皆為虛妄不實之言。立刻，錢謙益、瞿式耜被逮捕。錢謙益在獄中連上兩疏為自己申辯，可是都沒有回音。在他的《初學集》中有《獄中雜詩三十首》即作於此時，「老去頭銜更何有？從今只合號罷民。」〔註31〕他的心情可以說是絕望到了極點了。在張國維、路振飛上疏救援未果的形勢下，錢謙益唯一想到的辦法只有託人情，走路子了。他找到了思宗身邊的太監曹化淳，這是一個很有勢力的內臣，曾提督京營，頗受思宗信任，曹化淳答應幫忙。這一下溫體仁急了，乾脆誣陷錢謙益出銀四萬兩賄賂曹化淳，結果激怒了曹化淳，以奉旨清查的名義，揪出了受溫體仁指使的張漢儒，使思宗猛然醒悟「體仁有黨！」〔註32〕罷了溫體仁的官。

陳子龍在觀政刑部之初，留下了一首名為《初觀政刑部自勵》的四言詩，他先簡單地回顧了自己的早年經歷，「維余小子，性麗於愚。早歲孤零，希尚不模。樂我狂簡，任我驅馳。矜負壯往，雕蟲是都。」從一個輕狂無知的少年成長為今日的新進人才，「顧承嘉命，被此章服。怳惕未遑，其何能淑？水亦有涯，車亦有輻。……毋曰道遠，服勤者長。毋曰聖希，舍己者良。……儀刑前修，黽勉濟世。國譽馨聞，家聲遐繼。敢告君子，輔茲不逮。」〔註33〕恰如其分地表現了他初入仕途時興奮激動，充滿敬畏同時又壯志在胸的情感狀態。隨後銓選出都之時，於惠州赴任之時，他又寫下了燕中雜詩：「聖化深幽明，輿圖三百秋。昔時豪俠地，今日帝王州。」〔註34〕「燕山一回首，去國

〔註31〕〔清〕錢謙益《牧齋初學集》卷十二《霖雨詩集》，上海古籍出版社1985年。

〔註32〕〔清〕張廷玉《明史》卷三零八，第1971頁，中華書局1974年。

〔註33〕《陳子龍詩集》卷一，第6頁。

〔註34〕《燕中雜詩》二十首之「聖化深幽明，輿圖三百秋。昔時豪俠地，今日帝王州。宮闕符玄象，山河擁上游。更開弘儉德，薄海仰垂旒。」《陳子龍詩集》卷十一，第354頁。

爾何之？遠道八千里，壯心三十年。」〔註35〕多年來的夙願，尤其是這三年來的隱忍，終於可以揚眉吐氣，終於可以身心舒暢了，此時此刻，哪怕是辭官不做，也是「今日稱肥遁，還山本未遲。」〔註36〕更何況，他正充滿了為國效力的激情「共見昇平日，誰分聖主憂。」即便沒有能夠留在京城做個「京華客」而要遠赴惠州「為州郡臣」，心中不能無些許遺憾，但是「亦是分憂者，無嫌佐郡卑。」能夠達成心願就已然令他雀躍不已了，何暇顧及那麼許多呢，他寬慰自己「酬恩皆有地，莫憶上林春。」〔註37〕

事實上，陳子龍對於功名的期待並不僅僅表現在這一首詩中，比如在崇禎六年他寫給徐孚遠的詩作《有感示闇公》中就有「風塵仍不息，杖策每差池。吾輩豈終爾，天心安可知？徒勞明主夢，誰釋柄臣疑？報國生平事，憐君未老時。」〔註38〕的詩句，表現了自己熱烈的報國情懷，渴望早入仕途，恨不能與天爭時。同年，他和李雯各寫了一闋《鳳頭行》，對這首詩的寫作來歷《客諧偶鈔》裏有載：「崇禎間，有人匿致鳳凰頭一枚，寓我郡普照寺後，人欲觀者，出銀一分，飽所欲而去。」對於這樣所謂的異兆，李雯在《鳳頭行並序》中說：「此言感歎良有田，願將千金買鳳頭。祭以琅玕獻明主，承之玉匣陪天球。」〔註39〕就中表達的無非是對這種所謂的祥瑞之兆的讚歎之情，但是在臥子的詩作中卻頗不一樣：「吾聞鳳凰翔千仞，何時見厄能摧傷。錦翹繡翮今安在？空餘冠咮無輝光。……咄嗟汝鳳何碌碌！網羅如天白日速。昔時一鳴霸天下，即今市井相徵逐。……德衰終發楚狂歎，翩鎩能逃中散戮。……祖洲千載宜潛藏，行逢虞帝偕笙簧。」〔註40〕說

〔註35〕《出都次盧溝作》「燕山一回首，去國爾何之？遠道八千里，壯心三十年。鐵衣生慘淡，玉座問瘡痍。亦是分憂者，無嫌佐郡卑。」《陳子龍詩集》卷十一，第356頁。

〔註36〕《陳子龍詩集》卷八，第236頁。

〔註37〕《陳子龍詩集》卷八，第236頁。

〔註38〕《陳子龍詩集》卷十一，第349頁。

〔註39〕《陳子龍詩集》卷八，第225頁。

〔註40〕同上。

臥子在寫鳳，莫如說是以鳳寫人，寫才不見用以至於糟蹋摧殘的感慨，再進一步說是爲了表現對於自己才華不能爲國所用的痛苦，所謂的有感，當就此而來。

然而，因爲繼母唐宜人去世，陳子龍在赴任途中返回了松江，治喪，守志，讀書南園，直到崇禎十三年六月再次赴京就選人，得紹興司李一職，於七月到職，他的仕宦生涯才正式開始。這中間，停頓了三年的時間。

按《年譜》，崇禎十三年，面臨出仕之時臥子「堅意不出，而前輩如許霞城、孫魯山諸公，力爲敦趣，以爲天下尙可爲。而太安人亦見責以『汝家世受國恩，無爲我老人故，廢報稱大義。』」這才促成了他的出仕。三年前就官，是出於自身強烈的出仕願望，而三年後，則以「堅意不出」爲開始，最後雖然在十三年的三月，起程北上，「然意殊戀戀，無日不回顧也。徘徊淮、泗之間者累日。」〔註41〕

檢點臥子此行的詩作，無不充滿了愁悶難遣，前路茫茫無所適從之感。比如他的《淮北憶家》，這是上京途中的作品：「微祿我寧羨，辭親入帝鄉。不知行旅地，何處倚閭望？」「失策在天涯，驚心感物華。」「此日一樽酒，誰憐行路難？」〔註42〕和《東平》「暮雲橫戍巘，春色斷烽臺。苜蓿驚胡騎，菁莪薦客盃。」〔註43〕包括他由京城赴紹興任職的歸途之上，同樣彌漫著無奈不安的惴惴之意：「齊右荒城月復清，勞歌四起旅魂驚」「獨憐明發風塵路，橫斗殘星班馬鳴。」〔註44〕尤其是他由京赴任時所寫的《初出都門》：「去路風煙鄉思切，望中雲日客愁多。」〔註45〕同樣是離京之作，此一首初出都門就完全不同於三年

〔註41〕《陳子龍詩集》附錄二《陳子龍年譜卷上》「崇禎十三年庚辰」條，第662頁。

〔註42〕《陳子龍詩集》卷十二，第365頁。

〔註43〕《陳子龍詩集》卷十二，第367頁。

〔註44〕《過高唐有郭生者云聞余至候數日矣送以酒饌相餉》，見《陳子龍詩集》卷十五，第504頁。

〔註45〕《初出都門》，見《陳子龍詩集》卷十五，第504頁。

前作寫的「俯仰英雄事，高原發浩歌。」

僅僅三年，陳子龍面對出仕的態度發生了巨大的變化。追本溯源，這種轉變並非由十三年而起，而是在崇禎十年臥子回鄉之後就已然開始了。丁丑除夜，即崇禎十年的除夕，臥子當時正在松江廬居，他寫了兩首詩「風流漸覺傷心老，豪頓應憐折節時。故國已添新涕淚，中原不改舊旌旗。」「去年此日渡枋河，歷歷千山歸夢過。一自淹留丹闕久，遂令遺恨白雲多。……京洛故人能晌爾，可知愁懶易蹉跎。（是日得彥升書，相勉甚切。）」〔註46〕在回家守志的第一年除夕，臥子的詩中就表現出了同出都時「遠道八千里，壯心三十年。」截然不同的情緒狀態，「漸覺傷心老」「愁懶易蹉跎」，或者我們可以把這個看作是親人辭世的悲痛所留給他的情感印記，或者是多年來緊繃的弦突然得到一個鬆弛的機會，難免表現出反彈來。但是，如果僅僅是由於這樣暫時性的原因，作為一個擁有自己理想與信念的士人，這種疲懶應該不會持續太久的時間而應該及時的振作起來，投入到下一輪的奮鬥中去。事實並非如此。在 1638 年，即崇禎十一年，臥子再次寫下了除夕詠懷的《戊寅除夕·二首》：「朔吹寒花載酒過，流漸一夜滿江河。音書斷後憑烽火，歲月驚心長薜蘿。……請纓無計悲華髮，徒作詞人奈爾何？」〔註47〕在前一年稍稍露頭的無力感不僅沒有消退，反而越發明顯了，曾經寫下「書生未解執長戟，飛章走檄能翩翩。」的臥子，如今卻悲慨著「徒作詞人奈爾何？」如此巨大的情感落差所由何來，在這短短的一年之中，究竟發生了什麼足以影響人生選擇的大事？

崇禎十一年七月，臥子的座師黃道周因反對楊嗣昌奪情忤上。那時楊嗣昌的母親去世了，楊嗣昌還在服中而起用，黃道周上疏說：「……天下無無父之子，亦無不臣之子，……今遂有不持兩服，坐司

〔註46〕《丁丑除夜時予方廬居·二首》，見《陳子龍詩集》卷十四，第 474頁。

〔註47〕《陳子龍詩集》卷十四，第 485 頁。

馬堂如楊嗣昌者。宣大督臣盧象升以父殯在途，槌心飲血，請就近推補。乃忽有並推在藉守制之旨。夫守制者可推則聞喪者可不去；聞喪者可不去，則爲子者可不父，爲臣者可不子。即使人才甚乏，奈何使不忠不孝者，……種以不詳以穢天下乎？」言辭非常激烈，甚至把楊嗣昌比做豬狗、人梟，因此觸怒了思宗，貶六級外調。爲此，子龍寫了一首《惜捐》詩。「惜捐，嗟賢人去國也」（宋徵璧《抱眞堂集·惜捐詩注》：「時漳浦黃石齋先生以諫言去國，故有惜捐之賦。」）這首詩先用了一半的篇幅來寫熹宗時群閹亂政的形勢和思宗即位後有勇有謀的剷除，「紫極終夜正，煌煌頌帝功。」然後把這樣的功勞歸結於一句話，「猶見皇綱張，義和正當中。」接下來筆鋒一轉，「即今五載餘，庶事傷初終。」「射鳥莫射鳳，鳳去羞梧桐。擊樹莫擊桂，桂死怨轟隆。」雖然說的僅是黃道周被貶的一件事，但是從這件事中，臥子卻敏銳地察覺到了一種不好的預感，「東鄰有賢婦，閒貞棄狡童。西鄰未嫁女，感物憂忡忡。其處雖異遇，均抱清潔衷。何人國所重？悲傷到微躬。」〔註48〕陳子龍自己正是那個西鄰之女，對於君王的決定，他開始從完全相信變得有所疑慮，對於朝政，從以往的坦然接受逆轉爲憂心忡忡。特別有兩件事在精神上對陳子龍造成了不小的衝擊，一是張獻忠假降而反並且揭發官員受賄之事。按《明史流賊傳》「崇禎十年，張獻忠入湖廣，會熊文燦爲總理，刊檄撫賊。獻忠先爲左良玉所敗，創甚不能戰。十一年春，偵知陳洪範隸文燦麾下爲總兵，因遣間齎重幣獻洪範曰：「獻忠蒙公大恩，願率所部降以自效。」洪範喜，爲告文燦受其降。獻忠遂據穀城，請十萬餉，文燦不能決。獻忠在穀城訓卒治甲仗，言者疑其欲反，帝方信楊嗣昌言，謂文燦能辦賊，勿憂也。夏五月，獻忠叛，殺知縣阮之鈿，墮穀城，陷房縣，合羅汝才兵殺知縣郝景春。降賊一時並叛，惟王光恩不從。」《明季遺事》「張獻忠穀城再叛日，留書於壁，以告楚人，白己之叛，總理使然。具條上官名氏，而列所取賄之日月多寡於其下，且曰：『襄陽道

〔註48〕《陳子龍詩集》卷四，第 92 頁。

王瑞旃，不受獻忠錢者，此一人耳！』聞者愧焉。」針對這件事，陳子龍作《轂城歌》：「旗離離，鼓坎坎。雕弓虎牌府門下，帳中錦袍坐紅毯。縣官來，不敢行；監軍來，並坐烹肥羊。汝有禾稻供我糧；汝有訟獄聽我章。今我爲官，汝勿驚惶。百姓入門何所見？白玉爲君床，黃金繚繞之。美人侍者纖纖，仰面乃我妻。相視不敢問，中心悲！將軍者何官？昨日黃紙招安。小兵騎馬醉歡，突入酒市盤餐。將軍口傳勤王，（觥）舸大舶千檣。但問江陵漢陽，又問武昌九江。」〔註49〕從表面上看，事情的發生是由於陳洪範立功心切，急於撫賊而致，但從根本上來說，起決定作用的是思宗的態度，在剿撫之間的猶疑不定和攘外重於安內的指導思想才是眞正致敗的癥結所在，而皇帝的猶疑不定所給臣子帶來的心理動蕩則更爲巨大。

　　二是在軍事危急的時候，薊遼總督爲皇帝派來的監視中官祝生，從而導致清兵乘虛而入。據《通鑒輯覽》「崇禎十一年九月，大清兵分路入牆子嶺青山口，薊遼總督吳阿衡敗死，監視中官鄧希詔遁走。」對此，臥子寫了《檀州樂》予以諷刺：「檀州使宅夜開宴，伎樂紛紛擬天饌。……誰其坐者中貴人，攀龍織椅穩稱身。……山頭嵯峨烽火絕，此時胡雛窺漢月。明駝快馬凌風雪，帳前健兒沙中血，回首華堂燈未滅。」〔註50〕在思宗即位直至煤山自縊的整個爲政過程中，宦官問題是伴隨始終的，可以說，思宗是以清算魏忠賢而獲得了正直官員和清流文人的擁戴，也是由於再次重要中官監軍干政而激起了多數文人的不滿和疑慮，讓曾經飽受魏忠賢一黨戕害的正直文人們心有餘悸，好不容易得來安穩日子又變得惴惴不安了。

　　如此情勢，無疑是對陳子龍的一腔報國熱血迎頭冷水，他不僅對於國勢感到了失望，更重要的是對於身爲一介文人的自己無可奈何。在陳子龍的自撰年譜中，臥子明白地寫出了國事的變化對自己產生的影響，由於「少而孤露，親年日衰，王室多故，畏嬰世難。」而「意

〔註49〕《陳子龍詩集》卷三，第84頁。
〔註50〕《陳子龍詩集》卷九，第264頁。

欲絕仕宦，供菽水，終老於衡門之下。」〔註51〕中國文人歷來講究操守，孟子說「威武不能屈，富貴不能淫，貧賤不能移」，把信念的堅持作爲人生的第一要義。對於文人來說，這種信念首先是對君王的責任，不論處於何種境地之中，爲人臣者，都當誓死追隨，盡忠後已。如果在國事出現了危機的時候變背棄自己的信仰，改變人臣的忠誠，即便是歸野山林，也一樣是不負責任、難持操守的的懦夫。陳子龍無疑清楚地感覺到自身信念的漸漸消解：「此志一移，蹉跎至今，出處不貞，君親兩負，良可痛悼！」〔註52〕他陷入了痛苦的自責和矛盾之中。崇禎十二年的歲末，臥子寫下了《己卯除夕》「歲月有情多惜別，江湖無地可忘機。」〔註53〕他的矛盾一直持續著。陳子龍曾經寫過一篇論易的文章，可以看作是他抉擇的理論依據：「時有所不能，勢有所不可也，故古之成大事者必審乎時勢之當，然又察夫己之作履，於是得其一說而執之，可以無患。……所謂變，非盡反其始也，就其始之所執而遷乎時之作至，於是乎，消息生於其間，所變之途順而大事可成矣。若夫捨乎己之所執而徒從時爲變，消息必背而禍常酷也。……消息之順背則存乎其始也，自我論之，執之失有二謬也，雜也，變之失有一反也，謬者失時雜者失勢反者失幾。……」〔註54〕所以崇禎十三年的復出，其中自然有他說的大母，友人的勸誡之功，但眞正起決定作用的還是他自己對於堅守信念不可輕移的觀念使然。

然而，世事總是如此不如人意，在崇禎十年上京的途中臥子遇到了李清。案徐乾學《李映碧墓表》，李清，字映碧，當時任官刑科給事中，曾「同日上兩疏」提出安撫時局的建議，「一言禦外敵，當戰守兼治，不當輕言款。禦內寇當剿撫並用，不當專言招。」〔註55〕這無疑正是擊中了朝廷剿寇不利的軟肋，「一言治獄，不宜置失入，而

〔註51〕《陳子龍詩集》附錄二，《陳子龍年譜上》「崇禎十二年己卯」條，第661頁。
〔註52〕同上。
〔註53〕《陳子龍詩集》卷十四，第490頁。
〔註54〕《易論》《陳忠裕公全集》卷三，見《陳子龍文集》（上），第134頁。
〔註55〕《陳子龍詩集》卷十二，《河上逢李映碧給諫謫還》，第363頁。

獨罪失出。」不可謂無見之論。但「語侵尙書甄淑，淑遂劾先生把持」
而貶。與李清的交談讓臥子更加感到前途茫茫，故言「一聞京洛語，
倍使客愁多。」「復慨然思歸。」〔註56〕待他到了任丘時，又得到了
黃道周因反對楊嗣昌奪情起復之事遭到嚴譴的消息，對於當時朝中混
亂的情況有了進一步的瞭解，不得不仰天而歎「悔此出矣。」

　　「知其不可而爲之」是儒家精神所在，強調的是士人操守與積極
的入世精神。陳子龍是一個儒者，是故悔則悔矣，出還是出了，即便
再給臥子一次重新選擇的機會，明知國勢衰敗政事不明，已無光明的
前途，即便矛盾，恐怕最終還是會選擇同樣「悔而出」的道路。一個
人知道自己所要的是什麼，通過奮鬥以至成功固然令人羨慕，而一個
人明知自己所追求的理想很難取得成功，但還是努力堅持下去，就像
西緒福斯把石頭推上山坡，則是更加令人敬重。聖人何嘗不知道「克
己復禮」任而道遠，嘗對顏淵說「可用則行，不用則藏。」但自己
卻周遊列國，「累累如喪家之犬」而精神不改。「知其不可而爲之」這
便是儒家的精神。雖然國事日蹙，小人當道，忠良去國，這些都令臥
子對自己所追求的治國壯志產生了懷疑，一度希望歸隱山林，奉養祖
母以終老。但是，作爲一個充滿責任感的士大夫，他對於國家人民的
責任感卻始終沒有動搖過。

　　崇禎十三年的秋天，陳子龍來到紹興擔任推官。「會稽山下若耶
春，我看桃李自相親。惟應細雨輕煙外，清江碧石浣紗人。」〔註57〕
紹興，古稱山陰，是個山清水秀，物阜人豐的好地方。據王沄的《越
遊記》說，「會稽群山，皆在堂前，遠岫參差，雲物回互，昏旦萬變。
郭內萬井鱗次，樓樹繡錯，亦有因山成墅，亭亭隱見。」陳子龍就在
這個地方度過了將近四年的時間。推官是司法官，掌管著紹興府的審
判、檢察，而且作爲一名佐貳官，隨時可以由長官另行派遣，因此雖
然紹興的吏事清簡，不過陳子龍的工作還是比較忙碌的，並非遊山玩

〔註56〕《陳子龍年譜》卷上「崇禎十三年庚辰」條，第662頁。
〔註57〕《越中清明憶長安作》，見《陳子龍詩集》卷十，第286頁。

水，逍遙樂哉。「朝持手版候鈴下，暮策羸衞隨風塵。」這兩句詩可以看做是陳子龍對自己在紹興工作狀態的總結。

陳子龍的內心深處依然嚮往著君主與殿堂。在任職紹興不久，他曾寫信給擔任嘉興司李的文德翼，說：「握瑜懷瑾酬君恩，勒鼎鳴鐘人所羨。……安能久住康王谷？致君堯舜無碌碌。」〔註58〕雖然是鼓勵文德翼積極出仕，爲君王分憂，同時難道不是在鞭策自己勉力爲國麼？他說過，天下的賢士有小大之分，「德高而能下士，才廣而能進善者，大賢。」「智效一能，才辦一官者，小賢也。」〔註59〕雖然臥子不乏大賢之才，但陳子龍還是以他全部的熱忱和才智，來做好這東海之濱的小小地方官，被稱爲「聽訟明決，庭清如水。」「民賴以安。」他的濟世思想獲得了最佳的實踐舞臺，賑災民與督漕糧是兩個突出的事例。

濟世必從救民始。諸暨縣連年遭受水災，百姓窮困，常常發生搶糧的事件。陳子龍剛到諸暨的時候就預計到了這一點，所以他和當地的人民討論，覺得與其把糧食放在公家，不如藏在私人更爲安全，由當地的士紳負責儲備糧食，等到災年，減價賑災，如果沒有碰到災年，這些糧食也就歸士紳所有，當年諸暨縣就儲存了一萬多石的糧食。通過這件事，充分表現出了陳子龍的救世之能。浙江的督撫也發現了陳子龍的才能，就讓他專管賑災，把諸暨的經驗推廣到全省。因此，陳子龍就「躡芒履，策短節。」接連幾個月奔走在浙東的樹林山道里，除了賑濟災民，還「設病坊，延名醫，治癃羸。」收殮死者，「收棄兒於道者，募老嫗及乳母飼之，或迹其父母，或爲人乞養而去。」後來陳子龍爲此作了《越郡賑饑士民題名碑記》詳細記載了這一次賑災的經過和成果：「自仲夏朔至仲秋晦，凡百二十日罷，凡粟三萬五千二百三十石，所活四萬九千五百八十人。」〔註60〕

〔註58〕《匡山吟寄燈岩子》，見《陳子龍詩集》卷十，第285頁。
〔註59〕《張天如先生文集序》，見《安雅堂集》卷一，《陳子龍文集》（下），第24頁，華東師範大學出版社1988年。
〔註60〕《安雅堂稿》卷六，《陳子龍文集》（下），第158頁，華東師範大學出版社1988年。

　　糧食是一個國家得以安定的根本。在民間，百姓需要口糧度日；在軍隊，士兵需要糧食補給，在明代，這主要是由漕運負擔的。而到了明末，隨著連年征戰，政局動蕩，加上天災不斷，漕運成爲一個棘手的難題。

　　從崇禎十五年開始，陳子龍奉命督漕吳興。這時的浙江因爲旱災，加上奸吏私自吞沒糧食，漕事非常困難。陳子龍在調查清楚情況之後，該斬首的斬首，該流放的流放，「悉追冒倉糧漏賦者抵漕。」「交穀各邑者二旬，登艘者十之七。」就在這一年的冬天，張獻忠帶領的農民軍進犯江西，攻陷了袁州、吉水，按照慣例，紹興的漕糧主要是供應南京的，現在袁州、吉水失陷，運糧到南京就成了大問題。各郡的官府都坐視不管，生怕惹火上身，有小人趁機以代運爲名，把漕糧轉賣到江蘇一帶，牟取暴利，一時間，「南都益困。」高弘圖，史可法紛紛從南都發出告急信，要各郡運漕入都。

　　面對這樣的形勢，陳子龍挺身而出。他清楚地意識到「倘南都以困生變，越豈能獨安？」因此，他發動了紹興的鄉民，募集了七萬多石的糧米，在十二月底運到了南都。當時，南都的軍隊都已經缺餉三個月了，動亂幾生，除了陳子龍以外，沒有一個郡縣送來一粒米，難怪任職南都的大司馬史可法「至欲下拜，曰：『非子事將不濟！』」

　　陳伯璣曾就這件事說：「文人談經濟，罕覯其效，昨陳臥子從紹興督軍糧數千石至，遂免此中免巾之呼，眞濟世才也！」

　　如果說在崇禎十三年以前，陳子龍還只是以一個文人的身份，從思想上憂國憂民，那麼到了崇禎十五年的時候，他已經完全成長爲一個成熟的官員，不僅是從思想上，更重要的是從實際措施上，用自己的行動安定民生，爲國效命。這三年的推官生涯，是他的成熟期，使他不再是一個紙上談兵的文人，而是具有戰略眼光、務實精神的干將，他的軍事才能，也第一次在紹興嶄露頭角。

　　浙東地處東南，環山帶海，又和江蘇、福建接壤，鄉鎮密佈，且多爲深密的山林，給了海寇山賊很好的棲身之所，在「溫台寧紹之間，

逶迤溟澥，餘皇出沒。」從崇禎初年起，福建的流民就大量來到浙東，種植靛、蔴、蔗等作物。他們的農田布滿了山谷，很快和當地人產生了矛盾。崇禎十五年，終於爆發了處州的暴亂，在很短的時間裏，就聚集了數千人。他們從遂昌入松陽，進龍泉，襲江山，占武義，寧靜的鄉鎮一下子變成了盜寇肆虐的戰場。不僅如此，他們還和福建的海盜、山寇勾結起來，侵擾溫州、台州，東南的安定繫於一線。崇禎皇帝大爲惱火，立刻就罷了福建的官，令浙江和福建合力剿賊。

負責整個剿賊任務的是大中丞董象恒，思宗給他五個月的期限，命他與左光先、台州推官蔣鳴玉、永嘉知縣楊文驄、原任義烏知縣現爲工部主事熊人霖、水師將領黃斌卿、賀君堯等協力討賊。陳子龍作爲紹興推官，也參與其中。在這次剿賊中，陳子龍顯示出了他的軍事才能，表現出過人的膽識和極強的指揮能力。

陳子龍分析說寇賊最大的優勢是地形險要，如果朝廷「株守一隅，不能制其死命。」即使有勇敢善戰之人，能夠深入敵境，也難保敵人不會「此入彼出，大較以鄰國爲壑爾。」所以，如果要一舉成事，必須和福建聯合起來，大發兵，一擊即中。陳子龍是很有眼光的，浙東山區密林蜿蜒，而且又和江閩相接，如果採用追擊的戰術必然是耗時費力，其結果可能只是追著山寇繞圈子，「攻則彼入，我退則復來。」徒勞無功，更何況剛剛經過災荒的肆虐，這裏的百姓也再經受不起長期的動亂了，必須一舉擊破，才是上策。崇禎十五年的五月，陳子龍以監軍的身份「督撫標兵千人，由江道西上。」這時已經進入了夏季，雨水很多，「峻壑千重溜，懸流百軔深。」而且「瘴霧四塞。」在高山深谷之中，有時幾百里都看不到人煙，這些在他的詩作《予討山越遇大水阻酥溪不得渡宿善溪》《過酥溪水深不可涉間道至上流十里渡》《師次松陽宿淨居館聞警》都有記載。面對如此惡劣的環境，陳子龍「穿荊棘，衛虎豹，夜與卒伍同處。」在糧食短缺的時候，他更是身先士卒，令「將士感奮。」陳子龍和熊人霖還親自勘察地形，在攻打山寇「茶園老巢」時，他們看到這個地方險阻難攻，果斷地放棄了強

攻的方針，而採取了軟圍的戰略，「賊所處二三百間，盡徙牛羊芻粟之屬，伐木塞道，伏兵要徑……以困之。」到了七月二十日，山賊棄寨而亡，最後在獅子峰大敗。陳子龍等斬賊數百，逮賊五百餘人，救回數百的難民婦女。至此，三省之禍，終於解除了。

「男兒致身須枻戟，何事縱橫弄文籍？」這是陳子龍在甲戌除夕所做的詩，時隔將近十年，如今的陳子龍已經不再是當年那個只知策論的書生，而是真正領兵拿槍的將領，散發出他人生的另一種光輝。經過幾次的剿寇，陳子龍的軍事才能得到了彰顯，崇禎十七年，陳子龍三年任期已滿，左副都御史施邦耀提出「浙東雖暫定，後慮宜周，必得威信素著者，為之彈壓綢繆。」推薦陳子龍「以科員巡視兩浙，安輯遺民。」故而他被任命為兵科給事中，巡視兩浙兵馬城池，最後，他也是以這個身份殉國的，或許這就是歷史對他軍事才能的肯定。

第二節　從甲申國變到任職南明看陳子龍的生死抉擇

崇禎十七年甲申，三月十七日，李自成帶領農民軍攻打北京，守衛宣武門的太監王相堯、守衛正陽門的兵部尚書張縉彥、守衛齊化門的成國公朱純臣等，打開城門投降。第二日凌晨，崇禎皇帝於自縊於煤山，享年三十五歲，留下一份帶血的詔書：「朕在位十有七年，薄德匪躬，上邀天罪，至陷內地三次，〔註61〕逆賊直逼京師，諸臣誤朕也。朕無面目見祖宗於地下，以髮覆面而死，任賊分裂朕屍，勿傷我百姓一人。」明朝覆亡。

思宗並非一個昏聵奢靡的皇帝，相反他是一個勤政節儉的君王，而正因為如此，他的一生就更是一個悲劇，是一個並非亡國之君然而無法避免亡國命運的悲劇。固然思宗在位十七年中也有很大的失誤，如任用內臣，刻於理財，猜疑臣下，反覆無常，焦慮太甚，苛責太過

〔註61〕樊樹志《晚明史》，復旦大學出版社 2003 年。

等等，以至於「非亡國之君，而事事爲亡國之象。」但從歷史的發展來說，明朝的覆亡絕非思宗一朝之過，確乎是「大勢已傾，積習難挽。」即使思宗再如何地「夙夜焦勞，殫心求治。」也難以擺脫亡國之命運，也正因此如此，在明朝覆滅之後，明的士大夫們對他更加充滿同情和敬仰。四月初，任兵部尚書的史可法還在聲討李自成的檄文裏說：「……今上特興，德殉益備，孝廟之溫恭儼在，世宗之神武重光，當沖齡而掃恭顯之氛，立清官府，於召對而發冀黃之歎，總爲編氓，以寇起而用兵，是虐民者寇也，而兵非得已。以兵興而派餉，是糜餉者兵也，而餉非自私，顧猶詔旨頻頻有再累吾民之語。每當天災修省無一時自逸之心，素膳布袍，眞能以天下之肥而忘己之瘠。」把思宗稱作是兼有孝宗、世宗品德，集溫恭與神武於一身的明君。這樣的評價並非全是溢美之辭，張岱曾以崇禎一朝的邸報爲基礎寫成了崇禎朝紀傳體史書《石匱書後集》，書中說「古來亡國之君不一，有以酒亡者，以色亡者，以暴虐亡者，以窮兵黷武亡者。嗟我先帝，焦心求治，旰食宵衣，恭儉辛勤，萬幾無曠，即古之中興令主無以過之。」在乾隆年間修訂的《明史》中對思宗也多同情之辭，「帝承神熹之後，慨然有爲，即位之初沉機獨斷，刈除奸逆，天下想望治平。惜乎大勢已傾，積習難挽，在廷則門戶糾紛，疆場則將驕卒惰，兵荒四告，流寇蔓延，遂至潰爛而莫可救，可謂不幸也。」因此思宗雖然死了，而明朝的抵抗力量卻綿延長久。繼思宗之後，南明福王、福建唐王、廣西永曆，明代的宗室政權相繼而起，存在了相當長的時間，其中，猶以南明弘光政權爲最著，陳子龍就任職於此。

自成祖朱棣遷都北京之後，南京就相當於陪都，儘管失去了政治中心的地位，南京仍然保留了大部分的政治機構，因爲內閣是皇帝的秘書機構，所以南京是沒有內閣的，但是最高的行政機構和監察機構都是有的，雖然他們沒有具體的工作，但是仍然設有六部、都察院，有尚書，有御史。京師淪陷之後，南京的地位一下子上升了，成爲明朝最正宗的中央政府部門，也成爲遺民和士子們關注的焦點。南京的

職官們必然要考慮何人繼任的問題。思宗七子，當時存世的有三人，太子朱慈烺，定王朱慈炯，永王朱慈炤。可是他們都沒有來到南京，並且生死不明。熹宗的三個兒子都已經死了，光宗的七個兒子也都不在了，再往上，神宗的八個兒子裏雖然還有兩個存世，但關係上就比較遠了，想來想去，候選人最終落到了嗣福王由崧和嗣潞王常淓身上。

　　路振飛當時就說「議賢則亂，議親則一。」〔註62〕由崧是福王的兒子，也就是思宗的堂弟，常淓是穆宗的後人，是思宗的堂叔輩，因此從繼承順序來說，自然是由崧更近一些，但是因為福王和三朝要典的關係，使得史可法、高弘圖等人在是否迎立朱由崧為新君的時候，顯得顧慮重重。

　　但是，南方的力量並不僅在南京，在東南一帶還有鳳陽總督馬士英的軍隊。馬士英早在朱由崧來到江南時就跟他接上了頭，並且沒有事先通知眾人就把他帶到了南京，出現在南都諸臣的面前。這樣一來，事情就沒有商量的餘地了，史可法只能承認朱由崧的繼承地位。也可以說，從南明建立的一開始，就在根子裏形成了馬士英強勢進攻，史可法等人隱忍退讓的局面。

　　五月初三，朱由崧在南京監國。十五日，即皇帝位，年號弘光。同月，吏部尚書張慎言奏補科道；兵部都給事中左懋第、兵部左右給事中辜朝薦、李永茂，給事中陳子龍。

　　明代設六部，六部之中有六科，都給事中左右給事中稱為科長，給事中稱為科員。六科是六部的監察機構，科長和科員只是職務不同，沒有高低之分。科員直達國家的最高領導，雖然官位不高，但是地位特殊，對任何事都有發言的權力。

　　陳子龍在接到任命之後，於六月望後入都到任。他是抱了熱忱的，因為當時任職南明的有史可法、高弘圖、姜曰廣、張慎言、劉宗周、鄭三俊等，都是忠心體國的正人，這令他覺得「江左事尚可為。」

〔註62〕〔清〕計六奇《明季南略》「南京諸臣議立福藩」條，第6頁，中華書局1984年。

可是，實際情況卻讓他大失所望。就在他到任之前，弘光帝召馬士英「掌兵部入閣辦事。」支持馬士英的高傑、劉澤清致書史可法，請他渡江北上，「欲其讓士英。」〔註63〕馬士英已經大權獨攬，假惺惺地對史可法說：「我馭軍寬，頗擾於民，公威名著淮上，公誠能經營於外，我居中帥以聽令，當無不濟者。」五月十八日，史可法辭朝去了揚州，南明的朝廷掌握在馬士英、劉孔昭等人手中。六月六日，馬士英舉薦阮大鋮為官，引起了正直朝臣的一致反對，姜曰廣、羅萬象、詹兆恒、呂大器、郭維經、尹民興、左光先、陳良弼、常延齡、萬元吉、王孫藩等俱言逆案不可翻，但「俱不聽。」六月初十，劉孔昭竟然在朝廷之上對張慎言刀刃相向，致使慎言致仕，而他之所以如此肆無忌憚，「蓋史可法辭朝而馬士英入直故也」，「則士英專國不獨視慎言、宏圖、曰廣等如弁髦，並史公亦不在目中矣。立國之始而悖亂如此，將何以成朝廷？」〔註64〕七月廿一，劉宗周又遭彈劾，陳子龍因此上疏，請用賢勿二：「一在憲臣之宜召也，……在陛下以方論大臣和衷共濟，恐憲臣憨直，奏對之際，復生異同。然臣以陛下疑畏君子之機，從此而生。恐君子有攜手同歸之志……」憲臣指的就是劉宗周，可見陳子龍對於正人受到打擊之後的失望沮喪之心是有充分估計的，他自己對於南明的用人狀況的失望也是顯而易見的，所謂「君子有攜手同歸之志」其中自然包括了他自己的想法。然而，疏入，俱不聽。

在北邊，李自成佔領了京師，但很快又被吳三桂引進的清兵趕跑了。清兵佔領了北京之後，又開始向南方擴張，眼看就要打到南京來。可是南京的這個小朝廷裏，卻絲毫看不出形勢的緊迫，一邊幻想著和清廷議和，一邊在為了這一點點不知道能維持多久的私權你爭我奪，互相傾軋。如熊汝霖所說：「臣觀目前大勢，即偏安亦未可穩。『兵餉

〔註63〕〔明〕文秉《甲乙事案》卷上，崇禎十七年五月癸卯，上海圖書館藏清初抄本。

〔註64〕〔清〕計六奇《明季南略》第21頁，中華書局，1984年。

戰守』四字，改爲『異同恩怨』四字，朝端之上，玄黃交戰。即一二人之用捨，而始以勳臣，繼以方鎭。……以匿貼而逐舊臣矣，俄又以疏藩而參宰輔矣，繼又喧傳復廠衛而人心皇皇矣。」〔註65〕及到左懋第議和失敗，清兵南下，大敵壓境，南明政權已經搖搖欲墜的時候，馬士英、阮大鋮還在賣官鬻爵，大搞權錢交易，「一時賣荣兒莫不腰纏走白下，或云把總銜矣，或云游擊銜矣，且將赴某地矣。」民間譏諷地說：「中書隨地有，都督滿街走。監紀多如羊，職方賤如狗。」〔註66〕而那個坐在皇帝座上的弘光皇帝，也看不到自己所面臨的危險境地，「深拱禁中，惟漁幼女，飲燒酒，雜伶官演戲爲樂。」〔註67〕一邊任由臣子們黨同伐異，一邊大選淑女，「中使四出，搜門索巷，凡有女之家，不問願否，黃紙貼額，即拚之而去。」陳子龍爲此上《論選宮人疏》，予以指責。陳子龍自入職以來，先後上《募練水師疏》《中興大本疏》《自強之策疏》〔註68〕等凡三十餘奏章，涉及到了政治、軍事、經濟等各個方面，無一不是爲了總結失敗經驗，整飭南明政局，好固守江東，以圖恢復。可惜的是，這些奏章多半如石沉大海，有去無回。到了八月，姜日廣、徐石麒、劉宗周、劉士楨相繼求告而去了。眼前的形勢令陳子龍不得不絕望了：「中興之主，莫不身先士卒，故能光復舊物。陛下入國門再旬矣，人情泄沓，無異昇平之時，清歌漏舟之中，痛飲焚屋之下，臣誠不知所終矣。其始皆起於姑息一二武臣，以至凡百政令皆因循遵養，臣甚爲之寒心也。」他所面臨的唯一的選擇只有離開。

南京的茫茫暮色，如果南明的前途一樣，迷離莫辨。陳子龍懷了滿腔的熱情來到南明，本是準備豁出去一切爲國家效力的。他也確實豁出去了，拋下祖母，拋下家人，可是他的努力就如同打向空氣的拳

〔註65〕〔清〕計六奇《明季南略》第 81 頁。
〔註66〕〔清〕計六奇《明季南略》第 99 頁。
〔註67〕〔清〕許重熙《明季甲乙兩年彙略》卷二，崇禎十七年十月己未，
　　　　上海圖書館續修四庫本。
〔註68〕俱見《陳忠裕公兵垣奏議》。

頭一樣，沒有絲毫的作用，甚至連聲音也聽不到了，八月十一日他上《請假葬親疏》：「臣海壖豎儒，單門薄祚，少而孤露，痛深鮮民。臣祖臣父母之沒，遠者二三十年，近者數年，既以貧窶，又兼羈臣，四喪未畢，荏苒歲月，嘗思輿臺皂吏之家，馬醫夏畦之鬼，咸得一抔之土，而臣祖父世受國恩，經時暴露，臣之不孝，中夜自傷。今春量移，便道里門，始得一不食之地，營窀穸之事。日月有時矣，又蒙聖恩，起補原職，本擬克葬之後，乃始趨朝，恐違『不俟駕』之誼，且國家多故，急欲一覲天顏，故星馳就列，愧無寸補。昨得家報，知擇日於九月之杪。臣終鮮兄弟，旁絕期功，止一祖母在家，侵尋老病，非臣自歸，不能襄事。且江南之俗，拘忌時日，雖小道不言，而頗見徵驗，若失其期，便有違礙，倘復遷延，則臣永爲聖世之罪人矣。……」這時他所感受到的，不僅是失望，更多的是痛苦了。

陳子龍終於離開了南明，從六月望後入朝到八月離朝，共計五十日。他還不到四十歲，卻已經經歷了巨大的政治風浪。清兵南下江南的時候，他組織過義兵抗清，失敗後還參加過吳易的水師，也失敗了。對於起義和義軍的危機，不僅是陳子龍，當時稍微有些識見的士人，也都看得明朗。臥子在《報夏考功書》中就已經說了：「各郡義兵起，同志之士紛紛建旗鼓，足下斷其不可恃。」〔註69〕順治三年十一月，他回到了廣富林祖塋，爲祖母守孝。「最無根蒂是人群，會合眞成偶然文。」〔註70〕這時他的心情，究竟是隱忍不發以圖東山再起呢，還是落魄絕望以隱逸終老呢，可能也很難說清。外面的起義還在繼續。順治四年，松江提督吳勝兆在戴之俊等人鼓動下，同意反清。爲了壯大力量，他們試圖和黃斌卿的舟師聯合起來。陳子龍和黃斌卿是舊識，崇禎十五年他們一起在浙東剿過山寇，頗有一些交情。因此，戴之俊給陳子龍寫了信，希望他能共謀舉事，陳子龍的回信是這樣說

〔註69〕見《陳忠裕公全集》卷九，見《陳子龍文集》（上），第 477 頁，華東師範大學出版社 1988 年。
〔註70〕黃毓祺詩，轉引自計六奇《明季南略》第 252 頁。

的：「海舶往來，不乏信使，汝等善爲之，亦不阻汝也。」從陳子龍的語氣來看，似乎並不熱心，因爲「海上虛聲寡信，事必無濟。」可是，他也沒有拒絕，因爲「彼固以義來，何忍拒之。我縱不能自爲之，而可沮人爲之耶？我久辦一死矣，君等亦將不免矣。」明知事不可爲，卻不可不爲，陳子龍對王沄所說的這些話，可以說是最眞實地表露了他當時的心態。「我久辦一死矣」則是表明了他早已做好最壞的打算，抱定了必死的決心了。

　　早在順治二年八月，他的好友夏允彝就在松塘爲明殉節了，據說當時松塘的水很淺，無法淹沒他，他就努力地把頭紮在水裏，好把自己悶死。臥子最尊敬的老師黃道周也因抗清赴義，他死的時候就坐在東華門外，說「此地離先皇的陵寢很近，可以死了。」更不要說史可法、何愨人在揚州戰死；侯豫瞻、黃蘊生在嘉定殉國；沈猶龍、李待問在松江就義；徐勿齋、楊維斗也在蘇州城破之日自決。師友紛紛殉國而去，而他，卻依然活著。這令他的心裏卻充滿了活著所帶來的痛苦和壓力，這種壓力不僅是來自外在的非議和不屑，更是來自內心，一個深受儒家節義觀教育的人，一個以忠君愛國爲人生最高理想的人，他的價值觀時刻都在受到「此等（苟活者）倫雖靦然人面，眞狗彘不食其餘者也」的道德折磨。

　　「在中國的歷史上，開國之君與其同時之士最疏隔者，在前爲漢高祖，在後爲明太祖。而明太祖尤甚。」〔註71〕明朝士人的道德主義自律遠遠超過中國歷史上的任何一個王朝，究其根源，則不得不歸咎於他對於士人殘酷專制的統治。自明太祖朱元璋登基殺戮士人，就似乎昭示了有明一代二百餘年裏士人生活環境的苛刻與艱難，到了成祖處死方孝儒，這種苛刻與艱難就一變而爲殘忍與酷烈，黃宗羲在《明儒學案》中把方孝儒置於「師說」的首位，按黃宗羲的說法，方孝儒在世時，就以平日學問，顯耀出一束不可掩蓋的光芒，影響了儒林數

〔註71〕錢穆《晚學盲言》第 41 章，《帝王與士人》，廣西師範大學出版社 2004年。

十年，而他的死，同樣也成為一個時代關於文人歷史命運的重大事件，他對於明代士人的心理塑造影響至大。可以說明代文人的生存常態，是由於方孝儒慘烈的死難而悄然改變了，道德的旗幟被高高地舉起，作為士人所必須擁有的，賴以存在的最為根本而堅固的生命資本，支撐著他們的信念，對抗著體制所施於他們的暴虐。

對於這種道德主義風潮的背後所隱藏的狡黠和殘忍，趙園在《明清之際士大夫研究》第一章《易代之際士人經驗反省》中已經做了鞭闢入裏的分析。這種道德主義風潮，不論是悲劇還是喜劇，它都實實在在地發生了，並且成為明末天下士子立身行事的依據。正是這種道德主義的推波助瀾，才不可避免地引發了明代的清議和黨派運動，而後者又以更為民間化，普遍化的方式進一步宣揚了道德主義，推動了它的發展。

清議強調的正是言論的合乎道德性，丁元薦《西山日記》卷下《清議》篇，以為「即一石工，一胥吏，一女子，當波決瀾倒之時，持正論，即清議之所在。」清議雖然不限於政治，但不可否認，政治是其最重要的部分，而清議所存在的意義就在於他的非官方性質。也就是說，進行清議的人不必是政府的官員，甚至特指民間身份的士人。他們對政治、人物，做出非官方的但合乎道德性的議論與品評，經由言論實行政治參與和干預。明末的東林和復社很能夠成為這方面的代表。他們「諷議朝政，裁量人物」，「朝士慕其風者，多遙相應和。」〔註72〕。復社的領袖人物「皆喜容接後進，標榜聲價，人士奔走，輻輳其門。」「其間楷模之人，……裁量人物，譏刺得失，持政聞而意忌之，以為東林之似續也。」〔註73〕他們手中沒有權力，所憑藉的武器，就是道德。

根據史料，在明季道德主義思潮向黨派運動發展的過程中，趙用

〔註72〕〔清〕張廷玉《明史》卷二三一，第6030頁，中華書局1974年。
〔註73〕〔清〕黃宗羲《黃宗羲全集》卷十，第326頁，浙江古籍出版社1993年。

賢實在是一個關鍵人物，張居正去世的第二年，趙用賢復職，由於他「物望皆屬」，在萬曆十年後的政壇上顯得很活躍，雖說還達不到清流領袖的地位，但至少有兩點可以說明趙用賢在萬曆黨派運動形成之初的作用。

第一是張居正去世後第一次的內閣危機，趙用賢因「數訾議大臣得失」而被視爲反對派的後臺，受到「自負不世之節，號召浮薄喜事之人，黨同伐異，罔上行私」的指責〔註74〕，他的抗辯，被史學家認爲是萬曆「黨論之興，遂自此始。」

其二是在「三王並封」的論爭以及「京察」之議中，他和趙南星，顧憲成，高攀龍等反對王錫爵的中堅人物關係親密，作爲一種道德主義聯盟，「群情益附」，以至於「朋黨之論益熾」，史家們更據此認爲，後來有東林黨一說，是因趙用賢等人創之前，而鄒元標，趙南星，顧憲成，高攀龍等人繼之後。「自是朋黨論益熾，中行、用賢、植、東之創於前，元標、南星、憲成、攀龍繼之，言事者益裁量執政，執政日與枝拄，水火薄射，迄於明亡。」〔註75〕

由此可見，從萬曆時期開始，道德主義就在士大夫的政治生活中佔了上風。道德主義賦予士大夫們一種人格的優越感，使他們比任何一個時代都更加追逐道德，追逐高尚。身敗而名振，甚至是大多數清流的成功經驗。這種經驗不僅表現在朝堂上，更重要的，他以一種無法抗拒的趨勢迅速蔓延開來，從朝堂上的爭持到明亡之際的赴義，塑造了萬曆以及萬曆之後直至清初整個文人群體的自我認同，並且在明末那個充滿動蕩、傾覆的時代裏被不斷地放大，最終形成一種人格範式，規範著文人的思想、行爲，成爲他們選擇人生道路，乃至決定生死的依據。

明王朝覆亡之後，士大夫們紛紛把「死」作爲不二之選，大學士

〔註74〕〔清〕夏燮《明通鑒》卷六八，第1906頁，嶽麓書社1996年。
〔註75〕〔清〕張廷玉《明史》卷二二九《趙用賢傳》，第6000頁，中華書局1974年。

范景文、戶部尚書倪元璐、左都御史李邦華、副都御史施邦耀、御史
陳良謨等三十多名在京官員隨著弔死煤山的崇禎皇帝，自殺殉國；沒
死的士大夫們也紛紛以「死」立言：黃宗羲「不濟，以死繼之」〔註76〕；
張煌言「有死無貳」〔註77〕；王夫之「吾此心安者死耳」〔註78〕；不
僅他們自己要「死」，而且別人也都應該去死，王夫之「說為國大臣，
不幸而值喪亡，雖歸林下，亦止有一死字。……留生以有待，非大臣
之道也。」〔註79〕屈大均也說「夫今日者，三遭大變，不惟有位，凡
天下之人，具有五常之性者，皆宜為君父以死也，有一人而獨生，即
非具有五常之性者矣。」〔註80〕誠如劉宗周所言「當此國破君亡之際，
普天臣子皆當致死。」〔註81〕而他自己正是在隆武帝傾覆後，絕食而
亡，以實際行動實踐了他的話。君王既然死了，就應該帶領著臣子們
一起去：「毅宗為社稷而死，其於晉宋蒙塵之恥，可謂一灑矣。當是時
乃不召群臣獨入，而與內監自經，盡美未盡善也。」「故曰主憂臣辱，
主辱臣死，未有主四而臣榮者也，又曰君為社稷死則死之，未有其君
殉社稷而其臣宴然者也。」〔註82〕在這樣國破君亡之時，死是道德的，
正常的；而活著，才是不道德、不正常的。在中國的封建歷史上，王
朝的更迭是很正常的事，一朝天子一朝臣，隨著王朝的門庭改換，士
人也不可避免命運的升降變遷，但是，從來沒有一個朝代的士人，會
像明朝這樣，因為改換門庭而紛紛自決。早在朱棣奪權的時候，就有
方孝儒以自己的死來揭露篡位之陰謀，然後，又有士人在反對閹黨的
運動中以受杖，受死為榮，然後在這個王朝完結的時候，又有這麼多

〔註76〕〔清〕黃宗羲《黃宗羲全集》卷十，《錢忠節公傳》，第557頁。
〔註77〕〔明〕張煌言《答趙安撫書》，見《張蒼水集》第34頁。
〔註78〕〔明〕王夫之《船山全書》11冊，第375頁。
〔註79〕〔明〕王夫之《搔首問》，見《船山全書》12冊，第626頁。
〔註80〕〔明〕屈大均《順德給事岩野陳公傳》，見《翁山佚文輯》卷上，商
　　　　務印書館1946年。。
〔註81〕《弘光實錄鈔》卷一，見《黃宗羲全集》第2冊，第19頁。
〔註82〕《弘光實錄鈔》卷二，見《黃宗羲全集》第二冊，第45頁。

充滿抱負和理想的士大夫爲他殉葬。這不能不讓人感歎到明朝道德主義的巨大力量，處身其中的士子們，又怎麼能擺脫他的力量？

順治三年的時候，陳子龍寫了一組雜詩《歲晏效子美同穀七歌》，來悼念那些殉國取義的亡友，「殉國何妨死都市，烏鳶螻蟻何分別？」說的是黃道周；「生平慷慨追賢豪，垂頭屏氣棲蓬蒿。固知殺身良不易，報韓復楚心徒勞。百年奄忽竟同盡，可憐七尺如鴻毛。嗚呼七歌兮歌不息，青天爲我無顏色！」寫的是夏允彝、何剛、楊廷樞等等；「舉世茫茫將愬誰？男兒捐生苦不早。」說的則是自己，他爲自己的「獨生」而感到深深的痛苦，這種痛苦是來自靈魂的最深處，是道德在鞭撻著他的信念和價值觀。

他的痛苦無人可說，不僅是無人可說，甚至是不敢說，因爲連他自己深深地感到虧對師友，虧對良心，覺得自己的行爲應該受到譴責，連他自己都無法原諒自己。「若予之徘徊而未死也，讀公之書能無愧於其心而敢爲之辭乎？以予之徘徊而未死也，公庶幾知予心乎，而予則未知死所冥冥之中負公而已。」〔註83〕雖然他努力地要給自己的不死找到理由，比如說祖母年邁，需要奉養：「所以徘徊君親之間，交戰而不能自決也。」比如說他是打算積蓄力量，再圖後計：「倘天下淘淘，民望已絕，必當鑿壞待期，歸死丘墓。」等等。這些話都是他寫給夏允彝的，可是寫《報夏考功書》的時候，夏允彝早已作了土，爲何還要對一個已死的人表明心志，絮絮不絕呢？這只能說是他內心的壓力實在無法也無人能夠疏解，只能向死了的好友傾訴，特別這個死了的人，還是個爲國殉節的人，於是，傾訴的過程也就變成了一個自我辯解，自我說服，自我懺悔的過程。他說自己「常思上負國家生成之恩，下負良友責望之旨。」雖然夏允彝曾經勸他不死「勉以棄家全身，庶幾得一當。」可是他仍然無法覺得心安，仍然「終夜不寢，當食則歎。」「自分旦夕溘死，握手泉路，無用修辭以飾寞溟，而卒卒視息，遂志無期足下臨殉手疏見決，不責以偕亡而有所敦勉，一載

───────────────

〔註83〕《徐匯事殉節書卷序》，見《陳忠裕公全集》卷八，第407頁。

於茲，構會關阻，曾無毫髮以獲死，竊恐良友必含憤於首陽之側矣。」可以說，在他生命最後階段裏，他是時時在生與死的抉擇中矛盾，痛苦而無法自拔，在他真正殉國之前，他已經把「死」字在心裏醞釀了何止千百遍。於是當他真正面對死亡的時候，他感受到的不是恐懼，反而是一種解脫和輕鬆。

永曆元年（順治四年），公元 1647 年，農曆五月十三日，陳子龍被補。在接受陳錦等人審訊的時候，「先生植立不屈，神色不變。錦問：『何官？』先生曰：『我崇禎朝兵科給事中也。』問：『何不薙髮？』先生曰：『吾惟留此髮，以見先帝於地下也。』又詰之，先生瞠目不答，乃引去，繫諸舟中，令卒守之。先生伺守者懈，猝起投水。」有人說陳子龍的投水並非為了一死，可能是為了再次逃生，我以為非，一個籌劃了千百遍死亡的人，一個在死生間掙扎了這麼久的人，等到那最終的解脫終於到來的時候，怎麼會再次套上枷鎖？

然而，即便如此，他仍然沒有躲過同時代人的批評。曹家駒在《說夢》中就說：「鼎革之際，惟繩如、瑗公從容就義，言之齒頰俱香；即臥子一死，直是迫於窮計，未得與吳、夏比烈也。」陳子龍的好友，夏允彝的哥哥夏之旭在《絕命辭》中也有「惜哉臥子，何不早死」之詞。道德主義給士人們樹立了的是一個百倍嚴苛於前代的忠君準則。陳子龍自己也說過：「嗟乎，事當橫流，以身殉難者多矣，或迫於勢地，計無復之，又或激發，乘一時之氣。」死也有不同的等級，不同的價值，只有像夏允彝樣「素所蓄積，捨命不渝，如履常蹈」才能「上報九廟，下存三綱」「死有重於泰山，若足下可當之矣。」而他自己，在死前固然不能當之，而在他死後，依然不能。

那些在正統士大夫教育中成長起來的文人，有相當多的人都和陳子龍一樣，無法擺脫道德主義所給予他們的「知其不可而為之」的勇氣和責任。他們活得艱難，卻也活得簡單，他們或許矛盾痛苦，但最終能夠心安理得，相比之下，反倒是那些活下來的人，雖然活著，卻更加痛苦。好像吳偉業，終其一生，都活在「忍死偷生廿載餘，而今

罪孽怎消除。」的掙扎之中，直到死都沒有解脫。在他的墓碑上，除了「詩人吳梅村」五個字之外，沒有任何的名號頭銜，或許對他來說，只有詩人這個唯一的一個頭銜，讓他覺得乾淨，讓他能夠心安。

　　這樣一種多麼強烈的道德主義，無法不令人仰望，但也未免讓人有些膽寒。對於陳子龍，我能體會他生的渴望，也瞭解他死的苦衷，除了敬仰之外，在內心的深處，甚至還有一些同情，可是對英雄是不應該用「同情」這樣的字眼的，就像看到西緒福斯推石頭上山的時候，我們是無法幫助他，甚至也沒有資格同情他，我們只能站在一邊，注視他，體會他。

第四章　陳子龍「文以致用」的
　　　　經世思想及應用

第一節　《皇明經世文編》與陳子龍的經世思想

一、《皇明經世文編》的編寫情況

　　明朝中後期，社會內部矛盾日益加劇，李自成領導的大規模農民
起義迅速擴展與蔓延，邊關以努爾哈赤為首的女真族快速崛起，蒙古
各部落又頗不安定，明朝統治處於內憂外患的嚴重危機之中。一批進
步的士人，以他們強烈的改革者的姿態和救世精神，提出了各種改革
方案，並積極參與社會政治改革，促進了明朝中期以後經世思想的研
究與發展。明代自洪武元年（1368）至崇禎十七年（1644），先後編
輯出版的以經世，或以經濟為名的專著有 21 本：明成化年間 1 本，
即《經濟文衡》；正德、嘉靖年間出版了《皇明名臣經濟錄》等 3 本；
萬曆年間出版了《皇明經世要略》等 7 本；天啓年間出版了《經濟類
編》等 9 本；崇禎年間出版了 1 本，即《皇明經世文編》。從這個統
計數字可以看出，經世文編類書籍的編輯出版情況與整個明代的政
治、經濟和社會文化的發展狀況緊密相連。其中由陳子龍等主編的《皇
明經世文編》是崇禎年間出版的惟一一本經世文編，也是明朝最後一
本集大成的經世文編。

　　崇禎十年，陳子龍中進士後在刑部觀政三個月後被分配到廣東惠州擔任審判工作。在陳子龍離開北京往廣東就任到達瀛州時，接到繼母唐宜人的訃聞，便請假回家治喪。治喪期間，陳子龍主要從事了一系列編輯出版活動。《陳子龍自編年譜》「崇禎十一年戊寅」條：「是夏，讀書偕闇公、尙木網羅本朝名卿居公之文，有涉世務國政者，爲皇明經世文編。歲餘梓成，凡五百餘卷。雖成秩太速，稍病繁蕪，然敷奏咸備，典實多有，漢家故事，名相所採，良史所必錄者也。」根據這一記載可知，《皇明經世文編》於崇禎十一年（1638）二月開始編纂，並於當年十一月編成，歷時九個月。如宋徵璧爲該書寫的《凡例》所說：「此集始於戊寅仲春，成於戊寅仲冬，寒暑未周，而披覽億萬，審別精詳，遠近歎吒，以爲神速。」

　　《皇明經世文編》全書共 504 卷，加上補遺 4 卷，共 508 卷，約 400 多萬字。內容涉及時政、禮儀、宗廟、職官、國史、兵餉、馬政、邊防、邊情、邊牆、軍務、海防、火器、貢市、番舶、災荒、農事、治河、水利、海運、漕運、財政、鹽法、刑法、錢法、鈔法、稅法、役法、科舉、宗室、彈劾、諫諍等各個方面，收錄了與國家制度、政策、治國方略爲主的有關君主、朝臣討論時務、國家制度的文章奏疏，記述了整個明代典章制度沿革和朝臣論政的意見，反映了明代各個時期的政治、軍事、經濟、文化、民族關係、對外關係等方面的眞實情況。據《凡例》記載：《皇明經世文編》「取國朝名臣文集，擷其精英、勒成一書。如採木於山，探珠於淵，茲編體裁，期於囊括典實，曉暢事情，故閣部居十之五，督撫居十之四，臺諫翰苑諸司，部居十之一，而鱗次位置，則首先代言，其次奏疏，又其次尺牘，又其次雜文云。」可以說這些選編的內容和史迹，不僅反映了陳子龍的編輯思想，而且也記述了明代 270 多年治亂興衰的歷史。

　　《皇明經世文編》採用的是主編負責，集體分工選輯的方法，在《皇明經世文編》的首頁上明確地標識有「陳臥子先生評選」的字樣。從各卷卷首看，選輯者主要是陳子龍、徐孚遠、宋徵璧等人，而從排

次上看，第一位的是陳子龍。另據《皇明經世文編影印序》記載：「編輯分擔任務，徐孚遠、陳子龍十居其七，宋徵璧十居其二。」以此文編各卷都列有陳子龍、徐孚遠、宋徵璧三人姓名〔註1〕。可見，該書是由陳子龍爲主編，次之是徐、宋二人，此三人對於全書的編纂作出了重大的貢獻，故此書每卷均列此三人之名，另有一人則由周立勳、李雯等輪流列名。但眞正參與編撰的人員則遠不止周、李諸人，其中選輯24人，參閱142人，作序9人，鑒定名公186人，其中主要的選輯二十四人依次爲〔註2〕：

陳子龍，字臥子，華亭縣崇禎十年進士，《華亭縣志》

宋徵璧，字尙木，華亭縣崇禎十六年進士，《松江府志》

周立勳，字勒卣，華亭縣太學生屢試不中《松江府志》

徐孚遠，字闇公，華亭縣崇禎十五年舉人《華亭縣志》

顧開雍，字偉南，華亭縣順治八年貢監《松江府志》

彭賓，字燕又，華亭縣崇禎三年舉人《松江府志》

宋存標，字子建，華亭縣崇禎十三年貢監《松江府志》

夏允彝，字瑗公，華亭縣崇禎十年進士，《松江府志》

李待問，字存我，華亭縣崇禎十六年進士，《華亭縣志》

沈泓，字臨秋，華亭縣崇禎十六年進士，《松江府志》

徐鳳彩，字聖期，華亭縣入太學《華亭縣志》

吳培昌，字坦公，華亭縣崇禎十年進士，《松江府志》

郁汝持，字子衡，華亭縣崇禎十六年進士，《松江府志》

朱積，字早服，華亭縣崇禎十六年進士，《華亭縣志》

唐昌世，字興公，華亭縣天啓五年進士，《華亭縣志》

何剛，字愨人，上海縣崇禎三年舉於鄉《上海縣志》

〔註1〕宋徵璧的《凡例》也有此論述。

〔註2〕〔清〕宋如林，孫星衍《松江府志》，嘉慶二十三年刻本；〔清〕胡志熊，姚左坦《南匯縣新志》，乾隆五十八年刻本；〔清〕范延傑，皇甫樞《上海縣志》，乾隆四十九年刻本；〔清〕馮鼎高，王顯曾，《華亭縣志》，乾隆五十六年刻本。

宋徵輿，字轅文，華亭縣順治四年進士，《松江府志》

李雯，字舒章，南匯縣邑諸生《南匯縣新志》

盛翼進，字鄰汝，金山衛不詳《復社紀略》

唐允諧，字尹季，華亭縣天啓四年舉人《華亭縣志》

張安茂，字子美，青浦縣順治四年進士，《松江府志》

吳嘉胤，字繩如，華亭縣天啓四年舉於鄉《華亭縣志》

宋家禎，字善先，華亭縣順治八年貢生《松江府志》

單恂，字質生，華亭縣崇禎十三年進士，《松江府志》

從中可見，這二十四位選輯者的出身均爲進士、舉人、監生、生員等，而進士和舉人居多。這一特殊的群體，於崇禎十一年，聚集在松江地區，共同完成《皇明經世文編》的編纂。尤其值得玩味的是，這一個文人群體並不僅是單純的文稿編纂群體，其中的主要成員還廣泛地參與各種社會活動，尤其是與明末重要的文人社團關係密切。

二、《皇明經世文編》與文人社團的關係

（一）《皇明經世文編》與復社的關係

明末，江南士大夫有鑒於朝政日敗，國勢日衰，在進行文學創作、學術研討的同時，紛紛聚議時政，參與政治，希望能夠實現「救時之用」的經世之道，於是太倉張溥等人成立了復社，以「興復古學，務爲有用」〔註3〕。復社初創時，僅有江南應社、松江幾社等8個文社，社員分佈在蘇州等7個郡。經過尹山、金陵、虎丘這三次大會，復社影響擴大，隊伍迅速壯大，發展到16個文社，由江南蔓延到江西、福建、湖廣、貴州、山東、山西各省。據當時復社成員吳應箕編的《復社姓氏錄》（二卷）及其孫吳銘道續編的《續錄》（一卷）記載，光註冊在案的正式社員就達到了2025人。在《皇明經世文編》的編選者中就有許多復社的成員。崇禎六年，張溥發起虎丘

〔註3〕〔清〕陸世儀《復社紀略》卷一《東林始末》，見《中國內亂外禍歷史叢書》第十三輯，上海書店1982年。

大會，刊國表社集行於世，所列復社成員就有松江府夏允彝、徐鳳彩；華亭縣周立勳、徐孚遠、彭賓、顧開雍；上海縣宋存標；青浦縣陳子龍、宋存楠（徵璧）、李雯；金山衛盛翼進等。這些士子們在復社中廣交遊、慎擇友，集會結社。一方面，切磋文章，交流思想，拓寬了學人的眼界，並在一些問題上取得了共識；另一方面，通過結社，擴大社會聯繫，增加群體社會活動能量。因而，崇禎十一年時，士子們很容易在松江府聚集，借助社團的力量，共同編纂《皇明經世文編》，形成一個頗具特色的編纂群體。

　　復社的領袖張溥同時是陳子龍的好友，他為《皇明經世文編》作序：「余間語同志，讀書大事，當分經史古今為四部。讀經者輯儒家，讀史者辨世代，讀古者通典實，讀今者專本朝，就性所近，分部而治，合數人之力治其一部，不出二十年，其學必成。同志聞者，咸是余說，而雲間徐闇公陳臥子宋尚木尤樂為之。客年與余盱衡當代，思就國史。余謂賢者識大，宜先經濟，三君子唯唯，遂大搜群集，採擇典要，名經世文編。」張溥與陳子龍、宋徵璧、徐孚遠等人交情甚好，常常聚在一起探討學問，評論經國大事。陳子龍早在天啟七年便與張溥、張采相結識〔註4〕，其思想也深受張溥的影響。張溥提倡興復古學，治學目的在於「務為有用。」他在復社成立大會上講：「自世教衰，士子不能通術，但剟耳繪目，幾倖弋獲於有司。登明堂不能致君，長郡邑不知澤民；人才日下，吏治日偷，皆由於此。溥不度德，不量力，期與四方多士共興復古學，將使異日者務為有用，因名曰復社。」〔註5〕其創立復社，就是針對「明季士大夫問錢穀不知，問甲兵不知」〔註6〕的現象而發，主張「務為有用」並且「致君」、「澤民」的宗旨，與東林領袖顧憲成「論學與世為體」、

〔註4〕《陳子龍自編年譜》「天啟七年丁卯」條，見《陳子龍詩集》附錄二，第640頁。

〔註5〕〔清〕陸世儀《復社紀略》卷一《東林始末》《中國內亂外禍歷史叢書》第十三輯，上海書店1982年。

〔註6〕《皇明經世文編》卷二五二，第2644頁，中華書局1962年。

「官輦轂念頭不在君父上，官封疆念頭不在百姓上，至於水間林下三三兩兩相與講求性命，切磨德義，念頭不在世道上，即有他美，君子不齒」〔註7〕的主張一脈相承。復社領袖與東林黨人一樣，雖都尊經重道，沒能提出新的治世方略，然而他們治學目的都在於「務爲有用」。到了陳子龍編纂《皇明經世文編》的時候更是直言：「俗儒是古而非今，文士擷華而捨實。夫保殘守缺，則訓詁之文充棟不厭，尋聲設色，則雕繪之作永日以思。至於時王所尚、世務所急，是非得失之際，未之用心，苟能訪求其書者蓋寡，宜天下才智日以絀。故曰，『士無實學。』」〔註8〕爲扭轉「士無實學」的頹風，興經世之學，因而編纂此書「以資世用」。

（二）《皇明經世文編》與幾社的關係

松江地區的文士們意識到晚明學風的空疏，認識到「君子之學，貴於識時，時之所急，務之恐後。」〔註9〕推崇經世之學。崇禎初年，陳子龍、夏允彝、杜麟徵、周立勳、徐孚遠、彭賓六人組成幾社，取義於「絕學再興之幾」〔註10〕，後來發展到一百多人。陳子龍，少擅文名，文章卓絕，才華殊異，四方名士無不樂與之交，崇禎十年中進士。夏允彝，好古博學，工於文辭，爲諸生時與子龍齊名，及同登進士，皆名冠詞壇，望隆一時，時有云間陳、夏之稱。陳子龍同時又和徐孚遠、周立勳等人，相與往來，倡和應答。「啓、禎之際，社稿盛行，主持文社者……吾松則有陳臥子子龍、夏彝仲允彝、彭燕又賓、徐闇公孚遠、周勒卣立勳，皆望隆海內，名冠詞壇。」〔註11〕幾社文會繁盛，楊鍾義的《雪橋詩話》記載：「雲間幾社，李舒章與陳臥子承復社而起，要以復王、李之學……。當陳、夏《壬申文選》後，幾

〔註7〕〔明〕黃宗羲《明儒學案》卷58，中華書局1985年。
〔註8〕《皇明經世文編》，《陳子龍序》第40頁，中華書局962年。
〔註9〕〔明〕陳子龍《安雅堂稿》卷三《兵家言序》，見《陳子龍文集》（下），第72頁，華東師範大學出版社1988年。
〔註10〕〔明〕杜登春《社事始末》清道光十三年世楷堂刻本光緒二年印本。
〔註11〕〔清〕葉夢珠《閱世編》卷八，第184頁，上海古籍出版社1981年。

社日擴，多至百人。」所選制藝除《幾社壬申文選》之外，還有《幾
社會義初集》。《壬申文選》是仿《昭明文選》體彙刻幾社六子之文，
每人六十首。當時共推徐孚遠闇公爲操政領袖，《幾社會義》前五集，
均由闇公操持選政。據《社事始末》載：「甲戌、乙亥，陳、夏下第，
專事出文辭，文會各自爲伍，彙於闇公先生案前，聽其月旦，至丙子
刻《二集》，戊寅刻《三集》，己卯刻《四集》，人材輩出。……至庚
辰、辛巳間，刻《五集》，猶是闇公先生主之。」幾社以文會友，後
來又和書坊合作，選刻時文，爲《皇明經世文編》的編纂在技術上提
供了可借鑒的經驗。崇禎十一年，陳子龍與徐孚遠、宋徵璧等合作編
訂《皇明經世文編》時，幾社六君子中夏允彝、周立勳、彭賓等也參
與選輯，並承擔了大量工作。

三、陳子龍「經世致用」的編輯思想

（一）「報君父，利生民」的指導思想

　　陳子龍的救世思想，在編輯《皇明經世文編》之前就已然表現
出來了。早在他和夏允彝入仕之前，就曾相約「我與若一旦在人主
左右，必當秉至公，澣群小，以報君父、利生民爲本，始爲不負所
學。」〔註12〕可惜，兩次科舉的失利讓他這種抱負只能蟄伏心中，
但是在崇禎四年和崇禎七年兩度進京應考進士之時，從江南到北
京，沿路看到民生的疾苦和艱辛，尖銳的社會矛盾，感受到時局危
艱，讓他更加關心國事，並以國家興亡爲己任。在他得中進士，觀
政刑部之初，留下了一首《初觀政刑部自勵》：「維余小子，性麗於
愚。早歲孤零，希尙不模。樂我狂簡，任我驅馳。矜負壯往，雕蟲
是都。」從一個輕狂無知的少年成長爲今日的新進人才，「顧承嘉命，
被此章服。怳惕未遑，其何能淑？水亦有涯，車亦有輻。……毋曰
道遠，服勤者長。毋曰聖希，舍己者良。……儀刑前修，黽勉濟世。

〔註12〕〔明〕陳子龍《報夏考功書》，《陳忠裕公全集》卷九，見《陳子龍
　　　　文集》（上），第 477 頁，華東師範大學出版社 1988 年。

國譽馨聞，家聲遐繼。敢告君子，輔茲不逮。」〔註13〕在這首四言詩中他簡單地回顧了自己的早年經歷，恰如其分地表現了他初入仕途時興奮激動，充滿敬畏同時又壯志在胸的情感狀態。所以，雖然他沒有能夠留在京城，而是被分配到遙遠的惠州去當司李，仍然欣喜地寫下了「亦是分憂者，無嫌佐郡卑」充滿豪言的詩句。可是由於繼母的辭世，他在任職惠州的途中便回鄉守志，連「爲州郡臣」都沒有做到，他心中那剛剛鼓起來的萬丈豪情，滿腔鬥志沒有機會實踐，便一發傾瀉在《皇明經世文編》的編撰之中。可以說這是一部「治亂攸關」的政書，是一本「治國制度型的經世文編」〔註14〕。

陳子龍在在序中強調，萬曆以後，「俗儒是古而非今，文士擷華而捨實。夫保殘守缺，則訓詁之文充棟不厭，尋聲設色，則雕繪之作永日以思。至於時王所尚，世務所急，是非得失之際，未之用心，苟能訪求其書者蓋寡，宜天下才智日以絀，故曰：士無實學，夫孔子觀於周，蕭相收於秦，大率皆天下要書足以資世用。」對當時空疏浮泛的學風提出了尖銳的批判，明確提出了編輯《皇明經世文編》的目的：提倡實用之學。宋徵璧在《經世文編・凡例》中也說：「儒者幼而志學，長而博綜，及致治施政，至或本末眩瞀，措置乖方，此蓋浮文，無裨實用，泥古未能通今也。……徐子孚遠、陳子子龍，因與徵璧取國朝名臣文集，擷其精英，勒成一書。如採木於山，探珠於淵，多者多取，少者少取。至本集不載，而經國所必須者，又爲旁採，以助高深。共爲文五百卷有奇，人數稱是。志在徵實，額曰經世云。」可以說是進一步補充說明了陳子龍等人的編輯目的。

（二）大治之世

陳子龍在序中說：「海內治平，駕周漂漢賢才輩生，祖宗立國規模宏遠，先朝大臣學術醇正。」〔註15〕針對當時明朝外有女眞壓境；

〔註13〕《陳子龍詩集》卷一，第 6 頁。
〔註14〕區志堅《從明人編著經世文編略探明代經世思想的涵義》見《中國文化研究》1999。
〔註15〕《皇明經世文編》，《陳子龍序》第 40 頁。

內有宦禍、朋黨之爭，民不聊生，兵變四起而士子們卻沉於空泛詞章的狀況，提出了「以資世用」的選文原則。

首先，「此書非名教所裨，即治亂攸關，若乃其言足存，不以人廢。」這一原則表明編者實事求是的編輯作風，即不管何人，只要其言論對國家「治亂」有用，都加以收錄，也就使所選之文在內容上較好地保持了原有的眞實性和完整性。在《皇明經世文編》的四百卷選文之中，以萬曆年間的首輔、改革派代表張居正的文章爲最多，共五卷，達 101 篇，這是一個值得關注的現象。因爲對於張居正的功過評說在當時可能還是一個比較敏感的話題，從萬里年間權傾一時的鐵腕首輔到死後被籍沒家產，大兒子被逼自殺，另外兩個兒子也被充軍的眾惡之首，從皇帝到同僚，無不對張居正進行了瘋狂的報復，打翻在地，又踩上一腳。但在《皇明經世文編》中陳子龍卻選擇了大量張居正的治國言論，包括「強兵富國」、「訓練士卒實邊」、「嚴行法治」等等，儘管陳子龍本人對張居正晚年的奪情頗有微詞，這從《文選》的批註中可以看出來，張居正《再乞酌議大閱典禮以明治體疏》中說：「況臣職忝輔導，一言一動，務合天下之公，尤不宜拂眾論而執己見以爲是也。」陳子龍批曰：「使江陵公晚年能若此，豈不盡善。」可是，作爲一個頭腦清明的士人，陳子龍也理性地看到張居正所採取的治國方法，例如整頓吏治，提高政府部門的辦事效率，實行一條鞭法，統管全國土地，加強邊防等等，確實對國家有利，因此雖然其個人品性有虧，但陳子龍仍然非常重視他的救世主張。這種一切以強大國家，安定人民出發的基本思想決定了也體現了「言以人傳者，重其人，亟錄其文。言不以人廢者，存其文，必斥其人」的選文原則。

不僅如此，編者還在選擇的同時，加入自己的評論和批語，比如對於王陽明，這位眾所周知的心學宗師，在《皇明經世文編》中卻絲毫見不到談心論性的文字，反而是他的《陳言邊務疏》等關乎國計民生的文章入選其中。又比如王翱《邊情事》這份奏章，說的是西南邊境少數民族的情況，因爲受到漢族的民族壓迫發動了起義，在王翱的

奏章中描述了明朝的官吏對這些少數民族的欺壓「甚至欺其遠方無告，掊尅殘忍，使不得安身。」在旁邊就添加了編者的批註「西南夷變皆由於此。」〔註16〕從而使我們在瞭解明代社會情況的同時，也更加瞭解編者的政治思想。

　　其次，「異同辯難，將以彼我未通，遂成河漢，就其所陳，各成一說，不妨兩存，以俟揀擇。」這一原則表明了編者兼收並蓄，為當時的統治者開拓更加寬泛的言路，以利於除舊與革新的編輯思想和編輯態度。同時，在選文中非常突出的一點是對於軍事的重視：「國家外夷之患，北虜為急……。」這一原則充分體現了編者的編輯目的在於「強國」。在《文選》編撰的時候，正是明代危機四伏的存亡之際，東北的女真，北方的蒙古，東南的倭寇，包括大批不堪忍受的農民軍造反起義，軍事問題已經成為一個無法忽視的關鍵問題了。

　　陳子龍認為，救國的首要任務在改革現有的行政、軍事上的弊端，最重要的是「明治亂」，即通過對統治者的昏庸和宦官秉政專權的現實進行改革，揭露和批判吏治的腐敗，以達到救國的目的。如《皇明經世文編》中選編的陳以勤的《披衷獻議少裨聖政疏》，對貪官的心態揭露非常典型：「臣竊見比來仕路稍稍改易流習，而窮鄉下邑，吏之縱恣自若，其行如盜跖，其欲如饕餮，剝民之財，罄於錙銖」；「即有敗露者，又以寬紓容隱為良，曲意迴護以樹私恩」；「且贓吏之願，非在於為名也，其始也，以井市狙獪之行，冒膺名秩，即垂涎民之所有，欲以自潤。及其囊橐既充，谿壑已滿，不幸而致敗罷官，乃其所甘心者，方且覓良田美宅揚揚自謂得計，而人亦以其居官致富，目為雄傑矣。」〔註17〕為切實解決當前的問題，陳子龍特意選編了一系列具有救弊措施的文章和改革人事制度的文章，比如在丘濬的《公銓選之法》一文中，批註就談到關於用人標準的問題：「用資格以敘常才，不用資格以收非常之才，則銓衡之事盡矣。」這也成為陳子龍對於用

〔註16〕《皇明經世文編》卷二二，第170頁。
〔註17〕《皇明經世文編》卷三一零，第3272頁。

人制度的基本主張，日後在他供職南明的時候表現得更爲充分。

第二節　《陳忠裕公兵垣奏議》與陳子龍軍事思想

一、明代兵儒合流與《陳忠裕公兵垣奏議》

　　明代屬於中國歷史上的戰爭頻發時期，各種新的敵對勢力層出不窮。

　　自洪武元年（1368 年）明滅元之後，明朝正式建立，但元朝殘餘勢力依然存在。朱元璋曾經幾次遠征漠北，但一直沒有能夠消除北方的敵對勢力，直到永樂七年（1409），成祖朱棣還派丘福遠征漠北，結果十萬大軍全軍覆沒。在永樂八年、十二年、十九年、二十一年、二十二年，朱棣曾五次親征漠北。而另一方面，沿海的倭寇不斷進行侵擾。到了嘉靖年間，發生了「庚戌之變」，北方形勢嚴峻，倭寇大肆入侵，抗倭戰爭延續了十幾年之久。正統年間，雲南思任發，福建鄧茂七、葉宗留，廣東黃肖養相繼起事；北邊更不太平，英宗在「土木之變」中成了瓦剌的俘虜，隨後瓦剌大舉進攻北京，明廷統治處於危機之中。萬曆年間，明廷進行了援朝抗日戰爭，又同後金大戰於薩爾滸。天啓年間，有明同後金爆發了寧遠之戰、寧錦之戰。崇禎年間，有明末農民大起義戰爭和明與後金的松山之戰等等。據統計，從洪武元年（1368 年）到崇禎十六年（1643 年）的 275 年中，共發生大小戰爭 579 次〔註18〕。可以說明代 270 餘年中，北方的蒙古、女眞，東南沿海的倭寇，外敵的海上入侵，內地的農民起義、民族戰爭、統治階級內部爭鬥，此伏彼起，連綿不斷。他們不但受到來自北方的民族的威脅，還遇到了以往各代所沒有遇到的來自海上的威脅。

　　面對這樣嚴峻的形勢，早在洪武年間朱元璋就頒行了《武經七書》，正統年間，又把《武經七書》作爲武學的教科書。同時，在明

〔註18〕中國軍事史編寫組《中國軍事史》附卷《歷代戰爭年表》，解放軍出版社 1985 年。

代科舉制度中，除武科舉培養和選擇軍事人才外，文科科舉考試中也有軍事的論文考題。文科科舉進士出身的人擔任中央軍事武職，特別是在擔任兵部尚書和侍郎上的人很多。據明人王世貞的記載，從洪武元年（1368）至萬曆十五年（1587）期間，兵部尚書總共有 95 人，其中進士 63 人，舉人一人，合為 64 人，占總數的 63.17%。從正統二年至萬曆十三年，總督軍務者 34 人，其中除 5 人非進士出身外，餘下 29 人均為科舉文科進士，占總數的 85.12%。任南京兵部尚書的人有 75 人（永樂二十二年至萬曆十七年），其中進士出身者多達 73 人，占 97.13%。同樣，任北京和南京兵部左右侍郎一職者，也大多數係進士出身，陳子龍就是從進士出身而進階於兵科給事中的。

　　陳子龍的年代處於晚明之末，實際上自嘉靖、隆慶以至萬曆，明代就進入了外患的頻發期。前有倭寇之害，後有東北女真之憂，國內則民變四起，兵連禍結，讓中後期文人對於軍事的關注更甚於前，理學家王廷相主張「文事武備，兼而有之，斯儒者之學也。」據許保林統計，明代存世兵書有 777 部，存目兵書 246 部；而宋遼夏金元四朝存世兵書總數僅為 229 部，存目兵書 352 部，遠不及明代（註19）。值得注意的是，這些明代的兵書之中，文人編寫的兵書有相當的比例，特別在萬曆、崇禎二朝，文人撰寫兵書的刊行數量遠勝於前。例如，唐順之是當世的大儒，嘉靖八年會試中他高中第一名會元，但在古文創作之外，還編有《武編》兵書一本。河南省寧陵縣人呂坤（1536～1618），係萬曆二年進士，曾任山東參政、山西按察使、陝西右布政使等職，曾編寫了《安民實務》一書以振興國家邊防、軍事。明代另一部重要的軍事著作《車營扣答合編》是由萬曆三十三年第一甲第二名進士孔承宗編寫的。明代末年，天啟二年第二甲第 73 名進士黃道周編寫的《廣百將傳》，也是一部軍事專著。該書共 20 卷，圖文並茂，有圖示 20 幅，字 18 餘萬。書中收錄了西周至明代末年中國著名軍事家的生平及指揮的重大戰役，是一本廣輯博錄歷代名將傳記的兵

〔註19〕許保林《中國兵書知見錄》，解放軍出版社 1988 年。

書。徐光啓著有軍事著作《兵機要訣》、《選練條格》等。其兵器思想以鳥銃、銃炮等火器爲主，認爲遠程射擊兵器在戰爭中具有重要作用。明代軍事名將譚綸，是嘉靖二十三年第二甲第 66 名進士，此人雖未編寫軍事著作，但從其軍事練兵的實踐中，我們可以體察出他的練兵思想。嘉靖四十二年譚綸任福建巡撫，指揮抗倭戰鬥。隆慶元年，以右僉都御史總督薊、遼、保定的軍務。在東南抗倭和鎮守北方邊境的練兵過程中，他形成了自己獨特的練兵方法。認爲士兵上戰場之前，必須要經過三個月的正式訓練。其方法有練特長、練毅力和練合力等。練特長，指依據士兵的體質和特點，按射箭、大刀、騎兵三個專長編隊，使每一士兵學有專長。練毅力指士兵行軍打仗必須經得住寒冷、高溫和飢餓等困苦條件的考驗。爲此，要求士兵在嚴冬、酷熱中訓練士兵的毅力。練合力，指要訓練士兵遵守紀律、團結一心的精神和風格。

陳子龍最重要的論兵著作是《陳臥子兵垣奏議》三十八篇（又稱《陳忠裕公兵垣奏議》），集中討論戰術的《武經論》七篇，以及以論兵爲核心內容的序文、書信等。雖然從寫作時間上看，《陳臥子兵垣奏議》寫於陳子龍鼎革之後任職南明期間，但他對於軍事的濃厚興趣則早在崇禎時期就已經表現出來了。

崇禎九年（1636），以陳子龍爲首的幾社士人們合作了一部兵書《兵家言》，陳子龍爲之作序：「崇禎丙子，天下明詔頒郡國習孫吳之書，嫻騎射之事。蓋憤憤於天下之大而知兵者鮮也，予等數人遂作兵家言。」他是取古代的兵書，「各以己意論之，而並雜策當今用兵之事，雖皆妄言臆說，而庶以寄漆室之歎。」在陳子龍序言中，明確地指出了明朝面臨的岌岌可危的形勢，「兵起二十年矣，鴟張之虜壓我三陲，蛾飛之盜，橫行萬里，汲汲乎，如坐漏舟之中，焚屋之下。」而士大夫卻安享太平，「耽於逸樂，厚蓄財資，以爲百世之計而其稍稍號賢者，坐嘯高議，倡說玄虛，已入於晚宋之迂腐而不自覺，以爲兵革之事，且沒齒不復見，有談說者皆怪笑之。」故而

「君子之需，貴於識時，時之所機，爭之恐後。」強調用兵之事為「當今所急」〔註20〕。這說明，陳子龍對於軍事的關注不僅承襲了中國傳統的軍事思想，也是建立在對於明代軍事狀況和國家形勢清晰的認識的基礎上的，這種實事求是的基本態度也成為他一切論兵主張的基礎，他的戰爭觀也由此形成。

　　戰爭的目的是為了治國救民，所謂「兵者，聖人所以除亂誅暴，永靖國家也。非以毒天下而生事端也。」〔註21〕其中，安定民心是最重要的，無論是反對外敵入侵，還是制止百姓「暴動」。安民是制止禍亂的根本。要用儒家思想教育百姓，使之皆出道化之下；要減刑罰，薄賦斂，使百姓能生活下去，所以「良吏優於良將，善政優於善戰」〔註22〕。為了避免戰爭，就需要選擇賢能的官吏，所謂「憂不在□寇，而在人才之不足。」〔註23〕如「鄭三俊，易應昌，房可壯，孫晉英，錢謙益，黃道周，徐汧，吳偉業，楊廷麟，劉同升，趙士春，陳之遴」〔註24〕等等，都是陳子龍所推薦的賢才；從另一方面說，在進行戰爭的過程中，民心更加重要，人心不歸，就是有眾多的軍隊、賢能的將領，也不能獲得戰爭的勝利。「蓋戰鬥必以兵，而兵之數寡守禦必以民，而民之力弱，故非兵民合心不足以為固也，當今之患在於治民之官不得治兵，治兵之官不得治民，故二者嘗相橫而足以相牾，風塵飈至委而去之，固其所耳，其道莫如效古者州將之制以兵權屬之太守，而精選其人以任之。」〔註25〕作戰必須以得民心為本。因此，在軍隊

〔註20〕《安雅堂稿》卷三，見《陳子龍文集》（下）第74頁。

〔註21〕《安雅堂稿》卷三，見《陳子龍文集》（下）第74頁，華東師範大學大學出版社，1988年。

〔註22〕〔明〕鄭若曾《籌海圖編》卷十一，《敘寇原》，上海圖書館藏景印文淵閣四庫全書，史部342地理。

〔註23〕《安雅堂稿》卷十四《答袁臨侯》第419頁。

〔註24〕《陳臥子兵垣奏議》《薦舉人才疏》，見《陳子龍文集》（下），第85頁。

〔註25〕《陳臥子兵垣奏議》《郡守治兵疏》，見《陳子龍文集》（下），第99頁。

作戰過程之中，對於兵士的管理就顯得尤爲重要，「軍興以來，天下苦兵久矣。豈止於覆盎取笠哉，掠金箔，毀器用，焚室廬，淫婦女，使民之生計盡失。」〔註26〕「設兵衛民，而殺民，與賊何異？郊畿之內，尚且肆行無忌，何況遠者。若一意姑息，將來朝廷不能用一兵使一將矣。」〔註27〕正是因爲明朝的軍隊失去了相當的民心，才讓人民「憤怨積盈，皆轉而爲盜而劇寇反假仁義以爲之招，宜其脅天下而爲盜也。當事者，每姑息悍將如奉驕子，求一平心之論撫慰之言亦不可得，獸窮則搏，鳥窮則啄，民亦安肯默然就死地乎？」〔註28〕陳子龍清楚地看到明代軍隊中驕奢殘暴的種種弊端，所謂「官逼民反」。作爲一個封建士大夫來說，陳子龍確實擁有超前於他的時代的眼光。在明代淪亡之後，南明朝廷偏安江南之時，陳子龍的超前意識又一次體現了出來，他及時地提出「北使之宜速也」〔註29〕勸諫弘光帝儘快派遣使者北上，目的是爲了讓淪陷的北方人民知道南明朝廷的建立，「人心尚可鼓舞也」，〔註30〕爲日後光復北地爭取更多的群眾基礎。可惜南明的君臣們不是忙於傾軋，就是耽於逸樂，這一建議並沒有被弘光帝所採納，以至於在南明建立之後的相當長時間裏，北方的人民甚至都不知道還有明朝的存在，不得已而歸降了滿清，失去了很多可以爭取的力量。可以說，陳子龍把戰爭的性質定爲「救民靖國」，在進行戰爭的問題上，充分考慮到了「民」的立場和作用。

二、陳子龍的軍隊建設理論

明代自土木之變後，軍事便日趨衰敗，到了鼎革之後，更加難以爲繼。「奈何兵既不可不設，而行之始終甚難。一曰充補難也，二曰教習難也，三曰財用難也。」〔註31〕針對現實面臨的這些困境，陳子

〔註26〕《陳臥子兵垣奏議》《整飭京營疏》，見《陳子龍文集》(下)，第111頁。
〔註27〕《陳臥子兵垣奏議》《京口兵亂疏》，見《陳子龍文集》(下)，第29頁。
〔註28〕同上。
〔註29〕《陳臥子兵垣奏議》《敵情叵測疏》，見《陳子龍文集》(下)，第81頁。
〔註30〕《陳臥子兵垣奏議》《敵情叵測疏》，見《陳子龍文集》(下)，第81頁。
〔註31〕《陳忠裕公全集》卷四《江南鄉兵議》，見《陳子龍文集》(上)第

龍分別就軍隊的擴充，練兵和軍餉問題提出了自己的解決方案，形成了一整套比較系統的軍隊建設理論。

（一）擴充軍隊

明初軍事力量是相當強大的，洪武年間明代就非常重視軍隊建設。根據《明史兵志》推算，洪武二十六年的正規軍，包括京師的京營軍，班軍、衛所以及邊軍和沿海衛所等，總數約有 180 萬人，到了朱棣時增長到了 270 餘萬。可是土木之變後，兵額就越來越少。從主力的京營來說，嘉靖二十九年吏部侍郎攝兵部王邦瑞言道：「國初京營勁兵，不減七八十萬，元戎宿將常不乏人。自三大營變而爲十二團營，又變爲兩官廳，雖浸不如初，然額軍尚足三十八萬有奇。今武備積馳，見籍止十四萬餘，而操練者不過五六萬。支糧則有，調遣則無。比敵騎深入，站守俱稱無軍。」〔註32〕到了崇禎十二年，京師危機，王章奉命巡視京營，「按籍額軍十一萬有奇」，及閱視，「半死者，餘冒伍，儘甚。」〔註33〕而作爲京師附加力量的班軍，仁宗初年，「歲春秋番上，共十六萬人。」〔註34〕僅僅四年之後「減至兩萬」〔註35〕，連天子禁軍的親軍，也出現營伍空虛的景況，甚至需要臨時雇傭市井乞丐充數。內地衛所軍就更不用說了，成化間，京師以南的德州、臨清、東昌、徐州這些軍事交通的要地，「守城不過疲卒兩三百人」「間亦有空城者」〔註36〕，嘉靖時李承勳說，他在任職陝西右布政史的時候，途徑潼關，結果發現這個重要的關隘裏只有數名守兵。試問，這樣的軍隊數量怎麼能夠抵擋住遍地而起的農民起義軍呢？難怪後來「盜」入商洛，鎮巡官欲救援，竟然無軍可遣。〔註37〕

---

200 頁。

〔註32〕〔明〕余繼登《典故紀聞》卷十七，第 314 頁，中華書局 1997 年。

〔註33〕〔清〕張廷玉《明史》卷二六六《王章傳》，第 6864 頁，中華書局 1974 年。

〔註34〕〔清〕張廷玉《明史》卷九零《兵二》，第 2193 頁。

〔註35〕〔清〕龍文彬《明會要》卷五九《兵二》，第 302 頁。

〔註36〕〔明〕余繼登《典故紀聞》卷一四，第 252 頁，中華書局 1997 年。

〔註37〕〔清〕高宗敕選《明臣奏議》卷二一，李承勳《陳八事以足兵食疏》

　　邊軍的情況也好不到哪裏去，明代針對北方邊患嚴重的情況，東起鴨綠江，西抵嘉峪關，陸續設立了遼東、薊鎮、宣府、大同、偏頭、延綏、寧夏、固原、甘肅等九個軍鎮。據《明史》記載，薊鎮的額軍永樂時爲九萬多，隆慶時不滿三萬，宣府則從十三萬五減少到七萬五，幾乎少了一半，《明穆宗實錄》「祖宗邊軍百萬，今存六十萬。」有據可查的邊軍就減少了 40%。

　　額軍的不足，使得朝廷調遣無力，捉襟見肘。內地衛所軍隊空虛，爲了鎮壓農民起義，不得不調用邊軍。邊軍內調，邊防空虛，邊鎮頻頻告急，又不得不把熊廷弼、洪承疇的剿賊兵力調望去守邊，讓楊嗣昌十面張網剿滅農民軍的計劃功敗垂成。整個軍事統籌上顧此失彼，一籌莫展，成爲限制軍事行動的最爲重要的因素。

　　到了弘光偏安江南之時，「寓宅東南，武備單弱，又以軍糈難繼，未能益兵，僅僅議增六萬之額。」面對這種情況，陳子龍在《自強之策疏》中提出的第一個問題就是擴充軍備。按照陳子龍的提法，「兩淮……徐泗、濠宿各配以馬步六萬……」，「撥黔鎮之兵二萬人……招徠土著共足六萬人……」；水師方面「必使漢口鄂州之間有舟師三千人橫江而守……潯陽以下，上流之備尤當增置水軍，分佈五萬之數……」；加上皇帝的侍衛軍，「多則十萬，少則六萬。」總數不下四十萬。「然世之難臣者或曰如子言增兵數萬，國何以支是，不然，今天下所急孰有過於兵者哉。」陳子龍並非是文人論兵的故作大言，也並非不知道籌措軍餉之困難，而實在是基於當時的軍備情況已經衰蔽到了極點，「苟非關天下之安危存亡者，皆當姑置之而專以治兵事爲事，則事力尚可辦也。」

　　明中葉之後，不但軍額大幅縮減，軍隊的戰鬥力也急劇下降。以京營爲例，明初的京營軍是戰鬥力最強的軍隊，但是由於軍士大量用於工役，無暇訓練，加上承平日久，軍紀鬆弛，軍官們「多世胄紈絝，

中華書局 1985 年，上海圖書館藏影印四庫存目叢書本，史部第 455 冊。

平時占役營軍，以空名支餉，臨操則肆集市人，呼舞博笑而已。」（《明熹宗實錄》卷二）到了嘉靖年間，守衛北京的禁軍「僅四五萬。」且「老弱半之，又半役內外提督大臣家不歸伍。」〔註38〕崇禎時，思宗屢次督責有關部門練兵，然而京營每日只能集合二三百人，折騰一陣，沒到黃昏就解散了。到了明末，農民起義軍逼近北京，京營只有幾萬的老弱疲卒，「聞炮聲掩耳，馬未馳轍墜。」毫無戰鬥力可言。因此，陳子龍認為要振興軍事，救弊起衰，加強對於軍隊將領士兵的管理和訓練是當務之急，「夫軍事莫密於治兵，莫重於任將。」而選將則又先於練兵。「必練將為重而練兵次之。夫有得縠之將而後有入縠之兵。練將譬如治本，本亂而末治，未之有也。」〔註39〕

（二）選將練兵

「古者戰爭久則精兵必多，良將必出，其習然也。今天下用兵二十年矣，而不聞有精銳之師，英武之將者何哉？愚以為人主惟有求將之方，而至於訓練，特將之一事耳。」〔註40〕將領是軍隊的核心人物，雖然軍隊中士兵是大多數，但是士兵無不聽從將領的指揮調度，「非兵亂之足憂，而憂天下無不可亂之兵也，若夫變形有驗而能彌之於前，是在將之巧拙耳。」〔註41〕如果「彼其人既不明於君臣上下之義，而天資暴戾以殺戮為快心」，以這樣的人統軍，必然是「用兵之地流血成川，即幸而有功也。封爵賜予，恒不足以滿其望，而跋扈僭擬之事，往往而見。人主既不能堪而變，或因以再起。」〔註42〕成為國家的大禍患。因此，陳子龍認為好的將領應該「上有

〔註38〕〔清〕張廷玉《明史》卷二零四《丁汝夔傳》，第5389頁，中華書局1974年。

〔註39〕《安雅堂稿》卷三《左氏兵法測要序》，見《陳子龍文集》（下），第61頁。

〔註40〕《陳忠裕公全集》卷五《練兵求將》，見《陳子龍文集》（上），第227頁。

〔註41〕《陳忠裕公全集》卷五《練兵求將》，見《陳子龍文集》（上），第227頁。

〔註42〕《安雅堂稿》卷三《兵家言序》，見《陳子龍文集》（下），第72頁。

體國之念，下懷救民之心而又深於仁義廉讓之旨。明於進退奇正之方，故師出而不擾民，不多殺士卒，及其成功而歸也，事君以誠，處身以恪，居功以謙，名勒景鐘，身膺廟食，始終永保，君臣同休。」〔註43〕選擇好的將領，不僅是簡單的「智、信、仁、勇、嚴」，更重要的是應該正心術，立志向，要有忠君衛國的品質；不能剛愎自用，殘忍兇惡，要精通兵法，熟悉韜略，具備善於節制、長於指揮的才幹；要有廣博的學識和明辨是非的能力。簡單地說就是要文武兼資。「蓋古者文武之途出於一故，伊尹周公方叔召虎管仲樂毅之流，莫不入作卿士，出爲元帥，彼皆當世之大聖賢人也。」〔註44〕因此，陳子龍主張對於那些自以爲能談兵的人，「莫如嚴核有司，不得以迂陋庸妄者應命，而其中條對有合於兵機古法者，則天子召而訪問以驗其才之短長，而又兼推保舉之法，務廣其途。」「夫使文武二帥皆求之盡其法，則必有豪傑不世之士出於其中，又何患無精兵良將哉。」〔註45〕之所以特別強調文武兼才，乃是針對明代所存在的文臣武將分權制約的情況而言的。

　　明代從洪武開始，就具有重文輕武的趨向，武人往往受到文官的鉗制，「蓋文武二途，前代雖漸分而莫甚於昭代。高文之朝不盡分，至仁宣以後而分乃愈甚。是以國初有大征伐則命徹侯杖鉞而出，是爲用武將。其後以武臣不可專任而設巡撫，設總督，似用文將矣，然佩將印者實總兵官也，而調度則聽於督撫，於是二者皆有將之名而實未當。專將之權既有牽制，復便推委，不能爲國家建非常之勳者，職此之故也。」〔註46〕皇帝以不懂軍事的文臣到地方任巡撫，其職權、地位都在總兵之上。有戰事的時候，任命武將領兵打仗，

〔註43〕《安雅堂稿》卷三《兵家言序》，見《陳子龍文集》（下），第72頁。
〔註44〕同上。
〔註45〕《陳忠裕公全集》卷五《練兵求將》，見《陳子龍文集》（上），第232頁。
〔註46〕《陳忠裕公全集》卷五《儲將才》，見《陳子龍文集》（上），第236頁。

卻讓不諳軍事的文臣以總督指揮，既挫傷了武臣的積極性，又造成了指揮上的混亂。「夫軍中之不能無文臣者，勢也，然使今之文臣俯首驅使於武臣之前，情有所難矣。」〔註47〕從皇帝的角度考慮，這樣的安排自然是了能夠直接掌控軍政大權，以防止驕兵悍將割據地方對抗中央，故而在軍事制度上採取分權、制約的原則。爲了防止同郡將領的反叛，皇帝平時對京營軍隊就派有宦官層層監視，遇到戰爭時期，更是放心不下，派宦官去軍中監軍。崇禎三年思宗就令司禮監太監曹化淳提督京營，太監陳大金、閻思印、謝文舉、孫茂霖爲內中軍，分入曹文詔、左良玉的軍營記功過，催糧餉。宦官監軍，其任務就是監視總兵的行動，隨時向皇帝密奏。總兵多和監軍相互勾結，打勝仗的時候陞官封爵，沒打仗也可以謊報戰功，甚至在打敗仗的時候捏造事實，開脫罪責。如若不然，就會事事受到監軍制約，甚至蒙受不白之冤。即所謂「勾稽愈精，事實愈疏，操柄愈一，國勢愈輕，大約在上者勸功之意少而程過之意多，以致在下者任事之心衰而避禍之心勝，互相規委坐視，遺毒至今。」〔註48〕

　　不論是文人督軍還是內臣監軍，這種封建專制集權制度的結果都是嚴重影響了軍事指揮權，造成了多方插手，事權不一，削弱了軍隊的應變能力。如萬鏊《邊議八事疏》中所說：「其在邊將之盛，內臣則有太監，武臣則有總兵，文臣則有都御史。都御史欲調兵，總兵以爲不可而止者有矣；總兵欲出兵，太監不可者有矣。大同有急，欲調宣府之兵而不能；延綏有急，欲調大同之兵而不可。權分於多，威奪於位，欲望成功，難矣。」

　　陳子龍對於明末軍隊建設中的這些弊端認識得非常清楚，「一日號令數更之患……一日法令太拘之患。」〔註49〕所謂號令數更，就是

〔註47〕《陳忠裕公全集》卷五《重將權》，見《陳子龍文集》（上），第248
　　　　～249頁。
〔註48〕《陳忠裕公全集》卷五《重將權》，見《陳子龍文集》（上），第249頁。
〔註49〕《陳臥子兵垣奏議》《直陳禍亂之原疏》，見《陳子龍文集》（下），第

因爲「君相不能知兵，而回惑過防，始懸一令，又以一令繼之，前後不相應，弗顧也，始用一人，又以一人參之，彼此不相能，弗知也。」所以「後世所以數敗者」；而所謂法令太拘，則是針對當時「將權不立」的狀況而言的，「今也冠貂嬋而擁數十萬之眾者三尺童子，持尺一之詔而召之，則歸命恐後至於草廬，誦讀之士投刺幕府長揖而已，事故文臣甚尊而武臣甚卑，凡文法吏得挾其權陵轢之，其氣日以弱，其流日以賤，而功名氣力有所制而無以自見，二者之失，人皆知之，但以古有難防之危，今有易制之安，是以就其易且安而不知兵弱而不振，亦國之大憂也。」因此他直言不諱地提出了《重將權》的主張：「愚，故曰莫若重將權。」惟有「事主於必斷，令出於一門……使奉行者簡而易遵，受命者信而無惑」，才能「坐致強敵，而申主威於天下也」〔註50〕。

　　練兵，首先貴在選兵。不用城市油滑之徒，要選鄉野老實之人。之所以強調老實，是因爲「將欲其智，卒欲其愚。」〔註51〕這個「愚」，並非說智力低下，而是強調士卒要聽從指揮，服從命令，「智以技藝爲末，愚則以技藝爲本。」將領需要的是用智謀，則士卒強調的是「鬥力」，故「技之弗精，則其心惴惴焉。」因此，需要苦練技藝，好上陣殺敵。

　　對於如何練兵，陳子龍提出了一整套的系統方案。

　　首先，「統制宜明」〔註52〕。這是針對南明將多兵少的困境而言的。當時稍微有一點才能的人都願意作將領而不願意作兵士，「一裨將所領不過二三百人。」軍隊組織鬆散。面對這樣的情況，陳子龍提出了層層規劃的原則，將「京營六萬人，除總提攜三臣各置標兵三千

　　　　33頁。
〔註50〕同上。
〔註51〕《陳忠裕公全集》卷五《練兵求將》，見《陳子龍文集》（上），第232頁。
〔註52〕《陳臥子兵垣奏議》《整飭京營疏》，見《陳子龍文集》（下），第112頁。

外，其一千僅可供探報雜使，實存兵五萬員。」這五萬人，「分爲左右二大軍，大約百人爲一哨，和五哨五百人，一小將統之爲一旅，合五小將二千五百人爲一營，一裨將統之，合五裨將一萬二千五百人爲一軍，一大將統之。」這樣做的好處第一是編制清晰，人有專任，任有專責，不再是一盤散沙，而且可以把一切不需要的冗官都裁除，「節制明而臂指相使，虛冒少而軍資有餘。」

其次，「訓練宜精」。「夫練兵者首練其心，次練其膽，練心者，動之以忠義，申之以親上死長之訓，此治兵之本也。」而練膽的落腳點還是在於技藝，「人平居有十分之藝，臨陣之時，以首博首，心志一動即不能得五分之用。」因此平日一定要加強作戰訓練。另一方面來說，軍隊作戰講究的是集體行動，需要「萬心合一」。爲提高部隊戰鬥力，強調軍隊的編制要與戰鬥隊形的變化相一致。「習戰之方莫要於行伍，治眾之法莫先於分數」〔註53〕，一切陣法只在伍法中變化；軍隊要體統相維，大小相承，兵將相識，士兵要強弱一力，巧拙一心，生死一令，進展有度，雖退亦治，成爲有節制之師。如八陣五花者「則欲退不可得，不可推則必進，進則勝矣。」所謂置之死地而後生。陳子龍特別提到了戚繼光的鴛鴦陣，其特點是能夠讓「長短之器，相間迭出，循環無端」，形勢有利的時候可以互相幫助，危險的時候可以彼此掩護。在戚繼光的鴛鴦陣裏，長火器是十二人爲一組，可是在南明兵員短缺，因此陳子龍建議縮減到十人以內，這樣「依法操演，一去套習，數月之間，庶有成也。」另外，在火器不足的情況下，江南的士兵可以苦練弓箭，雖然「昨臣偶爾入營約諸將校射，見命中者殊少。」〔註54〕但其輕便警巧，且可殺人百步之外。因此，陳子龍提出「懸升賞以誘之」的方法。

〔註53〕〔明〕王守仁《南贛巡撫案行江西兵備分巡鎮北道兵符節制》見《皇明經世文編》卷一三二，《王文成公文集》三，第1296頁。

〔註54〕《陳臥子兵垣奏議》《整飭京營疏》，見《陳子龍文集》（下），第115頁。

再次，「約束宜嚴」。紀律嚴明是管理軍隊至關重要的一條。如果軍隊不能嚴加督責士兵遵紀守法，那麼就有可能激起民變，釀成新的禍端。在晚明，軍隊橫行不法的劣迹比比皆是，所謂「民原不畏兵，兵實可畏耳。」陳子龍強調軍隊的紀律性，固然是從維護皇權統治的角度來說的，但從客觀上起到了安定地方，保護人民的作用，也反映了他對於民的重視。

除此之外，「招募宜愼」「材勇宜聚」「軍禮宜肅」，也從不同的方面進一步完善了他的練兵主張。這六條建議，雖然不能說是什麼曠古奇策，但都扣住了明末軍隊建設中所存在的現實弊端，並給以切實可行之途，是眞正「內修政事，外寓軍令」的務實之法，如果能夠一一得以實踐的話，就算不能揮師北上，光復失地，至少也可以讓弘光朝在江南多維持一段時間。可惜，弘光帝只是簡單地批覆了兩句「所奏有裨營務的戎政，衙門酌行」的套話就不了了之了。

（三）軍餉供給

軍餉是軍隊生存的保證，如果沒有足夠的軍餉，軍心就會渙散，再銅牆鐵壁的軍隊也會潰敗。明中期後軍事衰敗的一個重要的原因就是屯政敗壞，導致軍餉不足，軍士逃亡。

明代實行的是屯軍制。按照明初的規定，一軍的定額爲五十畝，可是年代推移，屯軍的數量越來越多，而屯田卻沒有擴大，反而在勢家高門的侵佔下還有所減少。到了萬曆時，屯田數比洪武時減少了「二十四萬九千餘頃」〔註55〕。屯軍無田可種，收入的糧食不足以養家糊口，於是軍士的逃亡，外出經商或者從事手工業等等現象就都出現了。即便是留下來的人，也常常受到軍餉不足的困擾，根本無心訓練。崇禎一朝，用兵二十餘年，僅「薊、遼二鎮，歲糜餉八九百萬。」由於屯田不足，「士恒苦饑。」而且由於兵戰四起，薊遼一代的屯田「我盡力播種而秋熟之時，禾黍被野虜或以騎蹂躪，

〔註55〕〔清〕張廷玉《明史》卷七七《食貨一》第 1877 頁，中華書局 1974年。

不則齏盜糧耳。」為此，陳子龍提出了在關內屯田的主張，「愚以為宜令山永或天津巡撫兼營田之職，招聚軍民，大興屯事於濱海之區，使粟可自給，而內餉漸減，不以一隅重困四海，此愚所謂宜廣耕屯也。」〔註56〕另一方面，也可以通過「招商賈」的辦法增加軍餉。從京師往外走，「萬里舟楫」，「自燕轉而東四五百里亦有水道。」從天津可以通海運，向關外輸送軍餉，所以並不存在交通阻塞的問題，問題在於往來運糧之間，米價上漲，而且遠送關外，存在著一定的風險，因此願意前往的商賈很少。因此朝廷需要因勢利導，「得心計之臣，平準之法。」採取激勵措施，「來東南之商以與榆關內外互相灌輸。」在南明建國之後，「為圖恢復，其勢不得不資兵力，今各路增兵動以千萬計，若不將現在之餉總為會計，異日兵增餉絀，其患有不可勝言。」故而提出了「治兵必先足餉」〔註57〕的建議，可說未雨綢繆，頗具先見之明。然而，這並不是一件容易的事情，連年的戰亂，已經民不聊生，而四處烽煙，也難得可以安定生產，陳子龍以為首先要做的，是要找到一個「清流有心計」的「理餉之人」，正是因為軍餉非常重要，而當時「每年的巡按御史察盤則贋造新本，是完欠解放之數，適相吻合，上下相蒙而已。」所以，只有「長吏急公少營私者。」方能擔此職責，安服人心，所以要「內重餉司之選，外重方伯之權。」

三、鼎革之後的立體戰略防禦規劃

明代鼎革之後，南明弘光政權在南京建立，陳子龍也被徵召前往，以原職任兵科給事中。由於南明的朝廷內部傾軋頻頻，弘光帝貪圖逸樂，不圖恢復大業，令陳子龍甚為寒心，只待了短短五十日就離開了。但就是在這短短的五十日中，陳子龍先後上了三十多道奏疏，

〔註56〕《安雅堂稿》卷九《問制□之策・丙子》，見《陳子龍文集》（下），第256頁。

〔註57〕《陳臥子兵垣奏議》《治兵必先足餉疏》，見《陳子龍文集》（下），第57頁。

每一道奏疏都是從南明偏安一隅的具體形勢出發，力主自強，以圖恢復之機。而在當時的形勢下，首要者莫過於軍事，所謂「今天下所急孰有過於兵者哉。」〔註58〕也可以說，這本結集是陳子龍針對南明的具體情況所給出的對症之藥，歸納一下陳子龍的戰略思想，可以簡單地總結爲三條：力主自強，募練水師；恢復中原，首重襄樊；重視邊地，經理楚蜀。這三條既自成規矩，又相互聯繫，構成一個完整統一的戰略體系。

（一）力主自強，募練水師

對於明偏安一隅，國小力弱的現實狀況來說，惟有自強方可圖中興規模。對於這一點，陳子龍認識得非常清楚。他在七月七日所上的《自強之策疏》中首先就指出弘光朝廷「當乾坤板蕩之餘，保有東南，漸圖恢復，國勢之弱，兵力之單，以視中朝全盛之時，不啻數倍。」專門討論如何收拾已經殘破的局面，爭取國家的統一，而這一點則是弘光朝廷自始至終所面臨的最爲重要的問題。可以說，陳子龍的這篇文字，是一篇具有提綱挈領作用的文字，是他政治思想、戰略思想的基礎。

「我二祖之有天下也，列侯大將時統禁軍，以征伐衛所之軍星羅棋佈於周天之下，庶幾內外兼重矣，而承平日久時移事變，文武太分，文法太拘，統御煩而權不一，序文勝而事實寡，是以強虜大盜倘佯而莫與之抗，以都城之險禁軍之多而不能固守三日者，由於內外並輕之故也。」陳子龍指出了明朝之所以衰敗覆亡的根本原因在於軍事制度上的內外俱輕。在明代建立之初，採取的是居重馭輕的軍制建設，並按照這個原則，佈重兵於京師，以達到高度的中央集權，避免強藩重將謀反的危險，這也就形成了重文輕武的思想。隨著政治的逐步穩定，重文輕武也愈演愈烈，將權不一，軍士逃亡，占籍冒領，軍餉短缺等種種弊端也隨之暴露。到了明中葉以後，經濟的衰敗逐漸顯露，

〔註58〕《陳臥子兵垣奏議》《自強之策疏》，見《陳子龍文集》（下），第 27 頁。

對於政治軍事的影響也越來越大，軍隊的數量劇減，居重馭輕之說也變得徒有虛名，最終變成了京師、地方內外俱輕之勢，這一點也就成為了晚明軍事衰敗最主要的原因。「若不亟圖自治之方，先為根本之計，無論恢復之期不可必，且何以立國？」要扭轉這一情況，首先必須從思想上認識到現實狀況的危急性，「當此大難未夷，大盜未殄之時，惟當堅其志力，奮闕威武，以誠任賢，以權御將，還祖宗之舊疆，出斯民於湯火，如此則仁覆乎宇宙矣。」建立一切為軍事服務的原則，「惟願陛下懷臥薪嘗膽之心日夜以報仇雪恥為事，」「凡上之服御，宮室以至禮樂文章之事，苟非關天下之安危存亡者，皆當姑置之而專以治兵事為事。」「在廷諸臣，勵枕戈破釜之志，日夜以治兵理餉為急，凡簿書期會之細事異同，愛憎之妄爭，斷不可復尋往轍以妨大計。」唯有這樣重點突出，旗幟鮮明，上下一心，「事力尚可辦也。」從具體的措施上來說，就必須改變原有的政治體制和軍制建設，對此陳子龍提出了三條根本原則，「立重鎮以為外藩，練舟師以為扼要，贈禁旅以示居重而已。」其中尤以第二條「練舟師」為重。

南明建都南京，偏安江左，和北方的農民軍、清兵隔江而望。史可法駐守揚州，高傑、劉澤清、黃得功、劉良佐分守泗州、淮安、廬州、臨淮四鎮，與之呼應，所倚仗的無非長江、淮河的自然屏障。而從防禦的次序上來說，長江自然為重點，但淮河則是先機，是北兵南來所遇到的第一道屏障。因此，「守江不如守淮。」如果淮河沒有守備，那麼這道天然屏障就等於浪費了。長江天塹固然對北兵形成威懾，而對於南明來說也同樣是北上的障礙。如果淮河有備，那麼，長江就等於變成了南明自己家裏的武器，「賊即越淮而南，我前有天塹，後有重兵，彼豈能不狼顧耶。」因此，對於南明朝廷來說，「簡練水師為根本之計。」

並不是只有陳子龍一個人看到了「守淮守河」的重要意義，史可法、劉宗周等有識之士都把守淮作為守河的先決條件，但是如何守淮守河卻是大家共同面對的難題，「淮自濠梁以上秋多之際，淺而難守。」

〔註59〕情況並不樂觀。南明所仰仗的主要是四鎮的守兵,「劉澤清扼守淮陰,劉良佐開鎮濠壽,差為得策。揚州本屬內地,無藉兵守,高傑之來以安頓家眷耳,今秋氣漸爽,聞其久懷進取之圖,自當速往徐邳,本信以空黃河上流,黃得功素稱忠勇,豈肯坐論,眞州亦當移屯符離宿州之間,以便東西策應。」雖然看起來似乎統籌周密,固若金湯,但是情況並非如此。「四鎮之立,事出權宜。」設立四鎮的目的在於扼守江淮之間,以保衛南京,但是實際所起到的作用卻非常有限。首先是從實力上說,在這四鎮之中,只有黃得功和高傑的兵力稍強,其餘兩路則較弱,自保或許可以,而保人則有一定的困難。更重要的困難則是人心不齊。劉澤清扼守淮安,時不時對南京政權進行威脅和侮弄以獲取更多的給養和特權。劉良佐實力最差,駐紮在臨淮,對南京也不是惟命是從。這兩個人,一個兇狠殘暴,一個人品委瑣,在清兵南下弘光覆亡的時候,他們未及抵抗就向敵人投了降,最後也落得被清人所殺的下場。至於兵力稍勝的高傑和黃得功雖然不失為血性男兒,但卻心胸狹窄,非大將之才。一個盤踞揚州不肯撤離,一個盤踞儀眞以圖跟進,他們考慮的並不是怎麼樣取襲擊敵人,固守江淮,而是怎麼樣固守或者奪取繁華的揚州城。高傑領先了一步,把妻小都搬到了揚州,而黃得功也不甘示弱,時時窺伺覬覦。後來高傑為許定國設計暗殺,黃得功兵敗自殺,也無善終。陳子龍雖然人不在軍營,可是憑藉他敏銳的洞察力和軍事才能,清晰地看到了四鎮強盛下所隱藏的危機,所以說「人皆虞其強而難制,臣獨憂其弱而未足以為恃也。」體現了他卓越的見解。剩下史可法一個人,就算有天大的本事,也不可能一力承擔守江守淮的重任,必須有所協助,「比當於東路則命一大臣開閫於淮陰而分別將以守徐泗,西路則命一大臣開閫於壽春而分別將以守濠宿,各配以馬步六萬,三大將統之在淮陰者,責以渡河接應東撫,招徠山東之豪傑,收青徐之境土,在壽春者,責以聯絡河南土寨,

---

〔註59〕《陳臥子兵垣奏議》《敵情叵測疏》,見《陳子龍文集》(下),第81頁。

略地汝潁，如是則皖城合肥維揚皆成內鎮矣。」〔註60〕徵兵練將已經成為當務之急，「臣伏思君父之仇，不可不報，中原之地，不可不復。綢繆戶牖，保固江淮，以為中興之根本。」〔註61〕而兵備和糧餉的問題也就隨之而來，既要能夠籌措到一定數額，又必須得以及時發運，「移兵之期，斷不可過此月也。」「守江之策，莫急水師。海舟之議，刻不容緩。」

早在鼎革之前，陳子龍就已經開始和松江的好友一起，準備水師之事。「是時寇破恒代，漸逼京輦，臣妄意聯絡海舟直達津門，可資應援，因與原任長樂縣知縣夏允彝、中書舍人宋徵璧等鼓勸義徒捐資召募。」當時他們召募的水師已經有三千多人，可惜，沒有等到他們成行，京師就陷落了。但召募水師以保家國的主導思想卻隨著南明形勢的惡化而愈加顯著起來。在六月十九日，陳子龍初到南明任職之時所上的第一道疏就是《募諫水師疏》，專論籌建水師之事。在這道疏裏，陳子龍以滿腔的熱忱向弘光帝表明了在嚴峻的形勢下募練水師的重要意義，並且給出了具體的召募方案：「臣等共推職方主事何剛忠勇性成，清介絕俗，令之專司募練，而佐之以原任山陰知縣錢世貴，舉人徐孚遠、李愻，廩生張密已收買沙船三十五隻，皆堅致可用，所募沿海材官水卒共一千餘員名，內多慣戰之士，其製造器甲修船練藥等事，則中書舍人董庭，都司李時舉，生員唐侯等分頭經理，一月之內可有就緒，……夫千人之在長江如雙鳧乘雁，不足為重輕，然使江南諸郡各為門戶之計，共集長蠡之徒，則萬人亦不難致。」並請弘光帝專任何剛訓練督率，「至於戰艦之制，則大小俱不可少，無大船則無以為衛犁營壁之用，無小船則無以取便捷奮擊之功。……是以二者須相輔而用如鹿角輕車之副武剛焉。」細緻若此，「士卒鳧藻足濟敵愾，伏惟聖明鑒察勅下施行。」言辭極為懇切。

〔註60〕《陳臥子兵垣奏議》《自強之策疏》，見《陳子龍文集》（下），第20頁。

〔註61〕《陳臥子兵垣奏議》《募諫水師疏》，見《陳子龍文集》（下），第5頁。

（二）恢復中原，首重襄樊

南明目前的形勢固然是偏安江左，而「中原之地不可不復，君父之仇不可不報。」在陳子龍等人看來，最終的目的還是要北上京師，收復失地，以完成再一次的全國統一。因此，雖然眼下的南明依附江淮，但陳子龍的眼光，卻從來沒有離開過中原大地。恢復中原，是陳子龍的最終目標，而要達到這個目標，就必須要收復襄樊。因此，襄樊在陳子龍的戰略思想裏佔據了重要的地位，並爲此上《襄陽必爭疏》以詳論之。

襄陽自古就是兵家必爭之地。從地理位置上看「襄陽居江漢之上游，控中原之要害，當川陝之樞紐。」在中原的中心，北瞰中原，西通川陝，下蔽吳越，佔據了連接東南與關陝，控制水路渠道的重要地位。南明立國江左，要想北上進入中原，襄陽無疑是一個爭奪的要地。如果可以順利地奪取襄陽，就等於給南明增添了一道牢固的屏障，是東南坐享「磐石之安」，還可以從襄陽入關陝，「李綱有云，由湖湘以達川陝如行曲尺之上，迂遠難通，若得襄樊，如行弓弦之上，地理省半。」「如奕者置子於局心，所謂欲近四旁莫如中央者也。」加上規復唐鄧諸州，「以與我汝潁之師邀爲接應。」恢復中原就不再是一句空話，而成爲可以看得到的戰略行動。

弘光帝偏安江南，號令所及不過東南一隅，要他立時起兵恢復中原未必可行，但如果同南宋一樣，先打好根基，整頓內政，發展經濟，同時具有長遠的戰略眼光，待日後趁機進窺中原，爭取統一，卻並非沒有可能。可惜的是弘光帝只是一個平凡昏庸的人才，在昇平之世，這樣的人或許還可以唯唯諾諾勉強守住祖宗的江山，可是在現在，要他擔負起興復亡國的重任，則根本沒有希望；更何況，他所面臨的敵人還不止是得寸進尺虎視眈眈的建州清兵和佔據北京的農民軍，他還要面對南明朝廷之中的相互傾軋，爭權奪利。或許在他登基之初，還曾經想過要勵精圖治，但很快，就在馬士英和阮大鋮的把持下變得不

問政事，「深拱禁中，惟漁幼女，飲燒酒，雜伶官演戲爲樂。」〔註62〕至於南明的那些當權者們，阮大鋮忙著翻逆案，報私仇，馬士英忙著攬權賣官，其餘人等無不忙著黨同伐異，排擠朝中的正臣，「在廷之臣多歡娛如平時，似未有以國恥君仇爲意者。」〔註63〕他們能看到的只有南京，只有揚州，甚至連江左這麼一塊小小的地方都看不全，哪裏有功夫理會到襄陽，理會到關陝？而陳子龍作爲一名兵科給事中，僅僅相當於一名從七品的科員，卻看到荊襄的重要性，看到川陝的形勢，在當時國家大政者認識僅限於江淮一隅的時候，他的眼光卻超越了當局。

更重要的是，陳子龍並不是紙上談兵，而是真正地給出恢復襄樊的建議來。他看到了當地兵力的不足，「恢復襄陽必非郿鎭之力所及也。」因爲郿鎭只是一個巡撫級別的設置，它的兵力本來就很單薄，而且地處秦蜀之交的山區，能夠自保就已經很不錯了，不可能有餘力收復襄陽，所以陳子龍建議在荊州常州設立五省總督，在承德設立楚豫總督，以「合承德荊常兩路之兵力。」湖北距離襄陽比較近，在這裏設立五省總督，可以充分利用地理的優勢。承德的楚豫總督雖然離襄陽有一定距離，但是可以調遣各地的兵力，靈活使用。何況除了陸路，還有漢水的水路，行軍並無困難，還可以接引左光先在湖北的軍隊，進可攻，退亦可守。這樣一來，在揚州有史可法的軍隊，在淮、泗、盧、臨有四鎭的守兵共同保衛著南京，在襄陽有兩督的軍隊同南京遙相呼應，對於南明來說，正是「去曩者內外俱輕之蔽，收今日內外俱重之功。」〔註64〕

〔註62〕許重熙《明季甲乙兩年彙略》卷2，崇禎十七年十月己未，轉引自樊樹志《權與血》中華書局2004年。

〔註63〕《陳臥子兵垣奏議》《經筵宜重疏》，見《陳子龍文集》（下），第147頁。

〔註64〕《陳臥子兵垣奏議》《自強之策疏》，見《陳子龍文集》（下），第19頁。

（三）重視邊地，經理楚蜀

朱元璋建國之初，對外採取了和平的方針，以期「與遠邇相安於無事，以共享太平之福。」〔註65〕為了保衛和平，保衛剛剛建立的政權，以防禦戰略為主，不發兵征討他國；嚴加戒備，來則禦之，去則不追。其後，邊海防思想在鬥爭中不斷充實。總的指導思想是外示羈縻，內修戰守。所謂羈縻就是籠絡、懷柔、安撫。但安撫是有條件的，是重政治安撫，剿撫兼施，「順則撫，逆則剿，逆而又順則又撫之，順而又逆則又剿之」〔註66〕以威懾其暴，以惠感其心。但是，在實際施行過程中，卻由於各種各樣的原因，表現得搖擺不定，首鼠兩端。這在崇禎朝廷對農民軍的態度和手段上，表現得最為充分。

思宗先任命楊鶴為陝西三邊總督，剿滅陝西的民變，可是楊鶴身為督察院右僉督御史，為官雖然素有清望，但對軍事卻是個門外漢，可以說以他為三邊總督正是犯了陳子龍所說的文官預武的大忌。楊鶴既然在武事上難得建樹，自然把政策的重點轉移到了招撫上來，而從思宗的角度來說，也是傾向於「撫」的，雖然提法上說剿撫並重，但是在給官員的評價中卻很強調「撫字得法，自然盜息民安。」〔註67〕而他們卻忽視了這麼多的造反大軍，都是無衣無食，無家無業之民，一旦招撫，如何安置？如果安置無方，哪怕暫時招撫了，也很容易「倏撫倏叛」。楊鶴的撫局無法避免地失敗了，已經招撫的神一魁復叛，思宗震怒，楊鶴遣戌江西袁州，洪承疇繼任。洪承疇吸取了楊鶴的教訓，對農民軍採取了毫不留情的打擊，集秦晉豫三省之力，取得了相當的成果。但是隨之而來的「澠池渡」事件中，京營總兵王浦和監軍太監揚進朝、盧九德卻重蹈了楊鶴的覆轍，把圍困在太行山和黃河天險之間的大批人馬輕易地放入中州大

〔註65〕《明太祖實錄》卷三七，洪武元年十二月壬辰。
〔註66〕〔明〕張居正《答甘肅巡撫侯掖川計套虜》，見《皇明經世文編》卷三二八，《張文忠公集》卷五，第3507頁。
〔註67〕《崇禎長編》卷三一，崇禎三年八月壬申，給禮科給事中張第元的批覆。

地，造成了「率天下盡爲流賊」的局面。接下來的陳奇瑜「車廂峽」事件則是再一次地失敗在招撫上，讓本來已經受困無路的李自成安全撤出車廂峽，獲得了一線生機並且一舉佔領七縣，本來已經垂垂死矣的農民軍由此東山再起，並且愈加發展壯大，終於形成日後的蔓延之勢。

　　雖然剿撫之間的舉棋不定是失敗的直接原因，而從本質上來說，明代的政治制度發展到崇禎朝，已經進入了膏肓之際，加上北方建州的入侵，造成了安內還要攘外、攘外必先安內的兩難選擇。而文武官員之間的傾軋，督撫的不和，各地官員的權力分配，加上天災人禍，軍餉匱乏，都必然給朝廷帶來剿撫的兩難問題。故而無論是對於思宗還是對於剿撫的將領，無不希望招撫爲先，以保存實力，減少消耗，而問題的關鍵在於如何「撫」。陳子龍言：「以成功夫禦敵者，必剿撫並用，然惟撫之不聽而後用戰，則賊有悔懼之心，今也戰不勝而復欲撫焉，則彼既無感恩之心而又無畏威之意，徒知我之不得已而求其罷兵也，雖陛下明詔許官爵以招之，臣知其不來矣。臣以爲非大勝之不可撫，非分別之不可撫，非用間不可撫，非寬任事之人不可撫，非詳綏定之道不可撫。」〔註68〕說得非常明白透徹，而大多數的官員則急於求成，偏聽輕信，必然遭到慘敗的噩運，如陳子龍所總結的那樣「數年以來，如賈莊失律松山喪師中州屢敗，何嘗非寡謀之臣輕躁之士不審時勢惟欲速圖僥倖之功，蹈孤注之禍哉！」〔註69〕

　　在南明建立之後，陳子龍對邊海防更加重視，主張加強邊海防建設，建立多層次的防禦體系，敵人來犯，能戰能守。在兩淮禦之於內河，大造艦船，發展水軍，強調防之於海爲「上策」；在內陸，則特別指出經理楚豫，以規模中原。

〔註68〕《陳忠裕公全集》卷四《平內盜議》，見《陳子龍文集》（上），第204頁，上海：華東師範大學出版社，1988年版。

〔註69〕《陳臥子兵垣奏議》《直陳禍亂之原疏》，見《陳子龍文集》（下），第33頁。

在鼎革之前，洪承疇督理秦晉豫三省軍事之時，陳子龍就上《問秦楚剿寇用兵之次丙子》〔註70〕書，指出楚豫的軍事意義：「楚賊必復歸豫，不北窺河朔，則南擾江淮」如果不趁著夏天，四面夾攻，或採用間諜，使賊內亂，「恐楚賊必復走豫，而秦賊必思渡河，又將散漫而不可制，又不然而終南鄖山止隔一塞耳。假令秦賊坐而待饑，鼓其餘糧，悉聚南下，合併鄖寇，乘漢水之暴長，順流入江，則荊鄂震矣。」在南明建立之後，楚豫作為東南的上流，其重要性則更加凸現了出來。陳子龍早在七月二十二日就上《布置楚豫疏》，明確指出「上流中原，形勢必爭之地，乞速行布置以規進取事。」如果說中原是「天下之腹心」，那麼楚蜀就是「東南之領項」，如果要安定天下，規畫中原，保存東南的話，必然要經理楚蜀才可為防範之機。南明成立之後，北方的農民軍受到建州清兵大打擊，陳子龍認為他們「非出潼關以躪豫，則由襄鄧以窺楚。」應該趁他們立足未穩之機，佔領楚豫，恢復襄陽，這樣才可以保護江南，並為日後北上奠定基礎，「布置之道，誠不可遲。」而要經理楚豫，最重要的是解決楚「建置無常，分割無定」以導致「節制不明，彼此推諉」的弊病之源。如何解決這一問題，陳子龍的建議是徹底重新規畫楚豫之境，「當設二督三撫」，一督設於黔中，「取財賦於湖南，取兵馬於滇黔巴蜀」，一督設於襄陽，為「規復中原之漸」，這樣一來，形勢關節之處便有了把持，再在豫中，武昌，鄖陽各設一撫，以形成「疆土各有專責，而犄角應援皆可布置矣。」

陳子龍對於楚蜀的經理既是奪取襄樊的統一規劃，又是連接滇黔巴蜀的全局布置。如果按照他的想法，那麼從南明向外，首先是淮河的屏障，其次是長江天塹，通過守淮以擴大守江的戰略意義，並進而北上取得襄樊，控制楚豫，那麼中原地區的恢復就指日可待了，而通過經理楚豫，又可以把勢力延伸到滇黔巴蜀，一個從江南出發，立足

〔註70〕《安雅堂稿》卷八，見《陳子龍文集》（下），第 241 頁。

中原，輻射邊地的戰略規劃清晰完整地建立了起來，陳子龍的戰略思想體系也由此完成。

南明「寓宅江表，國步凌夷，五大在邊，二敵窺伺」，面臨的形勢非常險峻，唯有「宮府一體，開載布公，進賢遠佞，窮日夜之力為之」方有可能保存一息之氣，想望恢復之機。陳子龍在就職南明之時，曾參與上陵之禮，「臣等瞻拜之餘，徘徊陵闕北望依依，不知十二陵之碧瓦金鋪寓駒石馬，尚能無恙與否，而先帝先後之梓宮何在？此時之遺民故老，有提一盂一豚蹄而憑弔者乎？不覺悲慟伏地。」他對於明室的感情是非常深厚的，故國淪亡的悲憤更是促使他激昂奮進的動力所在，「漢賊不兩立，王業不偏安」成為他南明五十日中心心念念所繫之理想。《陳臥子兵垣奏議》之三十多道奏疏，就是他嘔心瀝血，化理想為現實的努力結晶，然而南明的君臣卻「一切因循遵養而已」「以我之粉飾當敵之精實，以我之玩泄當敵之果銳。」〔註71〕令他的空有滿腔抱負，卻只能落得寒心而已。陳濟聲在編訂《陳忠裕公兵垣奏議》時於序言中寫到：「國家鼎革之際，人才常十百於平治，而欽奇磊落之質，負其慷慨激昂之氣，務與天忤，至於身敗名立，雖死而不悔者，則豪傑之士，往往出焉。……其人亦若燭見當世之不能用而僥倖於萬一，使後世欷歔歎息，悲其無益於國而傷其遇焉。」可說是對陳子龍的最好注解，後人讀《兵垣奏議》，在揣摩其戰略思想，驚歎其獨特眼光的同時，不免要為他扼腕歎息。

四、靈活多樣、首重實效的戰術主張

陳子龍在任職紹興推官之時曾多次參與圍剿山賊的軍事行動，除了出謀劃策擔任相當軍師的監軍之外，還親自衝鋒陷陣，有一定指揮部署的實戰經驗，因此，在戰術方面也有不少卓越的見解，可資採納。

〔註71〕《陳臥子兵垣奏議》《敵情叵測疏》，見《陳子龍文集》（下），第81頁。

（一）攻　守

攻與守是傳統兵學中的一對範疇。在明代，論兵往往強調攻守結合。所謂「攻之中有守，守之中有攻。攻而無守則為無根，守而無攻則為無干。」〔註72〕要求集武器配備、軍事設施兩種功能為一體，並由此引起作戰方法的變化。比如戚繼光抗倭時創建的鴛鴦陣就是集攻守為一體的典範。裝備了火器的戰車，行則陣，止則為營；進可以戰，退可以守；又可以與步騎協同作戰，禦衝以車，衛車以步，騎為奇兵，共同對敵。但是，戰場之上，千變萬化，戰爭的形勢也是在不斷地轉化之中的，應該說沒有長敗的敵人，也沒有長勝的將軍。陳子龍在論兵時就對於敵我攻守之勢的相互轉化看得非常透徹，「知兵之不可久用而勢之不能無變也，故不辭一時之勞而免於異日之患。」〔註73〕其用意是在提醒統兵之人在用兵之時既要考慮到佔據優勢的情況，也要考慮到有可能出現的，甚至是無法避免的劣勢。「古之英君名將，嘗有乘席卷之威，致鉤深之績。雖有小信義皆棄而弗顧，世之腐儒相與議之，不知彼固深見用兵之害而不得不出於此也。後世人主不親戎索，而兵屬於將，以致內外殊形，而上下異意，成功之難，往往在此。何謂內外殊形，朝廷之上惟見其利而不知其害，故本無一定之謀，而責人以難能之事。但求成功之速，而不知所以能速之故。」〔註74〕只有對於戰爭的可能性作充分全面的考慮，才可能在戰場上做出正確的決斷，而不至於剛愎自用一意孤行。擁有了清明的眼光之後，將領需要考慮如何使形勢有利於己，簡單地說就是要「使我常處其眾，敵常處其寡而已。」〔註75〕這裏的「眾寡」並不是說軍隊數量的多少，因

〔註72〕〔明〕鄭若曾《籌海圖編》卷一二《嚴城守》上海圖書館藏景印文淵閣四庫全書史部 342 地理。

〔註73〕《安雅堂稿》卷七《武經論‧不盡知用兵之害者則不能盡知用兵之利》，見《陳子龍文集》（下），第 203 頁。

〔註74〕同上。

〔註75〕《安雅堂稿》卷七《武經論‧能以眾擊寡則吾之所與戰者約》，見《陳子龍文集》（下），第 198 頁。

為在很多時候，兵數越多，敵人也就越多，而我方所需承受的擔子也就越重，並非對己有利。最佳的辦法是努力分化敵人的兵力，化整為零，分眾為寡，而我方就採取一一擊破的方針，「我雖寡可使化而為眾，非增兵也，敵雖眾可使化而為寡，非斬獲也，使敵有不得不分之勢，而我以全力制其後。」這樣一來敵人兵雖多卻處於寡處，我方兵少卻實為眾用，「故人見我之以寡擊眾，而不知我之以眾擊寡也，是以善用兵者。」這也就是虛者實也，實者虛之，用疑之道，所謂「圍師必闕」。「攻圍之法，不可執一也。如賊勢大敗，賊少我眾，所圍之處或山林人家又復狹窄，方可四面合圍，必使一倪不返。如賊氣方盛，我少賊眾，或所圍之處散闊，而我兵分守不足，必缺生活一面，分兵於去圍十里之外，必循之路伏之。」這些方法對於南明兵糧匱乏的現實狀況是十分行之有效的。

（二）奇　正

《孫子》中說「善出奇者，無窮如天地，不竭如江河。」說的是出「奇」之效。而《李衛公問對》中說：「善用兵者，教正不教奇。」講的「正」的功用。陳子龍說：「凡兵之形，非進則退，非縱則橫，夫進者縱者，即所謂正也，而退者橫者即所謂奇也。」〔註76〕他關於奇正的基本看法是：「凡戰者以正合以奇勝。」「或牽其重地，或制其重兵，或出其不意，或擊其既衰，或奪其應援，或覆其腹心，或震其虛聲，或隱其精銳，以此取勝者不可勝數，凡是皆所為奇也。」但是，奇在適當的場合也可以變為正，奇正原來是不分的，只是在臨用時才有奇正之分。用兵時，與敵人正面接觸的部分就是正，其左右兩翼即為奇。但也有正內之奇，奇內之正，無不可為正，無不可為奇。「以陣法而論之，雖有萬人，豈當皆敵。車營之制，排比而進，當敵者止一車而已。騎兵之制，參耦而前，當敵者止三騎而已。步卒之制，五

〔註76〕《安雅堂稿》卷七《武經論‧凡戰者以正合以奇勝》，見《陳子龍文集》（下），第 205 頁。

兵並用，周而復始，當敵者止五人而已，故專用正者。雖車騎甲士甚眾，而立於無用之地者多，以之當地者本少，即厚集其陣，何所用之哉。於是不得不出於用奇。」奇正的變化是根據臨時指揮來決定的。善用奇正的變化，便可得知敵人的虛實，善用奇正的人使敵人不知是奇是正。可是說陳子龍的奇正說是對於傳統兵法的進一步補充和完善，表現出更大的靈活性和實用性。

（三）用謀與用間

孫子兵法中很重要的一條是「上兵伐謀，其次伐交，其次伐兵，其下攻城。」說的就是計謀的運用。在兵將糧餉都處於相對弱勢的情況之下，攻心自然是勝於力敵的。所以陳子龍說：「不以力戰為能，而以用謀為大。」〔註 77〕用謀的最重要的一條就是「用間」：「且夫用兵之道，惟得敵之情而多方以為之，或使敵為我用，或使自相屠滅，或使變怨而為恩，或使化強為弱，古之人所以破敵者，率由之矣。」〔註 78〕從當時的情況來看，天下的農民起義軍何止十萬，「然自長江以北，大河以南，岷峨以東，梁宋以西，地方數千里，無一城得安枕臥者，男子荷戈而登陴，婦人廢耕織，守如是可謂嚴矣。」〔註 79〕但是當「賊」來的時候，不論是守衛的軍隊還是人民，往往棄城而逃，這固然有守備不足的原因，但在很大程度上也是因為守衛者的膽怯和缺乏信心。所謂知己知彼，百戰不殆，之所以會膽怯退縮，主要是由於「民力先擾於無事之時，而偵探不明於賊至之日也。」在賊沒有來的時候，地方的恐慌就已經開始了，等到賊來的時候，又怎麼能夠不聞風而逃呢？所以，陳子龍認為偵查敵情是非常重要的，「所謂不擾民以先自困者，

〔註 77〕《安雅堂稿》卷七《武經論・其次伐交》，見《陳子龍文集》（下），
　　　　第 208 頁。
〔註 78〕《陳忠裕公全集》卷四《平內盜議》，見《陳子龍文集》（上），第 204 頁。
〔註 79〕《陳忠裕公全集》卷五《問流寇東西飄忽何以預備賊黨甚固何以解散（預備）》，見《陳子龍文集》（上），第 278 頁。

我能知賊之情而緩急勞佚得其序也，非漫然聽之而已是，故守禦之本莫急於偵探。」古人非常重視間諜的使用，「軍中必有輕足善走之人而施之以格外之賞，則可安坐而俟敵也。」從另一個方面說，用間還表現在分化敵人。敵人的內部陣營並不是鐵板一塊，往往存在著兩種或者更多的牽制勢力，這些力量雖然暫時形成了合作，但在他們之間也是矛盾重重，陳子龍就特別強調要利用他們之間的矛盾和懷疑，派遣間諜，深入其中，離間他們的關係，以達到不戰而屈人之兵的效果。

首先，用間的方法是不一而足的，應該根據具體的情況作不同的部署與安排。如果敵人內部尚未訂交，就要先下手為強，取而代之，為自己爭取同盟；如果敵人剛剛訂交不久，還無深交，就需要耐心等待，伺機而動；如果敵人內部的矛盾比較激烈，就可以用計使他們徹底決裂；如果只是懷疑，也可以讓他們同床異夢，「陰示其所惡，佯示其所喜，顯其震主之威，宣其二心之事，使其右臣之間，自相疑忌，而我之說得行矣。」〔註80〕而關鍵在於找到合適的間諜人選。在這一點上，陳子龍提出了自己的看法，「然則孫子以為必得上智而我以為不必者，何也。夫古之大臣，非其親子弟則其世官，非可以一言撼動，而讒諂佞悻之人，亦非可攀，援而進也，故必有人焉，悠優浸潤而為之所，後世不幸臣主之分最疏，而小人之言易入，苟為之，隙猶機之發矢也，又何俟於人耶。」與孫子「以上智為間」的看法不同，陳子龍更傾向於用小人為間，「左右便佞可以結納，宮闈寵貴可以交懽，綢繆之策，可以計援之，忠耿之臣，可以諂去之，其主好仁者，則勸之寬縱，以馳其政，其主好智者則勸之苛察以疲其臣，其主好勇者則勸之用兵以絕其援，其主好法者則勸之嚴刑以失其眾，至於宮室犬馬之娛，姬姜歌舞之好，凡可以內敗其德而外毀其國者，乘機投隙，固不可以一端盡也。」應該說這一看法表現出很大的突破性，儒者對於君子小人之別向來區分得非常清楚，所謂「盜亦有道」「君子有所不

〔註80〕《安雅堂稿》卷七《武經論・能以上智為間者必成大功》，見《陳子龍文集》（下），第211頁。

爲。」但是，在戰爭中，有時卻需要更大的靈活性，戰爭本來就是你死我活，用間更是以欺詐爲功的事業，比的就是誰更陰險，爭的就是誰更狡詐。如果滿口仁義道德，恐怕很難取勝。所謂「嗚呼，君臣相疑，鄰國之歡也。」聽起來似乎不甚入耳，卻是不折不扣的大實話。陳子龍的這些主張，從一個儒者的角度來看或許不夠忠厚，但卻相當坦率實用，具有很強的可操作性。顧炎武《哭陳太僕》詩說：「陳君晁賈才，文采華王國。早讀兵家流，千古在胸臆。」〔註81〕陳子龍超越一般文人之處，由此可見一斑。

五、陳子龍軍事思想的特點和價值

陳子龍雖然不是一個完全意義上的將軍，但是在明末特殊的歷史時代當中，以他自身的軍事經驗和戰略眼光，在戰略思想和戰略戰術方面都形成了自己的特點，在整個明代的軍事思想中也有自己的一席之地，並且進一步豐富和發展了明代的軍事思想，不論是對他自己，還是對於明代軍事理論，甚至對於整個中國傳統軍事發展史都有一定的影響和意義。

（一）儒家思想更加突出

春秋戰國時期所形成的各個學派的思想本來就是相互影響，彼此批判、學習和吸收的。吳起的軍事思想就吸收了儒家思想的內容。明代的軍事家無一不是儒家。一生征戰近五十年的俞大猷被稱爲「儒將」。在軍事思想上貢獻頗大的戚繼光「私淑陽明，大闡良知，胸中澄澈如冰壺秋月，坐鎮雅俗有儒者氣象。」〔註82〕自正統之後，軍衛子弟多習儒業，以程朱理學和王守仁心學爲代表的儒家思想在各個思想領域都占統治地位。儒家經典不僅是科舉考試的依據，而且也是武學生員必讀的教科書。與以往朝代不同的是，明朝的軍事家

〔註81〕王冀民《顧亭林詩箋釋》（下），第28，中華書局2000年。
〔註82〕高揚文《戚少保年譜耆編》卷一，第76頁，《戚繼光研究叢書》，中華書局2001年。

往往以儒家思想爲指導解決他們所面臨的問題，從而使儒家思想同兵家思想一樣，成爲明代軍事家的理論基礎。不僅如此，明代特別是嘉靖後連綿不斷、性質不同的戰爭，既關係到明朝的統治，也關係到民眾的生存，引起士人的廣泛關注。欲以文章名世的大批文人，目擊時艱，也紛紛改弦更張，勵志武事，或投身於軍旅之中，或潛心於兵學研究。這不僅使兵學研究有了廣泛的社會基礎，兵書大量湧現，而且也使儒家思想更廣泛地滲透到兵學之中。與其說是兵家吸收儒家的思想內容，倒不如說儒家吸收兵家思想、兵儒融合更爲恰當。他們以兵家思想和儒家思想爲指導，解決軍事鬥爭中提出的新課題，提出了不少新的理論和觀點，從而形成了獨具特色的軍事思想，推動了中國軍事思想的發展。

明人把《武經七書》作爲武學生員的教科書，但往往以儒家思想來解釋《武經七書》的內容。如《孫子》說：「道者，令民與上同意，故可以與之死，可以與之生，而不畏危。」劉寅解釋爲：「道者，仁義、禮樂、孝悌、忠信之謂。爲君者，漸民以仁，摩民以義，維持之以禮樂，教之以孝悌、忠信，使民親其上，死其長，故爲君同心同德，上下一意，可與之同死同生，雖有危難而不畏懼也。」〔註 83〕完全以儒家的思想內涵來解釋「道」，使《孫子》的「道」和儒家的「道」完全一致。《孫子・軍爭篇》多言利。劉寅認爲：「篇中多以利言，利非貨利之利，乃便利之利。」〔註 84〕這也不是《孫子》原意。如果說「兵以詐立，以利動」的「利」，還可以解釋爲「便利」的話（實際也勉強），那麼「掠鄉分眾，廓地分利」和「誘之以利」的「利」，就難解釋成「便利」了。明人之所以把「利」解釋爲「便利」，是因爲儒家恥於言貨利。把本來不是《孫子》原意的東西加在《孫子》頭上，這只能解釋爲要使兵家思想具有儒家

<hr />

〔註83〕 〔明〕劉寅《武經七書直解》卷上，中國兵書集成影印本據丁氏八千樓明刊本 。
〔註84〕 〔明〕劉寅《武經七書直解》卷中。

思想的內涵，使二者合而爲一。明代著名軍事家戚繼光就說過：「孫武子兵法文義兼美，雖聖賢用兵無過於此，非不善也，而終不列之儒。設使聖賢其人用孫武之法，武經即聖賢作用矣。苟讀六經，誦服聖賢，而行則狙詐，六經即孫武矣。顧在用之者其人何如耳。」這樣看來，儒學和兵學沒有什麼區別，其區別在爲何人所用。陳子龍說「儒者之言曰霸術必不可用，夫孔子生三代之前，而不能廢霸矣。何儒者於三代之後而獨能廢之。甚矣，其誇而無當也。」〔註85〕並不是要否定儒學，相反是爲了將兵學融入儒學，說明儒學和兵學並非水火不容，反而是能夠相互滲透，互相爲用的。胡林翼所說的「兵事乃儒學之至精，非尋常士流所能及也。」〔註86〕反映的也正是這種思想。

　　在陳子龍的戰爭觀中，「民」被放到了非常重要的位置上。戰爭的目的是「救民」「靖國」，就是從儒家思想出發，「上以忠於國，而下以全其身。」既是對於君主的責任，又是爲人民負責。在練兵、練將中教導將士「上有體國之念，下懷救民之心而又深於仁義廉讓之旨。」「事君以誠，處身以恪，居功以謙，名勒景鐘，身膺廟食，始終永保，君臣同休。」〔註87〕就是用儒家的道德標準來選拔和訓練兵士。相比於作戰的技藝，心志上的忠誠不貳更爲重要，如果任用的將領「既不明於君臣上下之義，而天資暴戾以殺戮爲快心，用兵之地流血成川，即幸而有功也。封爵賜予，恒不足以滿其望，而跋扈僭擬之事，往往而見。人主既不能堪而變，或因以再起。」則必然成爲國家的禍患，必須要用忠孝大節來規範自己的行爲，才能夠「明於進退奇正之方」「成功而歸，豈不偉哉！」這就不僅是用儒家的理論來教育將領，還要用符合儒家思想的「誠、恪、謙」「仁義廉讓之旨」來感化士兵。在訓練的時候，「首練其心，次練其膽，連心者，動之以忠

〔註85〕《安雅堂稿》卷三《左氏兵法測要序》，見《陳子龍文集》（下），第61頁。

〔註86〕唐浩明《胡林翼集・讀史兵略自序》嶽麓書社1999年。

〔註87〕《安雅堂稿》卷三《兵家言序》，見《陳子龍文集》（下），第72頁。

義，申之以親上死長之訓，此治兵之本也。」〔註88〕讓他們提高修養，從思想上樹立起君臣大義。強調用儒家思想練兵、練將，使練兵、練將從耳目手足的訓練進到練心。這彌補了兵家對思想訓練注意不夠的弱點，加深了訓練的思想性和理論性，使訓練思想更加完備、成熟，對提高部隊戰鬥力有積極意義。這不僅是陳子龍的卓越見解，也是明代軍事思想的一大特點，從中國傳統兵學來說，儒家的價值追求進一步滲透到兵家思想中，「義兵」思想也就成了中國傳統兵家在戰爭觀上的主體思想，而對道德的強調，也成了中國傳統兵學文化區別於西方兵學文化的一大特色。

陳子龍之類以儒家兼兵家的身份出現，是中國傳統兵學發展的重大轉折。宋代以前儒家與兵家之間的對立鮮明，固然不乏荀子這樣的論兵之士，但以儒家而兼兵家，卻是絕無僅有的。宋代以後封建王朝實施的控制武人的政策發生了很大的改變，以文制武、文臣統兵。明朝的督撫更是多以文臣兼任，文臣兼任軍事統帥，就使軍事問題成為儒家必須關注乃至必須直接參預的領域。在明中葉之後，政局動蕩，外患加劇，農民起義風起雲湧，兵學之重要性凸出顯現了出來，「君子之學，貴於職時，時之所急，務之恐後，當今所急，不在兵乎」〔註89〕以經世致用為追求的儒家們由開始肯定兵家和兵學的地位，進而試圖將兵學納入儒家思想體系之中，作為儒家經世之學的一個組成部分。如胡林翼所說的「兵事乃儒學之至精，非尋常士流所能及也」，便透露出了這樣的信息。兵家與兵學的儒家化趨勢從明中葉之後愈演愈烈，到了清代則發展到了頂峰，王陽明，戚繼光，陳子龍，胡林翼，曾國藩，他們本質上都是儒家。如果說宋代以前儒家對兵家的影響還局限在戰爭觀的層次，從戚繼光開始，儒家對兵家的影響進入了治軍的層次，那麼從王陽明、曾國藩身上可以看出，儒家對於兵家的影響，已

〔註88〕《陳臥子兵垣奏議》《整飭京營疏》，見《陳子龍文集》（下），第111頁。

〔註89〕《安雅堂稿》卷三《左氏兵法測要序》，見《陳子龍文集》（下）第61頁。

經進入了作戰指導的層次。換言之，儒家對兵家已經發生了全面的滲透。

（二）防禦思想更為明確實用操作性強

秦漢、隋唐和宋因受到來自北方民族的襲擾，都重視防禦思想。明代也同樣面對東南的倭寇，北方的建州，西方蒙古，以及國內的農民軍多方敵對勢力，並且在連年的征戰中軍隊匱乏，糧餉不繼，戰鬥力衰退。硬攻取勝的可能性很小。面對這樣的情勢，陳子龍的防禦思想顯得更加突出。

第一，全方位多層次的防禦理論。陳子龍所建立的防禦體系是一個從江南出發，立足中原，輻射邊地的戰略規劃。其中由南到北，先是淮河的屏障，其次是長江天塹，通過守淮以擴大守江的戰略意義，並進而北上取得襄樊，控制楚豫，而通過經理楚豫，又可以把勢力延伸到滇黔巴蜀，籍此輻射全國。在這個全方位的防禦體系之中，海上防禦思想是最為重要的環節。秦漢、隋唐和宋講防禦都是陸上防禦，因無海上外敵入侵，還沒有提出海上防禦理論。明代不同，不管是前期的倭寇進犯，還是南明與北方隔江對峙的局面，都不容忽視海上防禦。因此，陳子龍多次提出了募練水師的建議，並且要在邊海防設置多層次有縱深的防線。對於偏安東南的弘光朝廷來說，所能倚靠的最強有力的防禦力量是長江天塹，「守務之要，《易》曰：『王公設險，以守其國。』夫險謂之設，必用人謀、人力之造作，非若天險、地險之自然也。」〔註90〕那麼長江之險，也是「敵與我共。」但是，首先要守淮河，守淮是守江的先決條件，因為淮河在長江的北邊，是敵人南下的所遇到的第一道屏障，如果守住了淮河，那麼長江就可以盡為我所用，等於在長江天塹之外再建一條淮河壁壘，同四鎮的守衛相呼應，形成了多層次有縱深的防守系統，增強了防禦的可靠性。

〔註90〕〔明〕俞大猷《正氣堂續集》卷七《爲伏陳戰守要務以備採擇疏》。

第二，攻守結合，以守爲本的思想更突出。明代軍事家強調攻守結合，「攻之中有守，守之中有攻。攻而無守則爲無根，守而無攻則爲無干。」〔註91〕邱濬更是強調守，「禦敵之道，以守備爲本，不以攻戰爲先」〔註92〕。陳子龍在論兵時就對於敵我攻守之勢的相互轉化看得非常透徹，「知兵之不可久用而勢之不能無變也，故不辭一時之勞而免於異日之患。」〔註93〕戰、守、和都是對付敵人的手段，要根據形勢，隨機應變，靈活運用這些手段，取得主動權，達到防守的目的。其防禦思想不是消極被動的，而是仔細考慮了南明所處的現實情況之後，因地制宜，所做出的符合實際需要的英明之舉。明以前的軍事思想精深微妙，多爲行而上者，「第於下手詳細節目，則無一及焉」〔註94〕。中後期則多注重實用之學，陳子龍的軍事思想不僅理論強，而且很具體，便於實際操作，不是紙上談兵。

軍事思想主要由軍隊建設思想和戰爭指導思想兩個方面構成。軍隊建設思想包括選兵、編伍、武器配備、思想、技藝、營陣訓練等；戰爭指導思想包括謀略運用、戰略戰術等。陳子龍在這些方面都有具體明確，可資施行的論述。

對於軍事訓練，他既強調練兵也強調練將，並且闡述得十分具體。挑選士兵時，不僅看年齡、體質，還看他們的武藝，包括使用的武器。比如在火器的訓練和準備工作上，「中國之長技在於火器，今東豫搶攘硝磺尤爲難得，火器必聯繫始精。而今之操演空礮，轟然如雷霆者，第以炫耳目，實徒費耳。必加鉛子築土牆爲的，如校射之法，賞其命中者，始爲有益也。火器之有利有鈍者，更番迭出之法，未熟

〔註91〕〔明〕鄭若曾《籌海圖編》卷一二《嚴城守》上海圖書館藏景印文淵閣四庫全書史部342。

〔註92〕〔明〕邱濬《大學衍義補》卷一五零《守備固圉之略》上海圖書館藏文淵閣四庫全書，子部32。

〔註93〕《安雅堂稿》卷七《武經論‧不盡知用兵之害者則不能盡知用兵之利》《陳子龍文集》（下）第203頁。

〔註94〕〔明〕戚繼光《紀效新書自敘》第7頁，見《中華古典精華文庫——諸子百家之兵家》。

不能循環無窮也，先行耦試，繼行伍試，再行隊試營試，而巧熟如承蜩弄丸者，得萬人可以橫行矣。至於硝磺，尤當乘路途方通，廣爲收貯，以備不虞。」〔註95〕這樣的建議，如果不是對軍事生活有實際經驗的話，單憑兵書戰策是無法說出來的。然而，火器的數量畢竟有限，而且攜帶笨重，很難大規模使用，因此陳子龍提出要軍士要苦練射箭。弓箭更爲輕巧，造價低廉，而遠距離的殺傷力也不弱。爲此，陳子龍親自深入軍營進行視察，「昨臣偶爾入營約諸將校射，見命中者殊少。」〔註96〕至於在戰略布局，如何分派軍隊，如何調配兵力，如何籌措軍餉等方面，包括如何採用間諜，選擇什麼樣的人做間諜，如何做間諜也都有非常詳盡地論述，可見於其戰略思想與戰略戰術專章，在此不一一贅述了。

　　我國古代軍事思想發展到明代達到了一個新的高度，體系更完整，內容更豐富。其中如陳子龍般的儒兵家的貢獻不可抹殺。他們從實際作戰經驗出發，對於前代各朝的軍事理論作了充實和發展，還根據現實情況，發展了海防思想，對我國的國防理論來說，未嘗不是一種補充和豐富。雖然他的思想還沒有來得及能夠充分地投入實踐，南明就滅亡了，而陳子龍自己不久也投水殉國，但是，他的軍事思想和戰略眼光，具有不可磨滅的價值和意義，留待後人不斷地鑽研與發現。

〔註95〕《陳臥子兵垣奏議》《請申飭巡視職掌疏》，見《陳子龍文集》（下），第 137 頁。
〔註96〕《陳臥子兵垣奏議》《整飭京營疏》，見《陳子龍文集》（下），第 115 頁。

第五章　陳子龍「詩以復古」的詩歌理論及實踐

第一節　陳子龍的詩學淵源

一、晚明詩壇概況

　　晚明大致相當於從隆慶、萬曆之際到崇禎亡國的甲申，約有七十餘年。這一段歷史時期可以說是中國歷史上一段重要的社會大動蕩時期。從萬曆起，明王朝便開始迅速地走向衰落。萬曆皇帝在位四十八年，前十年首輔張居正總攬朝政，改革經濟，強化政權，尚有所作為；張居正一死，萬曆皇帝便「怠於臨政，勇於斂財，不郊不廟不朝者三十年，與外廷隔絕，惟依閹人四出聚財，礦使稅使，毒遍天下。」〔註1〕而自張居正之後的內閣大學士申時行、許國、沈一貫、方從哲等也大抵是庸人執政，取寵媚上，樹朋立黨，排斥異己，傾軋正人之風愈盛。從萬曆中葉開始，明朝的朝政就日趨沒落。根據陳田《明詩紀事》記載：「萬曆中葉以後，朝政不綱，上下隔絕，礦稅橫征，縉紳樹黨，亡國之象，已兆於斯。」到了渾渾噩噩的天啟皇帝，朝政終於旁落到魏忠賢為代表的宦官集團手中，特

─────────────

〔註 1〕孟森《明清史講義》，中華書局 1981 年。

務橫行，人人自危，社會秩序混亂到了極點。雖然明朝亡於崇禎朝，但正如歷史學家孟森所指出的那樣，「明之衰，衰於正、嘉以後，至萬曆朝則加甚焉。明亡之徵兆，至萬曆而定。」儘管崇禎帝登基之後，平定逆案，力治閹黨，銳意進取，宵衣旰食十七年，以求力挽狂瀾，然而，大廈將傾，混亂衰敗的局面已經形成，國力衰竭已經到了無法挽救的地步，明朝兩百多年的基業在內憂外患的多重打擊下終以覆國。

伴隨著政治衰敗所帶來的封建控制力的減弱，士人的精神世界也發生了翻天覆地的改變，其中最為顯著的一點就是儒家傳統道德約束力的減弱。士人縱情適性，追逐物質和肉體歡樂。袁宏道就曾毫不掩飾地說過士人之快活：「目極世間之色，耳極世間之聲，身極世間之談，一快活也。堂前列鼎，堂後度曲，賓客滿席，男女交舄，燭氣熏天，珠翠委地，金錢不足，繼以土地，二快活也。篋中藏萬卷書，書皆珍異。宅畔置一館，館中約真正同心友十餘人，人中立一識見極高，如司馬遷、羅貫中、關漢卿為主，分曹部署，各成一書，遠文唐宋酸儒之陋，近完一代未竟之篇，三快活也。千金買一舟，舟中置鼓吹一部，姬妾數人，遊閒數人，浮家浮宅，不知老之將至，四快活也。然人生有用及此，不及十年，家資田地蕩盡矣。然後一身狼狽，朝不謀夕，托缽歌妓之院，分餐孤老之盤，往來鄉親，恬不知恥，五快活也。士有一此者，生可無悔，死可不朽矣。」〔註2〕這就是袁小修所推崇的士人生活。這絕不僅僅是行諸文字的遊戲之言，事實上他的兩個哥哥，袁宗道和袁中道無不是死於縱欲過度。在袁小修的晚年，就曾經清醒地認識到這一點，在死亡的恐懼面前，他還一度試圖同這種自殺式的生活隔絕，然而，就像他的哥哥一樣，他同樣在生命的苦悶與放蕩中進退兩難。在這樣的文化引導之下，不要說才子佳人的風流韻

〔註 2〕〔明〕袁宏道《龔惟長先生》，見《袁宏道集箋校》卷五，上海古籍出版社 1981 年，轉引自《晚明小品精粹》第 27 頁，馬美信編選，復旦大學出版社 1997 年。

事，就是任情求愛，死而不悔的故事也比比皆是。無怪乎《牡丹亭》《金瓶梅》這樣任性尚情的作品會產生於此時，無怪乎湯顯祖要說：「為情而生，為情而死」了。

　　從表面上看，這種「禮崩樂壞」的景象與西周末年到春秋時期的社會大變革以及魏晉時期儒學衰落空談玄虛的局面非常相似，但從士人的心理角度來說，卻還有很大的不同。應該說，處在前兩個歷史時期的士人所感受到的是在生存的困境和死亡的危險下所產生的對於個體生命的種種隱憂，這種基於生命本身的隱憂在現實的人生中無法排解，只能求仙問道，又或是通過聲色來進行發泄。「人生不滿百，何不秉燭遊？」體現的正是這種追求永生而不可得所帶來的絕望，以及為消解這種絕望而做出的過激行為。在晚明，士人所面臨的人生困惑和精神負荷則是來源於現實生活中對傳統倫理的反叛，是封建文化在封建社會面臨崩潰之際所必然出現的傳統價值的失落。士人原來所依附的人生意義在一點點被質疑，同時，狂狷、憤世、孤傲、縱情、自適、隱逸、禪悅、自潔，各種各樣新的思想又在不斷地萌生，程朱理學，陽明心學，禪宗思想，老莊學說，市民意識，這種種思想同時在一個時空之中出現，不斷的摩擦、激盪，此消彼長，鬥爭或是融合。「社會現實的變化，各個階層之間曾一度融洽輕鬆的關係變得緊張起來，人們從和諧統一的夢幻中清醒過來，對現實產生不滿，個人與社會之間產生對立。統治集團為了維護自己的統治，加強對人心世風的控制，又強行倡導一系列違背人們自然的生活要求的倫理道德規範。這樣，主體自由和社會倫理道德要求之間，主體的感性和理性之間，矛盾衝突越來越嚴重，再也無法保持平衡和和諧。人們要擺脫這種狀況，只有兩種選擇：一是克制壓抑自己的感情欲望，放棄個人現實生活中的自由，自覺遵循一種理性原則，追求道德上的高尚，獲得精神上的滿足。理學，就是人們這種心理趨向的產物。另一種選擇就是拋棄主體與客觀社會現實相統一的理想，放棄對高尚的社會倫理道德目的的追求，退回到個體本身，退回到個人的感性世界中。在這種潮流

裏，個人的生活、感情以至買賣、豔遇才是唯一眞實有意義的東西。」〔註3〕於是，士人的面前出現了兩種選擇，要麼接受左派王學，融合三教，在高揚個體意識的旗幟下追求自然人性；要麼振興世道，主張用實，從恢復傳統文化價值的立場出發批評異端思想和尚談心性的學風。實際上，這兩種趨勢在晚明都出現了〔註4〕，兩條路都有相當多的士人去走，這就使晚明士人的文化心理出現了不同於以往任何一個時代的特殊性，同時，也指導和規模了晚明詩歌的發展途徑。

嵇文甫先生在《晚明思想史論》中這樣評價晚明的文學：「你盡可以說它雜，卻不能說他庸；盡可以說它囂張，卻決不敢說他死板；盡可以說他是亂世之音，卻決不敢說他是衰世之音。」這個時代是駁雜混亂的，同時也因此而顯得光怪陸離，燦爛多彩。危機也是轉機，死亡就意味著新生。自由與禁閉，凋敗與繁榮，種種情勢的共生，也蘊育著詩壇蛻變的契機。

天啓初年，錢謙益編次了《列朝詩集》，間隔二十餘年之後，復續其事，至清順治六年輯成八十一卷，著錄明詩一千八百餘家，其功至偉，不足之處是對於明末諸家提及甚少，對於陳子龍，甚至一首未及。清人朱彝尊爲補《列朝詩集》所缺，晚年編成了《明詩綜》百卷，錄存三千四百餘家，特別注意到明末諸家。清末民初，陳田編《明詩紀事》，評錄四千餘家，比起《明詩綜》來，更爲詳盡。但即使如此，明代的詩歌還是有所遺漏的，光是後人補遺的閨秀詩就不在少數。

在這洋洋大觀，超過千家的明代詩人中，李夢陽、何景明統領的前七子同李攀龍、王世貞代表的後七子，先後倡導復古；袁氏兄弟的公安派則獨抒性靈，肯定自然人性、個性獨立，要求詩歌率性任眞，在文壇推動晚明異端思想；鍾惺、譚元春倡導的竟陵派追求獨拔，感於幽憤，體現了狂禪派在受到打擊之後的思想變化，以淒風苦雨之聲傳遞現實幻滅之感，寓性情於苦寒之音；晚明閩派鎔鑄文學妙悟、性

〔註3〕費振鐘《墮落時代》，東方出版中心，2004年。
〔註4〕李聖華《晚明詩歌研究》，人民文學出版社，2002年。

情，倡導革新；江浙山人疏遠科舉，以詩文、技藝標示個體存在；東林復社幾社面對世道衰微，追求世運、性情、學問相合一的旨歸，關心現實，歸于忠愛，將文藝復興與國運振興相聯繫，體現了明末詩歌的主流走向。諸多文藝思潮此起彼伏，相互辯難，爭衡文苑。從其大體發展的途徑來看，晚明詩歌經歷了一個從反對理學，強調性情到張揚個性，任真率性，再經過獨拔隱秀，離世孤詣，最後回歸雅正，經國用世的發展軌迹。

　　從文體特徵上說，詩歌是一種爲人生，爲社會的語言藝術，功能是抒發情感，記錄時代。因此作爲一種抒情載體和時代文化語言符號，各派詩歌不論宗尚的是什麼，只要能夠恰如其分地抒發感情，如實記錄時代信息，便都沒有本質上的高下之分，而每一種詩派理論的形成，也必然和它的時代息息相關，產生在特定的歷史文化背景之中。陳子龍的詩歌理論形成於晚明末期，既是對於前人理論的繼承和反撥，也是當時社會狀況文化形態的產物。

二、陳子龍與七子的詩學淵源

　　陳子龍的詩學理論屬於復古派詩學一派，對於七子的傾向性也是顯而易見的。從幼年起，臥子即對古文辭有特殊的偏愛，「蓋予幼時，即好秦漢間文，於詩則喜建安以前。然私意彼其人既已邈遠，非可學而至。及得北地、琅邪集讀之，觀其擬議文章，颯颯然何其似古人也。因念此二三君子者去我世不遠，竭我才以從事焉。」〔註5〕這種意識也同樣貫穿在他的詩歌創作之中。崇禎十三年，他和好友李雯、宋徵輿共同編選了一套十三卷的《皇明詩選》，在序言中陳子龍稱編選的目的在於「網羅百家，衡量古昔，攘其羌穢，存其菁英。」而陳子龍所認可的菁英們又是何許人也呢？從選本的收錄情況來看，復古詩派的代表人物李夢陽、何景明、李攀龍、王世貞等人的詩歌佔據了大多

〔註5〕〔明〕陳子龍《彷彿樓詩稿序》，見《陳忠裕公全集》卷七，第 376 頁。

數，其中何景明的數量最多，僅七律就有 29 首，至如徐謂，只有兩首詩入選，袁宏道則僅有一首而已，如此巨大的差別也表現出了臥子論詩鮮明的導向性。

復古思想貫穿了有明一代文學思想始終，其中對於程朱理學的反駁不能不說是復古派興起的很重要的原因。任訪秋先生《袁中郎研究》：「因為自明初以來，程、朱一派的思想成為思想界的正統，這種流弊，第一是迂腐，第二是固陋。一般人只知以程朱之言為言，以程朱之行為行，而所讀的書，也不外朱派學者所注的《四書》《五經》，其餘則概乎從未之聞。自李夢陽出，他因為政治上的黑暗，而看到在朝的一般儒者之柔懦無能，於是遂慨然以興復古學自任。而在復古運動中，首先就是抨擊宋儒的荒謬。」因此，他們特意標舉情志來反對理學，期望恢復古詩昌明雅正之旨，溫柔敦厚之情。尚情貴真，取法自然。這是明中葉後文學與時代思潮融合的必然結果。所以儘管李贄反對復古，但也說「（李夢陽）與陽明先生同世同生，一為道德，一為文章，千萬世後，兩先生精光具在，何必更兼談道德耶。人之敬服空同先生者豈滅與陽明先生哉。」〔註6〕袁宏道力掊復古，但是對於李夢陽、何景明開啟一代明詩的功績也是公認不諱：「草昧推何李，聞知與見知。機軸雖不異，爾雅良足師。」〔註7〕陳子龍作《七錄齋序》有云：「國家累命累葉，文且三盛。敬皇帝時，李獻吉起北地為盛；肅皇帝時，王元美起吳又盛，今五六十年矣，有能繼大雅，修微言，紹明古緒，意在斯乎。」更是明確地指出七子的功績就在於「繼大雅，修微言，紹明古緒。」他之所以推崇七子，就是因為「詩衰於齊梁而唐振之，衰於宋而明振之。」這裏的明詩，顯然不可能是說臺閣體，而是說七子代表的復古派，稱讚他們能夠「以一人之力，兼數

〔註6〕〔明〕李贄《焚書》增補一《與管登之書》（《李溫陵集》卷六），嶽麓書社出版社，1997 年。
〔註7〕《答李子髯》見《袁宏道集箋校》卷二，第 81 頁，上海古籍出版社，1981 年。

家之長。……是以昭代之詩，較諸前朝，稱爲獨盛。」在他的詩集中，有《嘉靖五子詩》寫於他中進士後觀政刑部期間。據考：「白雲樓在刑部中，即嘉靖時王李諸子游息詠歌之地也。風流邈緬，迨將百年，瞻眺之餘，每增寤歎。遂作五子詩，敢云對揚前哲，聊以寄我延佇云爾。五子者，皆官其曹者也。茂秦布衣，明卿內史，故不及爾。」因此，這首詩是陳子龍對於李攀龍等七子詩作的評價，「濟南鍾神秀，大雅追古式。取材既宏麗，抗心洒淵特。」「感此郢唱稀，傷彼楚工惑。」「三歎魏祖言，文章實經國。一披滄海珠，爛然煙霞色。」對李攀龍於鱗，詩人的敬仰之情溢於言表，並且深引之爲知己；對徐中行則側重他的才調和情性，「十載奮菰廬，操弦理清曲。自聆鈞天奏，曠然起遐矚。」「醍醐雖不言，緣情適所欲。遺文何陸離，風流浩難續。」對於一代文壇盟主王世貞，對他的博學多識和結交士人也是欽佩備至，「博覽亦汗漫，浩思何從衡。」「結納每下士，揚訄多大名。」此外，臥子還有一首專門憑弔王世貞的《重遊弇園》：「放艇春寒島嶼深，弇山花木正蕭森。左徒舊宅猶蘭圃，中散荒園尚竹林。十二敦槃誰狎主，三千賓客半知音。風流搖落無人繼，獨立滄茫易代心。」〔註8〕在詩中，他把王世貞比擬爲屈原和嵇康，而這兩位都被看作是代表了中國古詩成就的人物，以他們比王世貞，不能不說是對王世貞詩歌成就的莫大肯定。

　　然而，陳子龍所生長的時代畢竟不同於七子所處的時代了，文章之才，既以其才，又以其遇，儘管從陳子龍的整體詩論來看，是屬於重情復古一路的，但仔細探究，他和七子之間仍然存在著不少的分歧。從他們的相同與分歧之間，我們不難看到陳子龍對於七子的繼承與揚棄，也可以看到復古詩派的發展與流變，更可以看到屬於陳子龍自己的獨特之處。

　　首先，在文學發展觀上，陳子龍和七子有所不同，而這一點則是

────────────

〔註 8〕《陳子龍詩集》卷十四，第 475 頁。

恢復古詩的立論基礎。

在儒家論詩的傳統中，《詩經》是整個詩學價值的基礎，後世詩歌的各種衡量標準，辭采也好，情志也好，比興也好，風雅也好，都是以詩經作爲最終的釐定尺度。時代發展得越遠，距離詩經這個詩歌的源頭也就越遠，偏離也就越大，價值也就越低，所以復古派的目的就是要恢復到這一詩歌的最初源頭上去。何景明認爲漢詩還有「古風」，而魏詩就「其風斯衰矣」，到了六朝則「風益衰」。胡應麟也說：「《三百篇》降而《騷》，《騷》降而漢，漢降而魏，魏降而六朝，六朝降而三唐，詩之格以代降也。」〔註9〕可以說，這種詩歌格代而降的思想是復古派的基本思想之一。陳子龍雖然也說：「吟詠之道，以《三百》爲宗。」（《左伯子古詩序》）但他的整個詩歌思想則是建立在「代有新聲」的基礎上的。《彷彿樓詩稿序》：「蓋詩之道，不必專意爲同，亦不必強求其異。既生古人之後，其體格之雅，音調之美，此前哲之所已備，無可獨造也。至於色彩之鮮萎，丰姿之妍拙，寄寓之有淺深，此天致人工，各不相借也。」陳子龍既肯定了古詩所達到的前所未有的高度，也同時說明了後世文學同樣具有無可複製的唯一性。後世的國學大師王國維先生有一段著名的話：「凡一代有一代之文學，楚之騷，漢之賦，六代之駢語，唐之詩，宋之詞，元之曲，皆所謂一代之文學，而後世莫能繼焉者也。」意思是說文學的發展和所處的環境有著非常密切的關係，往往在某一種歷史環境之中發展起來的文學是和特定時代的文化、文人心理息息相關的，這是後代所無法複製的，所以，某一體裁的文學樣式往往在某一個適合的歷史環境裏獲得最爲充分的發展，成爲後世難以企及的高峰。這是文學自身發展的生長周期。其實，早在王國維先生前三百年的陳子龍就有了相似的觀點。所以陳子龍提倡範古，並非是褒古貶今，而是在承認客觀差距的基礎上，爲後代文人找到努力的方向，以求達到這一文體全盛時期

〔註9〕〔清〕胡應麟《詩藪》內編卷一，見《御選歷代詩餘》卷一百二十《詞話》第15頁，見《詞話叢編》八。

的情感類型，讓古詩的精神在今日得以再現。「使得一旦去經生之業而翱翔廟堂之上，流放山澤之中，其悲喜盛衰豈復如今日所歷乎，即至於古人非難也。」這種再現，也不是機械的生搬硬套，而是要和詩人自己所處的時代，所經歷的事情結合起來，將古詩的精神和今人的境遇融合起來，通過個人的才情，加上機遇，增廣見識，錘鍊感情。這種複製在新的時代裏是完全可以達到的。當然，在陳子龍的詩論中，他只停留在再現的程度，而不認爲今人可以超越古人，因此他的認識還無法達到今天的文學發展觀的高度，但至少相對於七子的文學倒退論而言，這種文學再現論已經表現出了相當的進步性。

今天我們在談到復古的時候，往往是貶多於褒的，然而從文體發展規律來說，卻無可否認擬古存在的合理性。無論是詩還是詞，在其文體發展到完善階段時都形成了固定的格律和韻腳，而且所表達的情感類型也有各自的歸屬，在表達的手法上也自然積澱出既定的程序。比如詩歌中常常運用的語辭，詞中用以表達情感，寄託哀樂的種種意象，都已經超越了一詩一詞的限制而成爲文體本身的範式流傳下來。後人在寫作這一文體時，就不可能離開這些既有的範式，如果運用了這些既有的範式，詩詞的情感類型和表達手法也就自然貼近了其高峰時期的風貌，越是運用得貼切，距離越是近似；反過來說，距離越是近似，也就越是運用得貼切，詩詞也就越好。就連今天的白話詩歌也是「戴著鐐銬的舞蹈」，更遑論這些古體詩，又怎麼能完全擺脫古法的範式而另爲新聲呢？因此，在完成古詩的再現時擬古的階段在所難免。

「上自漢魏，下迄三唐，斟酌摹擬，皆供麈染。」〔註10〕陳子龍等人所提倡的這種擬古同七子所倡導的復古相比，則有相當的不同：對於古詩的摹寫，七子重在字面，而臥子重在精神，爲的是「求其和平而合於大雅，蓋其難哉。」絕不是要死者復活。從這一點上說，他們對於前後七子的復古詩論也有相當不能認同之處。比如說描摹字

〔註10〕陳子龍《佩月堂詩稿序》，見《陳忠裕公全集》卷七，第 381 頁。

句的情況，在前後七子的詩集中數見不鮮。對此，宋徵璧在《林屋文稿》曾批評道：「攀龍割裂字義，剽襲句法，最爲淺陋，不足道，夢陽稍有氣，然其節已疏矣。」陳子龍也說：「特數君子者摹擬之功多，而天然之姿少。意主博大，差減風逸；氣極沉雄，未能深永。空同壯矣，而每多累句；滄溟精矣，而好襲陳華；弇州大矣，而時見卑辭。」即使是對他深所服膺的何景明，「唯大復奕奕，頗能潔秀，而弱篇靡響，概乎不免。」在陳子龍所作的擬古詩中，如果與古同題，必求其義異；若義同，則力求其辭異，在古樂府以外，他還創作了相當數量的新樂府。

其次是在對「情」的理解上，陳子龍比七子更加坦率也更加寬容，並不拘泥於哀而不傷，怨而不怒的雅正觀，反而允許「詩可以怨」，推崇變風變雅，講求辭采之美。七子標舉盛唐，對六朝詩則頗爲鄙夷，認爲他們「聲色之麗」「有乖大雅」，相比之下，陳子龍對於魏晉詩歌的情採意境的愛賞則表現得非常明顯。因爲人類的情感與外在物象之間存在著直接的關係，特別是在古詩的表達中，特定的情感，往往由特定的物象引起，漸漸地，後者就成爲前者特定的表徵。情感的內涵往往非常複雜微妙，很難用準確的概念予以表述。只有特定的耐人尋味的物象，才能傳達出它的形象性特徵。陳子龍強調文學特別是詩歌必須以情爲本，也就自然會重視他的形象性。魏晉的詩歌重情、重辭，並且巧於興象意境的安排，既富有激情，有不乏搖曳動蕩之美感，正符合了臥子的論詩主張，因此雖然他也提倡學初盛唐，但他並不掩飾自己對於魏晉六朝詩的情有獨鍾，他的「五古初尙漢魏，中學三謝。」「本於陳思，阮公靈秀，遙峻間出，二謝顏鮑以降，不屑矣。」至於「長句近體多追青蓮、少陵，間有王維、李頎，高孟以下，不屑矣。」〔註11〕

前七子對於杜甫詩歌的不滿之處也很多，特別是對於杜甫詩中運

〔註11〕〔清〕李雯《蓼齋集、後集》石維昆《序》第 162 頁，見《四庫禁燬書叢刊》集部 111，北京出版社。

用賦的部分，何景明就說過：「僕讀杜子七言歌詩，愛其陳事切實，佈詞沉著，……乃知子美辭固沉著，而調失流轉，雖成一家語，實則詩歌之變體也……由是觀之，子美之詩博涉世故，出入夫婦者常少，至兼雅頌，而風人之義或缺。」〔註12〕認爲杜甫過於古直，缺少風人之旨，「若夫子美《北征》之篇，……漫衍繁敘，塡事委實，言多趁帖，情出輻輳，此則詩人之變體，騷壇之旁軌也。淺學曲士，志乏尚友，性寡神識，心驚目駭，遂區畛不能辨矣。」〔註13〕相比之下，陳子龍論杜甫詩，雖然也有「儉父」之議，但是要寬容和理解得多，「……乃知少陵遇安史之變，不勝其忠君愛國之心，維音曉曉，亦無背於風人之義者也。」〔註14〕「及唐杜氏比興微矣，而怨悱獨存，其源遠，故其流長也。」〔註15〕陳子龍雖非常重視詩歌的情採辭藻，但在「辭」「情」發生矛盾的時候，他卻是捨辭而取情的。何景明因爲杜甫的「比興微」而認爲杜甫削弱了詩歌的風人之義，「此其調反在四子之下與？」認爲杜甫同四傑相比，就音調來說，四傑的詩作往往可歌，是繼承了正統的，而杜詩「調失流轉」，乃是變體。四傑比杜詩更多比興，也更多風人之旨，故而其詩歌成就實在杜甫之上；而陳子龍則說：「七言古詩，初唐四家，極爲靡沓。元和而後，亦無足觀。所可法者，少陵之雄健低昂，供奉之輕揚飄舉，李頎之雋逸婉鸞。」完全高揚杜詩。可見，同前後七子相比，陳子龍對於情的體悟要更深一層。

　　情之眞切是凌駕於一切行文手法之上的，即便是用來表達情的比興之法，歸根結底也是爲情而服務的。在國事衰微之時，變風，變雅可作，其情之眞，之切，並未由於手法上的切直而稍改，所以陳子龍並沒有特別拘泥以漢魏標準衡量唐詩，而是結合自己的個性加以篩

〔註12〕〔明〕何景明《明月篇序》轉引自陳子龍、李雯等《皇明詩選》第216頁，華東師範大學出版社1991年。
〔註13〕〔明〕王廷相《王氏家藏集》卷二十八《與郭介夫學士論詩書》，上海圖書館藏續修四庫全書本。
〔註14〕〔明〕陳子龍《左伯子古詩序》，見《安雅堂稿》卷三，第82頁。
〔註15〕〔明〕陳子龍《青陽何生詩稿序》，見《安雅堂稿》卷二，第36頁。

選。他的好友朱雲子說他「頗靚太白諸篇，其才性故與相近。」〔註16〕就是說出了他才氣高華，氣質飄逸的一面。李雯也說他作文「余若思而不得者，臥子出手得之；臥子一言而了者，余數言不了。余欲措意荒遠而常在數武之內，臥子舉目高盼而若在千里之外；臥子雲興霞佈，在空虛之中而體有自然之華；余粉白黛綠，盡塗飾之工而動有擺露之迹。」〔註17〕他的個性和才華使得他在遵從古雅法度的同時，表現出張揚個性的一面。他雖然傳承七子，力主範古，但並沒有像七子那樣教條，斤斤於雅正平和，而在現實的社會環境中努力調和優美和壯美，「大約以爲詩貴沉壯，又須神明，能沉壯而無神明者，如大將統軍，刁斗精嚴，及其鼓角既動，戰如風雨而無旌旗悠揚之色，有神明而不能沉壯者，如王實甫衛叔寶諸人，握塵談道，望若神遷而不可以涉山川，冒險難，此所謂英雄之分也。以樂府古詩論之，曹孟德雄而不英，曹子桓英而不雄，而子建獨兼之；以唐詩言之，則高達夫雄而不英，李頎英而不雄，王右丞則英中之雄，王龍標則雄中之英，而子美獨兼之。以臥子之才，縱橫間出，凡此諸家命意即合，而獨於二子深有宗尚也。」〔註18〕從而折衷風雅，表現出更加鮮明的時代特色。

第二節　折衷風雅，以適諸遠──陳子龍的詩學理論

一、情以獨至爲眞

　　明代文學，不論詩文詞曲，無不主情尚才。自明初的高啓即主張取法盛唐，摒棄宋元。到了前後七子，更是拈出情之一字，直指宋儒。歸其緣由，無非是唐以情，宋以理。陳子龍詩接踵七子，同樣尊唐而

〔註16〕〔明〕朱隗《詩人贊》，見《咫聞齋稿》卷下，上海圖書館藏善本。
〔註17〕〔清〕李雯《陳臥子屬玉堂詩敘》，見《蓼齋集、後集》《四庫禁燬書叢刊》集部 111，第 493 頁。
〔註18〕〔清〕李雯《陳臥子屬玉堂詩敘》，見《蓼齋集、後集》《四庫禁燬書叢刊》集部 111，第 492 頁。

貶宋，《三子詩餘序》中有言：「宋人不知詩而強作詩，其爲詩也，言理而不言情，故終宋之世無詩焉。」從這裏可以看出，臥子把詩言情看做是論詩的基本觀點。這並非是臥子的獨創，「詩言志」是中國詩歌傳統。所謂志，則包括情理兩端，並非僅僅是客觀物理或儒家法理，更多的是詩人一己之志向，而這個志向就來源於詩人對社會的感悟，對人生的體會，必然包含著情的成分。「夫詩以言志，喜怒之情鬱結而不能已，則發而爲詩，其託辭觸類不能不及於當世之務，萬物之情狀，此其所以爲本末也。」〔註19〕臥子所說的「志」，主要是指「喜怒之情鬱結」，很明顯，偏重於情感體悟，可以說是一種「情志」，同陸機所說的「詩緣情而綺靡」雖有所不同，但其本質都是強調用文字表達詩人的內心感受，言爲心聲。故而在評價詩歌時，陳子龍首先強調的是「情以獨至爲眞」，也正是因爲這個原因，讓臥子自然走近了反對理學，強調詩歌情感特徵的前後七子。

李夢陽說：「天下有竅則聲，有情則吟。竅而情，人與物同也。然必春焉者，時使之也。」〔註20〕指出了人生而有情，有情則吟，發之於聲，是以爲詩。「情者，動乎遇者也。……故遇者物也，物者情也。情動則會心，會則契神，契者音所謂隨寓而發者也。……故天下無不根之萌，君子無不根之情。憂樂潛之中而後感觸應之外，故遇者因乎情，詩者形乎遇。」〔註21〕人的情是因爲感遇而產生，人的感遇千差萬別，因此人的情感也就多種多樣，表達於詩中，呈現出的形態所以千姿百態。正德十一年，李夢陽的妻子去世，李夢陽寫了三首《結腸篇》加以悼念，其一言道：「言乖意違時反脣，妾匪無許君多嗔。中腸詰曲難爲辭，生既難明死詎知？」夫婦之愛眞摯深永，這就和強調詩「貴適性情之正而已」的臺閣體拉開了界限。〔註22〕

〔註19〕〔明〕陳子龍《詩經類考序》，見《安雅堂稿》卷三，第64頁。
〔註20〕〔明〕李夢陽《鳴春集序》，見《空同集》卷五十一，上海圖書館藏景印文淵閣四庫全書本。
〔註21〕〔明〕李夢陽《梅月先生詩序》，見《空同集》卷五十一，同上。
〔註22〕臺閣體的領袖之一楊榮說：「君子之於詩，貴適性情之正而已。」「苟

　　這種情，首先是愛情。陳子龍是明末的才子，並非木訥呆板的道學先生，在他的詩作中不乏綺麗動人的情詩，比如說《霜月行》：既是寫霜月，時節當是在深秋。「銀灣夜凍無波瀾，澄天如玉飛青鸞。霜月漫漫浸空碧，疏星當照江南寒。我思江南在雲端，紅紋綠綺清夜闌。鴛鴦在枕鳳在被，呼之不起生羽翰。蠟燭啼心半明滅，滿庭涼影衣裳單。爲君彈綠水，爲君歌路難。促節不成調，一往催心肝。清光自逐遼海月，夢中環佩行姍姍。」既流露了滿懷的思鄉之情，也表達了對於故鄉愛人的眷戀。「羅屏遙遙隔江浦，書成再拜焚燈前。燈已滅，書不傳，莫使星河知我意，化將煙海沉嬌眠。」對於愛人的思念已經充溢了詩人的全部感情，而且爲了不讓戀人同自己一樣嘗受相思離別之苦，詞人寧可讓自己的思戀付之流水，其用心可謂深切。「美人贈我雙螭鏡，云是明月留清心。……衾寒猶自可，夢寒情不禁。離鸞別鳳萬餘里，風車雲馬來相尋。愁魂荒迷更凌亂，使我沉吟常至今。」〔註23〕再比如作於崇禎十一年春天的《長相思》：「美人昔在春風前，嬌花欲語含輕煙。歡倚細腰欹繡枕，愁憑素手送哀弦。美人今在秋風裏，碧雲迢迢隔江水。寫盡紅霞不肯傳，紫鱗亦妒嬋娟子。勸君莫向夢中行，海天崎嶇最不平。縱使乘風到玉京，瓊樓群仙口語輕。別時餘香在君袖，香若有情尚依舊。但令君心識故人，綺窗何必長相守。」〔註24〕這首七言古詩中所表現出的對於舊日戀情的懷念與執著都融入如夢一樣的意境中，語言的優美，情感的哀麗，讓人歎爲觀止。類似的詩作大部分都是擬古之作，比如《春寒曲》《明秋曲》《寄衣曲》等等。雖然是不是有所實指尙無法確證，但卻寫得情深如斯，特別是辭采的華美流麗，讀起來蕩氣迴腸，令人爲之沉醉，難怪後人稱讚臥子詩「高華雄渾」「沉雄瑰麗」，就情感的力度和深度來說，確是可媲

非出於性情之正，其得謂之善於詩哉？」見《楊文敏集》卷十一《省愆集序》，上海圖書館藏《文淵閣四庫全書》本。

〔註23〕《陳子龍詩集》卷八，第230頁。
〔註24〕《陳子龍詩集》卷九，第262頁。

美魏晉渾成之致。

　　另一部分則是可以坐實的作品。對於陳子龍與柳如是的浪漫情事，陳寅恪先生在《柳如是別傳》中已經有了詳細的考證。大樽為柳如是所寫的情詩也自然浮出水來。在二人初識不久，陳子龍曾作《秋潭曲偕燕又、讓木、楊姬集西潭舟中作》：「鱗鱗西潭吹素波，明雲織夜紅紋多。涼雨牽絲向空綠，湖光頹澹寒青蛾。暝香濕度樓船暮，擬入圓蟾泛煙霧。銀燈照水龍欲愁，傾杯不灑人間路。美人嬌對參差風，斜抱秋心江影中。一幅五銖弄平碧，赤鯉撥刺芙蓉東。摘取霞文裁鳳紙，春蠶小字投秋水。瑤瑟湘娥鏡裏聲，同心夜夜巢蓮子。」〔註25〕「美人」寫柳氏自不待言，以「蓮子」暗喻「連心」也很明白。

　　作於崇禎六年的《秋夕沉雨偕燕又讓木集楊姬館中是夜姬自言愁癘殊甚而余三仁者皆有微病不能飲也‧二首》則標誌了二人感情發展的重要階段：「一夜淒風到綺疏，孤燈灩灩帳還虛。冷蛩啼雨停聲後，寒蕊浮香見影初。有藥未能仙弄玉，無情何得病相如。人間愁緒知多少，偏入秋來遣示余。」「兩處傷心一種憐，滿城風雨妒嬋娟。已驚妖夢疑鸚鵡，莫遣離魂近杜鵑。琥珀佩寒秋楚楚，芙蓉枕淚玉田田。無愁情盡陳王賦，曾到西陵泣翠鈿。」這時二人雖相互有情，卻尚未明言，柳如是因此而病倒，陳子龍也心情鬱鬱，「兩處傷心一種憐。」兩人心病是一顯一隱，陳子龍明白柳氏的病是因己而起，擔心之餘未免心疼，就借陳王曹植的《洛陽賦》來表白心迹，安慰柳如是。

　　崇禎八年的秋天，在陳子龍家庭的壓力之下，柳如是被迫離開與臥子同居之南園，自此與臥子分飛兩地，永無再見。她離開之後，陳子龍的內心充滿了淒涼孤獨的感情，鴻雁分飛的痛楚。「秋雲偃蹇明雙扉，城頭擊柝風吹衣。倚袖顧影燈欲滅，四隅切切蟲聲微。碧梧當黃不相待，風禽高嚦橫天歸。雲端月明向人墮，娟娟玉露凝清暉。階前細草泣幽麗，落英霜葉相因依。青娥迢遙隔河漢，孤鴻為爾東南飛。」

〔註25〕《陳子龍詩集》卷十三，第 425 頁。

〔註26〕他所作的《秋夜》詩雖未明言，但明眼人一看，還是很容易聯想到他和柳如是之間纏綿悱惻，又無可奈何的愛情。

　　陳子龍的情詩感情真摯，辭采華美，追求情文兼勝。但是，當情和文發生矛盾的時候，他寧可選擇情，而放棄文。因為對於詩歌來說，最重要的任務是表達詩人的心中所想，以求引起共鳴。情是真正能夠決定詩歌品格高下的本質屬性，而文則是用以達情的手段和途徑。文運用得好對於情的表達也就更加準確到位，但是如果沒有情，即使文寫得再好，也是空洞無物，無濟於事的。所以他說寫詩必須「明其源，審其境，達其情，本也；辨其體，修其辭，次也。」〔註27〕把情放在第一位，而把辭放在次要的，從屬於情的位置上。

　　在對於情的表達上則要做到隱約醞藉，婉轉內斂。通覽臥子詩集，正面描寫男女之情的詩作非常少，多半是借助隱喻、典故，營造情境委婉達之。這一方面固然是受到擬古題材的限制，古樂府的體裁特徵決定了情感表達的隱晦，但之所以選擇了古樂府作為情感表達的載體則從另一方面表現了臥子對於這種婉曲風格的推崇，從根本上說，這是來源於陳子龍對於詩歌「風雅」體性的認同。在對詩歌體裁的認識上，陳子龍恪守「詩莊詞媚」的標準。「詩言志」雖然說的是情志，但情仍然是糾結在志當中。只有高尚端莊的思想情操才能夠在詩中得到表現，而不是放縱自己的欲望。因此對於男女之情的表達不可能像詞那樣發露，而必須講求「風人之旨」。在這一點上，他深深地受到何景明的影響。「大復嘗言之矣，詩本性情之發者也。其切而易見者莫如夫婦之際，故古之作者，義關君臣朋友必假之以宣鬱達情焉。大復之言，豈不深於風人之義哉。」〔註28〕在七子之中，何景明是抒情寫景較多的一個，和李夢陽相比，何對於人事物的觀察更為細膩，也更富於同情心。因此李夢陽的詩以氣勢恢弘取勝，何景明的詩

〔註26〕《陳子龍詩集》卷九，第247頁。
〔註27〕《青陽何生詩稿序》，見《安雅堂稿》卷二，第36頁。
〔註28〕《沈友夔詩稿序》，見《安雅堂稿》卷二，第53頁。

則以流麗含蓄見長，而「含蓄」正是「風人之旨」最重要的表徵。

　　「夫詩三百篇，孔子之所以教其子若弟子也，而獨有取於二南者，何也。君子之學，謹於庭除，天下之化本諸衽席，故無不敬也。敬其身焉，敬其父兄焉，敬其妻子焉，下至僕妾不敢加以急言遽色也，是故環佩不離其身，琴瑟不去其側，夫然後血氣和平而心志齊一，行於家則閨門雍穆有禮有法，施於政則廉靜廣博，平易近民，傳於後世，則風流篤厚爲子孫黎民之福。」〔註29〕男女之情是人類最自然的本能情感，但是一旦融入到社會生活之中，這種情感就超越了自然性而具有了社會意義。愛情是純粹的，她的內涵是那麼豐富，從一開始的懵懂、羞澀，輾轉反側的矛盾、彷徨，到面對愛情的激動與驚喜，產生矛盾時的懷疑、不安，同愛人別離的落寞和期待，又或者是失去愛情的痛苦和絕望，人生的悲觀或是曠達，生命的豐盈還是枯澀，都可以從愛情中去體驗。這種人類最基本的感情，其力度之大，深度之強，可以延展到一切的生命經驗中去；而同時這種感情又是最普遍，最淺顯的，是每一個人或多或少都曾經體驗過的，可以作爲一切情感的範式的。「天下之化本諸衽席」，詩人表達自己的抱負志向，同樣也需要借助於男女之情，「我聞詩者寄託之情不得已之志也。士有忠愛之心，奮揚之氣，而上無以達於君，下無以見於世，當是之時，其心鬱然以思，悵然以悲，於是依古義發風謠，存諷誡，抒憤懣，棄妾之章，怨友之什，楚音促節，令人悗蕩。斯體涉變風窮愁者之所託也。」〔註30〕這是從《詩經》就有的論詩傳統，姑且不論十五國風是否眞的是論君王夫婦之德，但他所建立起來的雅正的論詩觀則是以男女比君王，以愛情寓志向。從感情的本質上說，這種人和人相互遇合，相互欣賞的微妙，求之而不得的渴慕，也確屬異曲同工。陳子龍作《詩問略》中就是以男女之情比附君臣之義來解詩，比如《野有蔓草》一章，從我們今人看來，很明顯是描寫一對青年男女歡愉野會的情感，更何況他

〔註29〕《彭古晉詩稿序》，見《陳忠裕公全集》卷八，第 412 頁。
〔註30〕《張澹居侍御詩稿序》，見《安雅堂稿》卷一，第 32 頁。

產生於「鄭風淫」的鄭國，但臥子卻說「《蔓草》爲朋友期會之詩」以表相見之歡。詩歌所表達的情感應該是君子的志向，王朝的興衰，當君子才不見用的時候，就用女子求愛不得來表達哀怨之情。所以，一切以男女之情爲體裁的詩歌，都可以看做是君臣的比附。《白雲草自序》贊《詩三百》「雖愁喜之言不一，而大約必極於治亂盛衰之際，遠則怨，怨則愛，近則頌，頌則規，怨之與頌，其文異也，愛之與規，其情均也。」特別是在政治動蕩，國家衰敗的歷史時期，詩人所思的應該更多，所想的應該更遠，當所思所想都無法落實的時候，就要發之於詩，用詩歌來表達自己的報國熱情和政治敏感度，這也是《詩經》「興觀群怨」功能的延續和發展。

《三子詩選序》：「夫鳥非鳴春而春之聲以和，蟲非吟秋而秋之響以悲，時乎爲之，物不能自主也。」臥子詩論中的「情」很明顯已經超越了自然情感，而具有了更多的社會歷史意義，「奈何夫作詩而不足以導揚盛美刺譏當時，託物連類而見其志，則是風不必列十五國而雅不必分大小也，雖工而余不好也。」強調的是人在客觀現實遭際中感情的變化與醞釀，這也就是臥子自己所說的「文章之道，既以其才，又以其遇。」正因爲個人的具體遭際不同，因此寫出來的詩自然也有了高下之別，就連所表達的詩人之情志，也有了廣狹之分。「古人所謂窮愁者，志負忠厚而不見答於君親，以至放棄山澤，棲寄殊域，又不然。而曾膺貴寵之任，屈於讒間之口，悼念失圖，俯仰今昔耳。若夫布衣之士，終身戶牖之間，雖至抑鬱，內既無所感發，而外亦無可告語，以自託窮愁，比於怨悱，其可得乎。」〔註31〕同樣是情志，或許從情志的眞摯度上說沒有不同，但是不同的責任感所表現的情志的濃度和價值也完全不一樣。應該說興觀群怨的詩學觀古已有之，以詩寫情更不是臥子的創見，陳子龍超越前人的地方是他對於個人的境遇和詩歌創作的關係給予了充分的重視。「情以獨至爲眞」，所謂的「獨至」就是說詩中的感情要眞摯獨特，不落

〔註31〕《宣城徐無礙詩稿序》，見《安雅堂稿》卷二，第43頁。

窠臼；這樣獨特的感情從哪裏得來，就是從詩人自己的現實經歷中來。所以他雖然推崇興復古詩，但並非指端坐家中，摘詞逐句，一味模擬，而要求詩人走出家門，增廣閱歷。「使得一旦去經生之業而翶翔廟堂之上，流放山澤之中，其悲喜盛衰豈復如今日所歷乎，即至於古人非難也。」〔註32〕他認為，只有以個體超越他人的才情學識，再加上坎坷多彩的經歷，才能夠擴大自己的視野，提升自己的境界，才可以達到理想中的古人之詩。因此，他對於古人之詩的模擬，並非限於字面，而更多地注重精神風調的繼承。從臥子自己的經歷來說，早年是一個風流倜儻的才子，「好為芳華綺麗之辭」，青年時曾作過大量的擬古之詩；中年後閱歷增長，「庶幾去向者飾貌之詞而趨體情之作也」，詩風漸變，融合數家，「當五六年之間，天下兵大起，破軍殺將無日不見告，故其詩多憂憤念亂之言焉。」「……（而）臥子深自斂晦，謂『若毋言童子事，詩之為道，本遇性生，而亦隨其聞見睹記，情緒感遇之淺深以遞進。」〔註33〕感慨激楚，終成一家，比之早年之作，無論是情感的內容還是深度，都有了很大的不同，這一轉變的軌迹，從下面幾首寫於不同時期的歲末詩中可見一斑。

　　《癸酉長安除夕》（崇禎六年）「歲雲徂矣心內傷，我將擊鼓君鼓簧。日月不知落何處，今人引領道路長。去年此夕舊鄉縣，紅妝綺袖燈前見。梅花徹夜香雲開，柳條欲繫青絲纏。曾隨俠少鳳城阿，半擁寒星蔽春院。今年此夕長安中，拔劍起舞難為雄。漢家宮闕暖如霧，獨有客子知淒風。椒盤獸炭皆異物，夢魂不來萬里空。吾家江東倍惆悵，天下干戈日南向。鶴御曾無埊嶺遊，虎頭不見雲臺上。且酌旨酒銀箏前，汝曹富貴無愚賢。明朝曈曈報日出，我與公等俱壯年。」〔註34〕陳子龍正在京城準備明年的會試，雖然詩人體會著異鄉的冷清孤獨，思念著故

〔註32〕《六子詩序》，見《陳忠裕公全集》卷七，第375頁。
〔註33〕彭賓《嶽起堂稿序》，見《陳子龍詩集》附錄三，第753頁。
〔註34〕《陳子龍詩集》卷八，第233頁。

鄉，但心中更多的是充滿了對報國宏圖的憧憬。

《甲戌除夕》（崇禎七年）「男兒致身須棨戟，何事縱橫弄文籍？十載常爲徒步人，去年猶作長安客。長安景物宜春風，御溝冰薄光融融。西苑葡萄輕霧裏，南宮楊柳曉煙中。此夜銀虬雜鼉鼓，酒酣星宿羅門戶。千官已賀鳳凰城，吾輩猶看鸜鵒舞。炙牛點酪冰盤陳，是時頗憶江南春。比來高臥穀水上，寂寥歲月空嶙峋。讀書射獵徒爲爾，何況飯牛還牧豕。惟應與客乘輕舟，單衫紅袖春江水。」〔註35〕這首詩寫在陳子龍二次會試失敗之後，心中不能「無少抑鬱」，難免表現出隱居棄世的負氣之詞來，但是這也僅僅是負氣而已，在接下來崇禎八年的《乙亥除夕》中，「崢嶸盛年能幾時？努力榮名以爲寶。不見古人吐握忙，今人日月何草草？」〔註36〕他對於功業的熱望絲毫沒有消退，反而因爲年華的逝去而表現得更加強烈了。

《丁丑除夜時予方盧居·二首》（崇禎十年）臥子會試之後回到松江盧居，爲繼母守志，這也給了他一段時間來思考國家的形勢和自己的命運。「風流漸覺傷心老，豪頓應憐折節時。故國已添新涕淚，中原不改舊旌旗。」「去年此日渡枋河，歷歷千山歸夢過。一自淹留丹闕久，遂令遺恨白雲多。……京洛故人能晌爾，可知愁懶易蹉跎。」〔註37〕

《戊寅除夕·二首》（崇禎十一年）「朔吹寒花載酒過，流澌一夜滿江河。音書斷後憑烽火，歲月驚心長薜蘿。……請纓無計悲華髮，徒作詞人奈爾何？」〔註38〕

《己卯除夕》（崇禎十二年）「年華劍與壯心違，翠柏紅椒又滿扉。歲月有情多惜別，江湖無地可忘機。……惟奉板輿將進酒，春風玉管送斜暉。」〔註39〕國家的形勢越來越動蕩不安，這讓盧居在家的陳子

〔註35〕《陳子龍詩集》卷八，第 241 頁。
〔註36〕《陳子龍詩集》卷九，第 248 頁。
〔註37〕《陳子龍詩集》卷十四，第 474 頁。
〔註38〕《陳子龍詩集》卷十四，第 485 頁。
〔註39〕《陳子龍詩集》卷十四，第 485 頁。

龍時時牽掛，而又無可奈何。

　　崇禎十三和十四年，臥子任職紹興，《庚辰除夕大雪時在越署》和《辛巳越中除夕》〔註40〕，所寫的多是和在任的職責有關；而到了順治三年，明朝已經滅亡，陳子龍的祖母也在這一年辭世，是年所寫的《除夕廬居》中充滿了蕭颯淒涼的感情和作為一個遺民的悲痛心聲：「隱几荒廬擾夢思，起來攜杖聽流澌。運移日月驚耆舊，春到松楸識歲時。吾祖豈知□氏□，幾人曾見漢官儀。南冠永夜愁明發，腸斷熏風赤羽旗。」〔註41〕從他這幾年所作的除夕詩中，我們可以看到他的情感也隨著境遇的變化而不斷變化，特別是他的晚年之作，已經突破了含蓄之情的束縛，而有了變風之音，更加體現了其情感力度以淺入深的不斷遞進過程。

二、文以範古為美

　　「文以範古為美」是陳子龍對於詩歌「文」的要求。

　　臥子所追求的詩歌是情文兼備的，情承續十五國風，要以真；而文則要接武大小雅，要以正。在陳子龍的詩學體系中，範古之雅文是獨至之真情不可缺少的表達途徑。因此，在論詩中，臥子首先要注意的就是「雅俗」之辨。在《宣城蔡大美古詩序》中，臥子說：「故予嘗謂今之論詩者，先辨其形體之雅俗，然後考其性情之貞邪。假令有人操胡服胡語而前，即有婉變之情，悠閒之致，不先駭而走哉。夫今之為詩者，何胡服胡語之多也。」「雅」是《詩經》六義之一。從字義上說，「雅讀為夏，夏謂中國也。」也就是說，雅就是中原之地，

〔註40〕《庚辰除夕大雪時在越署・二首》「積雪層陰禹甸中，蒼茫雲海度飛鴻。上才授簡思梁苑，侍女藏鉤憶漢宮。地遠金門慚月俸，年過騎省畏春風。西清玉樹垂垂發，滿眼瓊瑤路不通。」《辛巳越中除夕・二首》：「雲宵一別瞻天遠，歲序頻移作客遙。……素餐遲暮慚歌魏，念亂今年憶度遼。」「兩年故國思難裁，此夕他鄉春又回。……且將嬉燕隨民俗，辛有豐登愧吏才。歲月莫愁容易盡，風光次第逐人來。」《陳子龍詩集》卷十五，第507頁。

〔註41〕《陳子龍詩集》卷十五，第510頁。

也就是中原之音，而所謂的「胡服胡語」，就是「雅」的反面，就是俗。雅是論詩的第一義。這裏的雅，首先是文辭的雅，但更重要的是思想內蘊的雅。「子龍不敏，悼元音之寂寥，仰先民之忠厚，與同郡李子宋子網羅百家，衡量古昔，攘其蕪穢存其精英，一篇之收，互為諷詠，一韻之疑，其相推論，攬其色異，必準繩以觀其體符其格矣，必吟誦以求其音協其調矣，必淵思以研其旨，大較去淫濫而歸雅正，以合於古者九德六詩之旨。」最能體現古詩之雅的莫過於《三百篇》。《文用昭雅似堂詩稿序》中說：「大雅言王宮大人而德逮黎庶，小雅譏小已得失其流及上。若文子之詩，庶於二者有合矣。自古忠臣善士，不明於時，鬱陶隱軫而託於文辭者何限？然自風雅而後，必以屈平為稱首，此非獨平之工於怨，而亦平之工於辭也。君子之修辭，正言之不足，故反言之，獨言之不足，故比物連類而言之。是以六義並存，而莫深於比興之際。」範古之文所模範的對象，首先也是三百篇的風人之旨，既然要表達的是風人之旨，那麼就離不開比興的運用。在《詩經》中，各種花鳥草木，都可以成為寄託詩人情感的媒介，臥子也說「託象連類，本出於詩人；寓言體物，極於騷雅。故嘒嘒寫玄蟬之音，趯趯傳阜螽之狀，蜩螗刺政，青蠅諭讒，凡愉悼感激之懷，皆造端於觸發，比興所以獨長，風流所以不墜也。」〔註42〕就是通過這種寄託，形成了古詩古樸渾成的藝術魅力，這也是陳子龍苦苦追求的美學目標。

雅言雖然重要，但是雅意更加重要。「詩之本……蓋憂時託志者之所作也，苟比興道備而褒刺義合，隨途歌巷語亦有取焉，今以六子之所託，大藜可觀矣。」〔註43〕如果能以比興表達風人之旨，即使在語言上有所欠缺，也可以體諒並且接受；而明詩，情感之所以不夠真實，其問題的根源就在於思想內涵上的不夠雅正。所謂：「今也既無忠愛惻隱之性，而境不足以啟情，情不足以贍境，所紀皆晨昏之常，所投皆

〔註42〕《譚子雕蟲序》，見《安雅堂稿》卷二，第51頁。
〔註43〕《六子詩序》，見《陳忠裕公全集》卷七，第374頁。

行道之子，胡其不情而強爲優之嗁笑乎？」〔註44〕如果詩人無法像古
人那樣，以比興發深永之致，以物色寄感慨之情，也就無法令人長思
達情了。要改變這種情況，必須注意在詩歌中運用比興的手法。比興
不僅僅是作者主體的精神，還和世務緊密相連，以表達詩人的入世之
情。通過比興，既可以表達自然的情感，又可以把自然的情感和詩人
所要表達的情志有機完整地結合起來，使情的表達自然眞實，易於接
受，達到「蕩軼而不失其貞，頹怨而不失其厚，寓言遠而比物近，發
辭淺而蓄旨深」的理想境界。當然，要達到臥子心中的這一水準絕非
易事，所以必須先經過模擬的階段，「自三百篇以後，可以繼風雅之旨，
宣悼暢鬱，適性情而寄志趣者，莫良於古詩。」〔註45〕選擇古詩作爲
模範的標準，是因爲他「措思非一端，取境無定準，博諭而不窮，言
近而指遠。君子幽居，曠懷娛道，無悶之善物也。」具體來說，「夫深
永之致，皆在比興。感慨之衷，麗於物色，故言之者無罪，而使人深
長思。足以興善而達情，此託意之微也。典謨雅頌之質以茂。騷賦諸
子之宏以麗。以及山經海誌之詭以肆。上自星漢，下及源泉，擷掇之
餘，即成清奏。次徵材之博也。詞貴和平，無取伉厲。樂稱肆好，哀
而不傷，使讀之者如鼓琴操瑟，曲終之會，希聲不絕。此番審音之正
也。古詩十九邈焉，儔下迨曹劉斯爲合作，其後阮公詠懷，幾於百首。
鍾記室稱其言在耳目之內，情寄八荒之表。旨哉，非獨善評嗣宗，實
亦古詩之法矣。」可見，臥子張揚復古，最根本強調的就是要繼承比
興之義，婉轉切情，營造一種圓融平和，言近指遠的審美範式。反過
來說，如果在表達中不能很好地運用比興，那麼寫出來的詩，即使思
想純正，意義深刻，但卻難免讓人感到枯燥晦澀。陳子龍曾在《皇明
詩選》第一冊注何景明《津市打魚歌》評價道：「調古辭俊，便覺少陵
之作，不免傖父。」就是因爲杜甫的詩作就存在著過於古直，理多情
少的現象，所以這部分詩歌，雖然從表達現實的意義上來說，具有突

〔註44〕《青陽何生詩稿序》，見《安雅堂稿》卷二，第 36 頁。
〔註45〕《李舒章古詩序》，見《安雅堂稿》卷一，第 28 頁。

破一代的價值，但是從詩歌的審美境界而言，卻遠不如古人渾成圓潤的意境優美。

「言放逸則格必疏，拘泥則氣必索，思極冥搜則寡興會之趣，意取適象則鮮瑋麗之觀。必使才足以振逞而不傷，其體學足以敷繪而不累，其情詞足以發意而境若渾成，色足以振聲而氣無浮露，字必妥貼無迹可尋，句必沉著無巧可按，對必精切有若自然，韻必平穩絕無湊響。一篇之成，則八言如貫，數首競奏，則一法不重。如此大匠之運斤惟其繩墨之至熟而變化之自生也。」〔註46〕通過運用比興來表達感情，讓情感在流雲逝水中靜靜地流淌，充滿了象徵的意蘊而又含而不露，不孜孜於聲色，不競競於辭采，只是一派天籟，使情感雋永綿長。《李舒章古詩序》中說：「詞貴和平，無取伉厲；樂稱肆好，哀而不傷。使讀之者如鼓琴吹瑟，曲終之會，希聲不絕，此審音之正耳。」範古之美所追求的就是溫柔平和的審美理想，既重視情，重視情的真摯，重視「情由心生」；又重視情的表達，為的是達到「發於哀樂而止於禮義」的中和平正。這是古詩的審美典範，也是傳統詩教的核心內容。在初盛唐之前，這種由性情而發的詩歌還佔據著詩壇的主流，然而隨著社會的變化，到了唐以後，詩歌越來越追求標新立異，文辭也越來越尚辭重聲，講求人造，漸漸偏離了平和之旨與溫厚之義。對於這種詩歌演變中出現的趨勢，陳子龍在《宣城蔡大美古詩序》中做出了明確地批判：「夫文采日富，清音更邈，聲響愈雄，雅奏彌失，此唐以後古詩所以愈離也。今之為詩者，類多俚淺仄譌，求其涉筆於初盛者已不可得，何況窺魏晉之藩哉。」

三、以適諸遠

為什麼要追求溫柔敦厚的審美理想呢，從根本上說，這是由傳統詩論中對於詩歌的屬性功能決定的。所謂「治世之音安以樂，亂世之音哀以思。」季札有聽樂論政的記載，國君有採風觀政的習俗。詩歌所反

〔註46〕《熊伯甘初盛唐律詩選序》，見《安雅堂稿》卷一，第27頁。

映出的情調，直接反映了一個國家政治的治亂，國運的興衰。陳子龍說：
「建安中，海內兵起，孔璋託身於河朔，仲宣投足於荊楚，其辭哀傷而
婉，不離雅也，此霸圖之啓也。梁、陳喪亂弘多，其君子纖以荒，無憂
世之心焉，微矣。天寶之末，詩莫盛於李杜，方是時也，棲甫於岷峨之
巔，放白於江湖之上，然李之詞憤而揚，杜之詞悲而思，不離乎風也，
王業之再造也。大中之後，其詩弱以野，西歸之音緲焉不作，王澤竭矣。」
〔註47〕就反映了這種樂以觀政的思想。從詩歌產生的最初來看，國君命
人到民間採風，就是要通過詩歌來考察國家的政治情況；而且古代的詩
人往往和巫覡相當，屈原作《九章》，《九歌》，是爲了迎神送神。詩歌
也由此被賦予了一種神秘和可通天命的意義。雖然我們今天有更加科學
的看法，但是一樣不能否認，一個國家裏佔據主流的文化思想和文學情
調對於社會風氣和國民性格的影響與塑造，所以我們今天說要用正確的
輿論引導人，用先進的文化引領人，古代也是一樣。陳子龍所處的歷史
時期已經是明朝發展的末期，「至萬曆之季，士大夫偷安逸樂，百事墮
壞。」〔註48〕政治的衰敗已經無可避免，國家的種種矛盾也日益顯露，
與此相應的卻是「文人墨客所爲詩歌，非祖述長慶，以繩樞甕牖之談爲
清眞，則學步香奩，以殘膏剩粉之姿爲芳澤。是以舉天下之人，非迂樸
若老儒，則柔媚若婦人也。」這樣的文學氛圍既是國家政治的反映，而
反過來，也可以進一步影響到國家的風氣：「是以士氣日靡，士志日陋，
而文武之業不顯。」〔註49〕在這樣的現實環境下，不論是七子，還是陳
子龍，標舉古人之溫柔平和之音，以期振奮士心，挽救國運，可見其用
心之良苦。

　　但是，任何事物都不可能一成不變，即使是溫柔敦厚的詩教也有
變風變雅之時。《詩大序》中說：「至於王道衰，禮義廢，政教失，國
異政，家殊俗，而變風、變雅作矣。」亂世之音由「哀以思」一變而

〔註47〕《方密之流寓草序，見《陳忠裕公全集》卷七，第361頁。
〔註48〕《尚有爲》，見《安雅堂稿》卷八，第230頁。
〔註49〕《答胡學博》，見《安雅堂稿》卷十四，第424頁。

爲「怨以怒」。在社會動蕩，道德淪喪的歷史時期裏，當內心的失望、痛苦已經累積到士人已經無法再承受的地步，「哀而不怨」「怨而不怒」的溫柔之論自然就讓位給了「閔世病俗」的變風變雅之音了。「夫詩發之情乎，聲氣其區乎，正變者時乎。夫詩以言志，志有通塞，則悲歡以之，二者小大之共由也。……聲時則易，情時則遷；常則正，遷則變；正則典，變則激；典則和，激則憤。故正之世，『二南』鏗於房中，『雅』『頌』鏗乎廟廷。而其變也，風刺憂懼之音作，而『來儀』『率舞』之奏亡矣。」〔註50〕

在明末，這種變風變雅之音的出現並非一朝一夕之事，「兵興以來，海內之詩彌盛，要皆角聲多，宮聲寡；陰律多，陽律寡，噍殺恚怒之音多，順成嘽暖之音寡。繁聲入破，君子有餘憂焉。」〔註51〕到了明亡之後，這種噍殺之音愈屬，方密之就對於溫柔敦厚的詩教進行了反駁，所舉的例子正是陳子龍：「臥子負天下材，欲有所爲欲天下，然塵退而著書稱說，稱說之不足，又呻吟之，是以其音沉壯多慷慨，余亦素慷慨欲言天下事，而不敢，但能悲歌，歌臥子詩。抑又自悲其志矣。或曰詩以溫柔敦厚爲主，今日變風，頹放已甚。毋乃噍殺。余曰是余之過也。然非無病而呻吟。各有其不得已而不自知者，字長過大梁，嗣宗登廣武，退之祭田橫，弔望諸君墓。永叔出宋，欲求暉鳳就擒之處，子瞻所至登臺有長楊五柞之感。……今之歌，實不敢自欺，歌而悲，實不敢自欺，既已無病而呻吟矣。又謝而不受，是自欺也，必曰吾所求爲溫柔敦厚者以自諱，必曰吾以無所諱而溫柔敦厚，是愈文過而自欺矣。曰當流離，故鄉已爲戰場，困苦之餘，蒿目所擊，握粟出□，自何能夠。此果不敢自欺於鳴鳩之淵冰者。江南全盛，臥子生長其地，家擁萬卷，負不世之才，左顧右盼，聲聲黃鍾。行且奏樂

〔註50〕〔明〕李夢陽《張生詩序》《空同集》卷五十一，上海圖書館藏《景印文淵閣四庫全書》本。

〔註51〕〔清〕錢謙益《施愚山詩集序》，見《牧齋有學集》卷十七，第760頁，上海古籍出版社，1996年。

府於清廟，歌辟廱之石鼓，備一代之黼黻，以挽逝波於中和，豈不偉哉。歌臥子沉壯之音，亦終不能自欺其慷慨也。……同志既寡，撫時擊節，終歸不欺其志而已，豈特騷雅比興之指，不可以與世人曉哉。」〔註52〕清人陳田：「忠裕雖續何、李、李、王之緒，自為一格，有齊梁之麗藻，兼盛唐之格調，早歲少過浮豔，中年骨幹老成，殿殘明一代詩，當首屈一指。」〔註53〕說的也是陳子龍晚年詩風之變。

　　《歲晏效子美同穀七歌》〔註54〕是臥子晚年詩歌的代表作：第一首「西京遺老江南客，大澤行吟頭欲白。……陽春白日不相照，剖心墮地無人惜。」寫在南都不用忠言。第二首「短衣皁帽依荒草，賣餅吹簫雜傭保。……舉世茫茫將愬誰？男兒捐生苦不早。」寫避地之無所適從。第三首「欃槍下掃黃金臺，率土攀豪龍馭哀。黃旗紫蓋色黯淡，□陽之禍何痛哉！」寫兩京之淪喪。十七年崇禎崩於煤山，順治二年五月，福王降。第四首「嗟我飄零悲孤根，早失怙恃稱愍孫。棄官未盡一日養，扶攜奄乎傷旅魂。」傷高太安人之沒。第五首「殉國何妨死都市，烏鳶螻蟻何分別？……嗚呼五歌兮愁夜猿，九巫何處招君魂！」哀黃道周死。第六首「瓊琚縞帶貽所歡，予為蕙兮子作蘭。……我獨何為化蕭艾，拊膺頓足摧心肝。」哀夏允彝。第七首「生平慷慨追賢豪，垂頭屏氣棲蓬蒿。固知殺身良不易，報韓復楚心徒勞。百年奄忽竟同盡，可憐七尺如鴻毛。嗚呼七歌兮歌不息，青天為我無顏色！」痛知交相繼殉國。《社事本末》有記載：「諸君子以身殉國者，史道臨可法、何愨人剛，守揚州死。侯豫瞻峒曾、黃蘊生淳耀，守嘉定死。沈雲升猶龍、李存我待問，守松江死。徐勿齋汧、楊維斗廷樞，於蘇州破日死。夏瑗公允彝於松江破日死。」

　　作於同年的《杜鵑行》更是表現了殺伐遍野，流血飄杵的人間慘

〔註52〕〔清〕方以智《陳臥子詩序》，見《浮山文集》卷二《稽古堂二集》清初方氏此藏軒刻本《四庫禁燬書》集部113。
〔註53〕〔清〕陳田《明詩紀事·辛籤》第29頁，中華書局出版社，1981年。
〔註54〕《陳子龍詩集》卷十，第308頁。

劇。「巫山窈窕青雲端，葛韭蔓蔓春風寒。幽泉嘽喛叩哀玉，碧花飛落紅錦湍。蔭松籍草香杜蘅，浩歌長嘯傷春目。杜宇一聲裂石文，仰天啼血染白雲。榮柯芳樹多變色，百鳥哀噪求其群。……當日金堂玉幾人，羽毛摧剝空山裏。」〔註55〕按崇禎十七年三月，張獻忠陷重慶，害瑞王常浩；順治二年八月，張獻忠陷成都，蜀王至澍自沉於井；順治三年六月，大兵入紹興，張國維赴水死，兵部尚書余煌赴水，舟人拯之，居二日復投深處，乃死。大理少卿陳潛夫偕妻妾赴水死。職方主事高岱偕其子朗躍入海死。禮部侍郎陳函輝哭入雲峰山投水死；兵部主事葉汝恒與妻同死等等。這首歌行體的古詩以「血」為字眼，一幅青雲紅錦，香草杜蘅的繽紛世界，在政治的漩渦中突然變成了人間地獄，臥子怎麼還能夠溫柔敦厚，不哀不怨呢？

因此，在順治三年為唐王曾妃所寫的悼詩中，詩人乾脆以「怨」為題。《怨詩行》：「九江倒影揚素波，洞庭微風吹白黿。文狸赤鯉迎湘娥，翠竹泠泠蒙女蘿。重華一去不復返，愁雲萬古蒼梧山。五臣八愷竟誰在？空令帝子凋朱顏。凋朱顏，墮綠水，不見軒轅神鼎成，黃金如山映天紫。如約光華閶闔開，飛龍半負嬋娟子。玉笙杳渺流雕雲，昇天入地皆隨君。小臣徒望青冥哭，天路茫茫竟不聞。」〔註56〕君臣末路，長歌當哭。

作於順治四年的《會葬夏瑗公》是臥子的絕筆之作，「丹旐飄搖岸柳疏，平蕪渺渺正愁予。驚濤不盡鴟夷血，痛哭空留賈傅書。華嶽暮雲來大鳥，沅江春草滕文魚。范張未畢生平語，淚灑南枝恨有餘。」「二十年來金石期，誼兼師友獨追隨。冠裳北闕同遊日，風雨西窗起舞時。志在春秋真不爽，行成忠孝更何疑。自傷舊約慚嬰杵，未敢題君墮淚碑。」〔註57〕他既悲痛摯友的犧牲，又為自己的偷活而慚愧，至此，詩歌已經成為臥子心聲的惟一傾瀉之途，個中複雜難言的情

〔註55〕《陳子龍詩集》卷十，第308頁。
〔註56〕《陳子龍詩集》卷十，第299頁。
〔註57〕《陳子龍詩集》卷十五，第531頁。

緒，如萬馬奔騰，一發於詩，哪裏還能遏止得住？比之前期詩作，這時的風調已經突破了雅正的藩籬，直沖向雄渾壯大之氣，「家國之事，一至於斯，有枕戈之痛焉，有丘墟之感焉，國雖猶在，蓋終身不西向而坐也。不有吟詠，即何以寄憤懣哉。昔者箕子過殷墟而悲不自勝也，欲哭則不可，欲泣則近於婦人，乃作麥秀之歌。後若曹子建、王仲宣之主流，親經喪亂，悼所聞，記有《七哀》之詩，今所傳《高樓》之作，《灞岸》之篇是也。由是觀之，古之君子，遇世衰變，身嬰荼痛，宣鬱之情，何嘗不以詩歌傳有之矣。」〔註58〕對於後期詩作來說，愴深，悲直構成其詩的主旋律。我們不由要感歎他的英年早逝，若非天不假年，或許臥子的詩歌會給後人呈現出另一種面貌。

清人葉矯然在《龍性堂詩話》中說：「論明人詩，正大和平，折衷風雅，無如陳臥子先生。」〔註59〕可見在臥子詩中，佔據主流地位的仍然是大雅平和之音。但是，不論是平和之音，還是變雅之作，無不以眞情取勝，無不以關心現實爲指歸。這就是臥子所說的詩以「適遠」。「大夫即工於詞乎，猶夫一人之私悲而不能以悲天下之人也，熙熙焉蠢蠢焉，今之人也感之而不知，觸之而不痛，則秋之威亦已彌矣而文人之技亦已窮矣。」〔註60〕所謂「適遠」就是要突破詩歌中情感表達的一己之私，而擴展到更加廣闊的社會領域之中去，把個人性的情感表達上升到關懷國家命運的高度。陳子龍詩歌中的正變正是在「適遠」這個主題下得以統一。「今也既無忠愛惻隱之性，而境不足以啓情，情不足以符境，所紀皆晨昏之常，所投皆行道之子，胡其不情而強爲優之嗁笑乎？」只有具有「忠愛惻隱之性」的「夏之五子，商之箕子，周之姬公、吉甫，衛之莊姜，楚之屈平之數子」以及「枚蘇曹劉」「唐之杜氏」才達到「境與情會，不得已而發之詠歌，故深

〔註58〕《申長公詩稿序》，見《陳忠裕公全集》卷八，第416頁。

〔註59〕郭紹虞、富壽蓀《清詩話續編》第963頁，上海古籍出版社，1983年。

〔註60〕《青陽何生詩稿序》，見《安雅堂稿》卷二，第36頁。

言悲思，不期而至。」所以論詩追求雅正宏大，追求世運、性情、學問相合一的旨歸，以補於世道，歸于忠愛。但是末世悲思又讓他保持清醒，不迂守、沉湎所謂的溫厚、中和之音，「雖風有正變，辭有微顯，然情以感寄而深，義以連類而見，如楚謠漢制，代有殊音，又何疑乎？」﹝註61﹞作品變風變雅，蕩漾著剛大雄壯的霸氣，不滿足於淺吟低唱，而以大手筆寄寓深思和振頹起衰，將文藝復興與國運振興相聯繫，形成了明末詩歌的主流走向。

第三節　轉益多師，各得其長的詩歌創作

　　據由施蟄存和馬祖熙先生標校，上海古籍出版社 1983 年出版的兩卷本《陳子龍詩集》統計，陳子龍的存世詩作共有 1794 首，其體裁涵蓋了包括風雅體、琴操、四言詩、古樂府、五七言古詩、五七言律詩、五七言絕句等。他的好友，詩人朱雲子曾說陳子龍「才大」﹝註62﹞，因此在各體詩歌的創作上都得心應手，「五律清婉，七律秀亮，絕句雄麗，靡所不有寬然有餘。」﹝註63﹞他的詩，無論在當時還是在後世，都受到極高的評價。這一方面是由於他恢復古雅，經國適遠的詩學理論在當時獲得了廣泛的認同，更重要的是他自己的詩歌創作「高華雄渾，睥睨一世。」爲當時和後人樹立了光輝的典範，「詩者，性情之作，而有學問之事也。」﹝註64﹞吳偉業在《梅村詩話》中說到當時臥子和李雯、宋徵輿相互酬答，號爲「雲間三子詩」，但是比之臥子，李宋二人「皆不及」。「當是時，幾社名滿天下，臥子奕奕眼光，意氣籠罩前人，見者莫不辟易。登臨贈答，淋漓慷

﹝註61﹞《沈友夔詩稿序》，見《安雅堂稿》卷二，第 52 頁。
﹝註62﹞朱雲子云：「臥子五古初尚漢魏，中學三謝，近相見頗靚太白諸篇，其才性故與相近，七古兼高岑李順風軌，五律清婉，七律秀亮，絕句雄麗，由其才大，靡所不有寬然有餘。」見《明人詩抄》清乾隆刻本《四庫禁燬》卷 37。
﹝註63﹞〔明〕朱隗《咫聞齋稿》卷下，上海圖書館藏善本。
﹝註64﹞〔明〕周立勳語，見《陳子龍詩集》附錄三，第 759 頁。

慨，雖百世後想見其人也。」周立勳也說：「余故因其詩而言其詩，而天下之觀臥子之詩者，亦可以得其誌之所存矣。」所謂詩如其人，有什麼樣的才華就有什麼的詩作，臥子的詩歌創作無異於給了後人一條認識他，理解他，體會他的極好的途徑。

時人在說到臥子的詩歌時，對於其風格歸屬多有所論。

王世貞說：「明末暨國初歌行約有三派，虞山源於少陵，時與蘇近；大樽源於東川（李頎），參以大復（何景明）；婁江源於元、白，工麗時或過之。」〔註65〕

宋徵璧也有類似的看法：「陳思王其源本於國風，唐則太白，明則大復，大樽其諍子哉。」〔註66〕

朱雲子說他「七古直兼高、岑、李頎之風軌，視長安、帝京更進一格。」〔註67〕

朱笠亭則說：「（臥子）七言古詩讀詩出以沉鬱，故善爲頓挫；李詩出以飄逸，故善爲縱橫。臥子兼而有之，其章法意境似杜，其色澤才氣似李。」

諸家的看法大致相同，以高華流麗爲臥子詩歌的特點，而同中又有異，或樂府，或七古，或章法，或色澤，可以說是各得一端。事實上，陳子龍的詩歌，既有李白飄逸瀟灑，高岑江河直落的氣概，又兼杜甫的深厚學養，以詩寫史的熱腸，還參以李頎、何景明情韻婉然的優美，應該說，轉益多師，各得其長才是陳子龍詩歌的長處所在。

夏允彝在《陳李唱和集序》中說陳子龍「少好奇負氣，邁激豪上，意不可一世。」〔註68〕在陳子龍這一階段的詩歌中，就留下了不少充滿少年豪情的樂府詩。這些詩剛大有力，鼓蕩著生命的活力。情感的抒發單刀直入，語言的表達直爽乾脆，表現出樂觀積極的進取精神，有比較明顯的師李傾向。比如他的《隴西行》、《名都篇》、《雞鳴》等。

〔註65〕《分甘餘話》，見《陳子龍詩集》附錄四，第780頁。
〔註66〕〔清〕宋徵璧《抱眞堂詩話》，上海圖書館藏善本。
〔註67〕《明詩綜》引自《陳子龍詩集》附錄四，第781頁。
〔註68〕《陳子龍詩集》附錄三，第759頁。

《隴西行》〔註69〕：「隴阪何所有？黃草秋已枯。吹沙拂人衣，磐石長且紆。林木蔽浮雲，寒獸遍號呼。熊羆倚百樹，下視吟崎嶇。」雖然是樹木凋零，百物落寞的秋天，但詩中卻絲毫看不到遲暮之年那種「歎息嚴阿間，感此意寥廓」的頹唐蕭瑟來。少年們在自然界的秋天中，盡情奔跑著，追逐著的是自己人生的春季。「結交四五人，意氣相歡娛。左手倚長劍，右手彎雕弧。俯身試一捨，所獲盈路衢。歸來呼大婦，置酒出中廚。」「命婦遍拜客，皆言顏色殊。少年易成醉，擊鼓歌烏烏。」少年不就應該是這樣麼？有酒，有肉，有美麗的女人和快樂的歌唱，「捧觴為客壽，冉冉筵前驅。百萬為君盡，一時良所無。」淋漓酣暢，無所不能。

在《名都篇》〔註70〕中，我們彷彿回到了大唐的貞觀：「名都宛與洛，遊戲乘春陽。廣道夾奇柳，飛甍帶長楊。宛馬從西來，絃服以翱翔。緩轡十步間，滿衢自生光。十里鬥紗縠，轉側有遺香。」堂皇盛世裏才有的堂皇少年，追求著歡樂，光榮和自由。「微行俠邪間，鞍馬自成行。路人不敢問，彷彿聞都梁。夜半入宮門，賜坐殿東廂。」「歸來但意氣，絲竹正輝煌。大奴進黃金，妙伎獻樂方。」《雞鳴》〔註71〕「寄言少年子，為歡殊未央。官拜執金吾，有女專椒房。不學窮經士，白首尚書郎。」功名，意氣，美女，寶劍，這些讓年輕的心激動嚮往的生活，帶著俠氣，任性，理想，在金碧輝煌的天地間追尋著自由，歡樂，光榮和夢想。

而另一些以遊仙為題材的詩作，也是充滿了奇幻的色彩和浪漫的想像力，臥子，彷彿又成為了一個狂放大膽的謫仙人。就拿《董逃行》來說，「吾今近遊從崑崙，欲上雲氣何嬋媛！四望流云云，弱水萬里安存？但見龍女，貝闕珠軒。大魚如陵飛翻，靈雲窈窕通天門。東採若木為舟，但見白榆歷歷，漢水所源。漢亦不大隨所行。星之宮中有

〔註69〕《陳子龍詩集》卷二，第 43 頁。
〔註70〕《陳子龍詩集》卷三，第 63 頁。
〔註71〕《陳子龍詩集》卷三，第 68 頁。

眞人，絳冠玄纓，延我入門。置酒吹玉笙。長跪問道，教我忘情。從吏受勅，嬉遊夜明，中有桂樹何敷榮。嫦儀顧我笑，手授玉杵雲英。臣再拜，不敢食，謹獻陛下爲長生。君今服食，歷天之後，協和諸夏，永無盜寇。辟邪符拔，樂我君囷。往還者神人，乘雲與軒轅左右。」〔註72〕詩人暢遊崑崙山的豪情壯志，上天入地縱橫捭闔的想像力，絲毫不下於《夢遊天姥吟留別》中的李太白。

　　據《陳子龍自編年譜》記載，「予好言神仙，自謂沖舉可致。或夜分焚香不寐，若有俟者。」〔註73〕在這一年，十八歲的陳子龍創作了相當數量的遊仙詩，除了《董逃行》之外，還有諸如《五遊篇》「天樂固幻眇，感觸令人傾。何時閶闔開？塵世難爲情。」《遷人行》「令我好顏色，萬里生羽翰。朝列瑤池上，暮宿扶桑端。」等等。從這些詩中，我們不難看到少年陳子龍對於未知的新奇，對於自由的崇拜，並且把這種新奇和崇拜用文學張揚表現了出來。在這些看似荒誕不經的詩作之中，跳動的是一顆年輕的激情澎湃的心靈。但隨著年齡的增長，思慮地增加與複雜化，這種少年時的輕狂和樂觀逐漸自然地被消磨了，取代他們的是更加現實的理想追求，比如對於成就功業的渴望。崇禎五年，陳子龍寫了《生日偶成・二首》「問汝此日何高眠？風吹碧梧徒自憐。程生嘲客始三伏，（六月一日初伏）鄧禹笑人已一年。（時予年二十有五矣）擬勒文章北海上，隨將射獵南山前。功名細事尚寂寂，那敢輒欲爲神仙。」「擊劍讀書何所求，壯心日月橫九州。頗矜大兒孔文舉，難學小弟馬少游。不欲側身老章句，豈徒挾策干諸侯。閉門投轄吾家事，與客且醉吳姬樓。」〔註74〕明確說出了自己從神仙世界中抽身出來投入現實世界的決心，以及做出這樣決定的理由。再比如《經淮陰有懷韓王》，表面上看，詩人所寫的是對於韓信的崇拜，「韓王徒步人，大志如風雷。」特別是

〔註72〕《陳子龍詩集》卷二，第44頁。
〔註73〕《陳子龍自編年譜》「天啓三年癸亥」條《陳子龍詩集》附錄二，第634頁。
〔註74〕《陳子龍詩集》卷十三，第414頁。

對於韓信早年的不得志,到後期得志奮起有著特別的敬慕,「當其不得意,求食甘塵埃。……一朝奮鱗翼,誰曰非奇才?」「吾輩尙貧賤,覩此有餘哀!當今少英傑,幾人來徘徊!」〔註 75〕這是借曾經寒微的韓信說今天尙未得志的自己,表達詩人自己建立功業的渴望,和爲自己加油鼓勁的動因。而他的《與客登任城太白酒樓歌》「我來中原凡幾日,浩蕩縱飲多離憂。……古來歷落吾輩人,風車雲馬知何極?即如此樓樓中人,星辰已沒徒淒惻!憶昔全盛開元中,天下詞客多雄風。賀監猖狂綏尙墨,李侯跌宕錦欲紅。……珊瑚欲折瑤甕倒,遂令此樓突兀千秋空。……登斯樓也傾百壺,辭官學道無蹄躕。吁嗟二公皆吾徒!」〔註 76〕則不僅從詩歌的風調上,更從才不見用,壯志難酬的心理動機上與謫仙人拉近了距離。謫仙人也必然生活在塵世中,遊仙詩最終的落腳點還在現實生活。

「十年江海傷搖落,何得常懷萬里情。」在陳子龍中晚期的詩作中,隨處可見的是他對於現實世界憂患的沉思,少年時的風發意氣已經逐漸被老練和隱忍所代替,較之於前,他的詩風也日益變得古直悲慨,充滿人生的經驗與悲喜。這就從思想感情上漸漸地貼近於杜少陵。「清溪東下大江回,立馬層崖極望哀。曉日四明霞氣重,春潮三折浪雲開。禹陵風雨思王會,越國山川出霸才。依舊謝公攜屐處,紅泉碧樹待人來。」〔註 77〕這首他寫於崇禎十年的《錢塘東望有感》無論是從音調,或是從韻腳,還是從整個詩歌的格調,都與少陵的《登高》一詩極爲相似,可以推斷爲學習杜詩的一首擬作。陳子龍曾說:「暇日與轅文論詩,轅文曰:『李何七言律皆本於杜,李得其雄壯,何得其雅練。』此論誠知言哉!」可知其七律多有模擬杜甫之處。他的另一首七律《九日登一覽樓》「危樓樽酒賦蒹葭,南望瀟湘水一涯。雲麓半函青海霧,岸楓遙映赤緘霞。雙飛日月驅

〔註 75〕《陳子龍詩集》卷五,第 127 頁。
〔註 76〕《陳子龍詩集》卷八,第 229 頁。
〔註 77〕《陳子龍詩集》卷十四,第 477 頁。

神駿，半缺河山待女媧。學就屠龍空束手，劍鋒騰踏繞霜花。」〔註78〕同樣是模擬杜甫的《登樓》：「花近高樓傷客心，萬方多難此登臨。錦江春色來天地，玉壘浮雲變古今。北極朝廷終不改，西山寇盜莫相侵。可憐後主還祠廟，日落聊爲《梁甫吟》。」杜甫的這首詩寫在764年唐代宗廣德二年三月，安史之亂後的唐朝中央力量大爲削弱，藩鎭割據日益嚴重，經濟受創，人民生活困苦，而吐藩、迴紇趁機作亂，滋擾內地，所以杜甫用了「萬方多難」一詞予以概括。而陳子龍的《登高》則作於明亡之後的順治三年，清兵南下，弘光朝廷在彈指之間灰飛煙滅，清王朝對江南的抗清運動採取了嚴厲鎭壓的措施，在順治二年製造了揚州十日，嘉定三屠的慘劇，江南籠罩在一片血雨腥風之中。二者的形勢何其相似，而少陵和臥子面對國家淪喪卻無能爲力，壯志空懷的沉痛之情又何其相似，這兩個同樣具有深重責任感的封建士大夫，面對不同時期卻同樣危機重重的國家局面，面對著同樣才不見用的悲哀處境，選擇了同樣的方式，那就是詩歌。

　　「以詩言史」是杜甫詩歌的重要組成部分，也是陳子龍詩歌一個很大的特色。處在內憂外患之中的明王朝猶如秋天的樹葉，隨時都在傾覆的危機中掙扎，衰亂的時世在臥子的心中投下了濃重的陰影，這種深重的憂患意識不僅成爲臥子詩歌創作的時空背景，也成爲一種心理背景，讓他自然而然地拿起筆，用詩歌記錄下歷史上那些命運轉折的時刻。

　　崇禎四年，陳子龍作《淩河》詩：「國家勁兵處，此地無與侔。要區敵所爭，胡來必清秋。朝廷東指笑，何異撼蜉蝣。」「四門閉白日，萬人無一籌」「外救復潰散，氣奪層冰揪。」「都尉萬矢盡，左賢一跤抽。漢王豈有神？事秘必可羞。」「朝議持未許，頗見邊臣浮。退避理獲全，進擾眞大憂。」「寄語鄰邊士，何勿常悠悠？失地律尙

〔註78〕《陳子龍詩集》卷十五，第533頁。

輕，開邊罪難酬。君王不好大，誰敢思封侯。」〔註79〕這首詩寫的是
孫承宗修築大淩城阻截清兵之事。據《明史・丘禾嘉傳》：「崇禎三年，
右僉都御史丘巡撫嘉禾寧遠兼轄山海關。大清兵以二萬騎圍錦州，禾
嘉督諸將赴救獲全。」爲了防範清兵再次來襲，孫承宗建議修築大淩
城。崇禎四年五月，孫承宗命令祖大壽派遣四千士兵駐紮錦州，發兵
一萬四千人修築大淩城，同時又派了一萬的士兵護以石硉，工程非常
浩大。但是，朝廷廷議認爲大淩地處荒遠，不應當興建城池，下令把
築城的士兵轉至薊州，並且責備撫鎮矯舉。丘禾嘉非常害怕，把所有
的防兵都撤走了。八月，清兵來到大淩城下，別遣一軍截錦州。城中
兵出，悉敗還。丘禾嘉聞訊，馳入錦州，與總兵吳襄、宋偉兵過小淩
河東五里，築壘爲大淩聲援。大兵扼長山，不得進。禾嘉遣副將張洪
謨等出戰五里莊，亦不勝。夜趨小淩河，至長山，接敵大敗。大壽不
敢出，城援自此絕。大淩糧盡食人馬。大清移書招之，大壽約降，並
設計誘錦州守將，留諸子於大清，僞逃還，遂入錦州。大淩城人民商
旅三萬有奇，僅存三之一，悉爲大清所有，城亦被毀。禾嘉尋論築城
獲罪，貶二秩。這次大淩城的失敗，祖大壽、丘嘉禾之流固然有失守
的責任，但根本的原因則是在於朝廷輕下撤令，過分強調君權的集
中，而把原本用於防守的大淩城白白地毀壞，將領固然不敢再有私自
開土圍城的舉動，但是也把自己的國土拱手讓給滿清。

　　崇禎六年，陳子龍作《雜詩・四首》，均是從當時的政事有感而
發：「豈愁春易暮，天地日崎嶇？不待驅鳴馬，相將祀野狐。邊關分
禁闥，臺閣畏江湖。受諫何年事？臨風意轉孤。」〔註80〕寫的是「崇
禎六年，春正月，命曹文詔節制山、陝諸將討賊。二月，流賊犯畿南、
河北，詔遣總兵倪寵、王樸率京營兵赴河南，而以中官楊進朝、盧九
德等監諸將軍，命曹文詔自山西移師會討。」「六月，溫體仁欲起逆

〔註79〕《陳子龍詩集》卷四，第 94 頁。
〔註80〕《陳子龍詩集》卷十一，第 321 頁。

案王之臣，帝以之臣問延儒，對曰：『用之臣亦可雪崔呈秀也。』體仁大恨。會延儒所用巡撫孫元化復陷登州，於是言路交章劾延儒，並謂其受巨盜神一魁賄。體仁復嗾給事中陳贊化劾延儒昵李元功，招搖罔利，帝下元功詔獄窮治，延儒大窘，引疾歸。」

「彈射非今日，逢迎自昔長。烏臺傷諫草，鳳閣愧飛章。還詔虛風節，聯辭謝紀綱。可憐湖海士，無力奏明光！」寫的是崇禎六年十一月王應熊媚上事。

「干戈生日夜，不見奏金鐃。霧塞已三晉，風清僅二崤。豈應天雨粟，徒兆鳥焚巢。尊貴仍槐棘，悲愁自草茅。」寫崇禎五年九月賊陷山西事。

「河北飛蛾盛，山東困獸張。長圍開一面，夾擊委三方。虎節神於電，龍章薄似霜。洛中邊使斷，貴粟未空囊。」寫崇禎六年二月，流寇犯河北，左良玉大敗，河北三府所屬縣皆陷。

崇禎七年，陳子龍第二次會試失利，回到松江，「杜門謝賓客，寡宴飲，專意予學矣。」但是他對時事的關注卻未曾稍減，這一年，他又作《雜感‧四首》：其中「襄國寢園焚掠後，蕭皇豐沛甲兵中。五州萬里新開府，腸斷西南上戰功」〔註81〕之句很明顯是針對崇禎七年正月，陳奇瑜總督河南、山、陝、川、湖軍務，討流賊之事而言的。

文人在進入仕途之前，除了手中的筆，就再沒有更多可以表達抱負的途徑。自從陳子龍找到了「以詩寫史」這支抒寫憤懣，宣泄感慨的最好的筆之後，便一發而不可收拾。

崇禎八年、九年臥子作《諸將‧五首》：「群盜七年劇，神州不可論。又聞方入楚，復道已歸秦。……何時嚴紀律？天地息風塵。」「明主憂時急，會聞上將才。尚方星劍動，敕使虎旗來。……」〔註82〕其中第三首「王氣開淮右，崢嶸有歲年。……哀痛傳新詔，逍遙恨曩篇。何人慰明主？飛捷到天邊。」是寫賊陷鳳陽皇陵事；第四首「馳逐幾

〔註81〕《陳子龍詩集》卷十三，第 435 頁。
〔註82〕《陳子龍詩集》卷十一，第 341 頁。

千里，中原未罷兵。……諸軍皆賣賊，天意厭昇平。」「三秦通楚塞，鼓角晝猶鳴。」是寫陳奇瑜困李自成於車廂峽，李自成以重寶賂左右即諸將帥，竟以偽降。據《通鑑輯略》記載當時「賊甫出峽，即大噪，屠所過七州縣……關中大震。」

　　崇禎十一年張獻忠假降而反並且揭發官員受賄之事，「張獻忠穀城再判日，留書於壁，以告楚人，白己之叛，總理使然。具條上官名氏，而列所取賄之日月多寡於其下，且曰：「襄陽道王瑞旃，不受獻忠錢者，此一人耳！」〔註83〕成為轟動一時的新聞。陳子龍不勝感慨，作《穀城歌》：「旗離離，鼓坎坎。雕弓虎牌府門下，帳中錦袍坐紅毯。縣官來，不敢行；監軍來，並坐烹肥羊。汝有禾稻供我糧；汝有訟獄聽我章。今我為官，汝勿驚惶。百姓入門何所見？白玉為君床，黃金繚繞之。美人侍者纖纖，仰面乃我妻。相視不敢問，中心悲！將軍者何官？昨日黃紙招安。小兵騎馬醉歡，突入酒市盤餐。將軍口傳勤王，艫舸大舶千檣。但問江陵漢陽，又問武昌九江。」〔註84〕

　　崇禎十三年、十四年，又作《蜀山行》〔註85〕，《雜感·四首》〔註86〕都是就當時的時政有感而發。

　　崇禎十五年，國勢日蹙，許多正直的士大夫都盡自己所能為國分勞，倪元璐就「毀家招募，得數十人，及其弟瓚率家徒從之，可數百人，趨淮上問淮使者覓鹽徒為助，無有應者。」〔註87〕陳子龍作《送倪鴻寶少司馬學士赴召聞有□□隨率義旅勤王》詩「六郡良家齊買鬢，三河俠少盡從戎。……英謀亮節有威名，壯士紛紛都請行。已向博徒召劇孟，復從門下得侯嬴。」〔註88〕充滿了希望和激勵之情。

〔註83〕〔清〕張廷玉《明史》卷三零九《流賊傳》第 7969 頁，中華書局 1974 年。

〔註84〕《陳子龍詩集》卷三，第 84 頁。

〔註85〕《陳子龍詩集》卷九，第 270 頁。

〔註86〕《陳子龍詩集》卷十二，第 377 頁。

〔註87〕《東林列傳》，見《陳子龍詩集》，第 293 頁。

〔註88〕《陳子龍詩集》卷十，第 293 頁。

　　崇禎十六年十月「李自成寇潼關，總督孫傳庭死之。」〔註89〕陳子龍作《潼關》詩「天險東臨鎖地維，重關遙夜角聲悲。蓮花影照千烽出，竹箭波回萬馬遲。四塞山河歸漢闕，二陵風雨送秦師。長安游俠知無數，仗劍還能指義旗。」〔註90〕

　　從崇禎三年到崇禎十六年明亡前夕，在臥子的筆下，可以說是有史必有詩，至於他在甲申國變之後的詩作，《會葬夏瑗公》《挽顧文所》《乙酉歲朝》《人日雜感》《乙酉上元滿城無燈》等等，則愈發深沉憂感。他的門人王沄把這些詩輯爲《焚餘草》，又稱爲《丙戌遺草》，遺民悲國，望風流泣，無不表達了國破家亡的痛苦和無可奈何的悲哀，淒怨悲壯，可爲明詩終結之最強音。

　　杜甫「晚節漸於詩律細」，陳子龍對於詩法格律同樣非常講究。朱雲子在《讀臥子湘眞閣稿》中寫道：「幅巾移具屛驪從，清絕湖南古寺中。浮水近峰低晚翠，籠煙半塔露秋紅。律人約法申商峭（時臥子選唐詩盛明詩，出入甚嚴）酒士登場信佈雄。峴首龍山千古勝，還應此集擅玄風。」〔註91〕就特別強調了臥子對於詩法的嚴格，並非隨性而作。這既反映出他對於詩歌的重視，也看出其在曠古才情之外，還具有深厚的學養，出入經史，勾勒諸子，無言不可入詩。在他的詩歌中，就有大量來自經史子集的典故，尤以唐前的居多。沈德潛說：「以詩入詩，最是凡境。經史諸子，一經徵引，都入詠歌，方別於潢潦無源之學。但實事貴用之使活，熟語貴用之使新，語如己出，無斧鑿痕，斯不受古人束縛。」臥子詩中的典故運用就非常巧妙，如鹽著水，淡然無痕。不僅表現了詩人想要表現的內容和情感，還顯示出深厚的學養功底，使得詩厚而有味。比如他的《秋日雜感二》中的頷聯和頸聯「不信有天常似醉，最憐無地可埋憂。」前一句出自張衡的《西京賦》「昔者大帝悅秦繆公而見之，餐以鈞天廣樂。帝有醉焉，乃爲

〔註89〕《明通鑑輯覽》見上海圖書館藏四庫全書本。
〔註90〕《陳子龍詩集》卷十五，第522頁。
〔註91〕〔明〕朱隗《咫聞齋稿》卷下，上海圖書館藏善本。

金策。」後來李商隱化用這段話而爲《咸陽》詩：「自是當時天帝醉，不關秦地有山河。」而後一句則是出自仲長統的《述志》「寄愁天山，埋憂地下。」這種多用典故的作詩手法，同「讀書破萬卷，下筆如有神」的杜甫可說是一脈相承的。

實事上，臥子取法的對象並不僅僅局限於李杜，對於陳思王曹植，李頎，包括同時代的前輩何景明都多有借鑒，他融性情、學識、世運於一體，吐納百家，煉於一格，最終形成了自己高華瑰麗，又慷慨悲壯的詩風，殘明一代殿軍，非他莫屬。

第四節　陳子龍詩歌的價值與意義

一、陳子龍對公安竟陵的反駁和吸收

明七子的復古是出於對理學清算的逆反，故而溯源唐宋，以情制理，不能不說是以建構一代明詩，復興大雅文藝。故而即使是李贄、袁宏道也不得不稱讚他們的功勳。然而，他們的創作卻遠遠落在了理論的後頭，所謂恢復古音，其結果不過是割裂字句，生吞活剝的形式之作；而他們所倡導的情，也牢牢禁錮在古時的大雅之音當中，顯得蒼白老舊，沒有生機。這一切都給講究明心見性的左派王學留有了可乘之機。隨著率性而眞的社會思潮湧動，晚明的士人們也開始了複雜而矛盾的人生蛻變。徐謂以狂怪名世，甚至於發瘋的地步；李贄，則似有潔癖，居麻城時每日灑掃數遍，如有「水淫」；屠隆一面學道禮佛，一面狎妓縱情；袁氏兄弟則無一不死於縱情過度。這樣的情況很容易讓我們想起魏晉時的文人，他們用這些不掩形迹，怪誕的體態語言來表白不應忽視的自我，解脫束縛，謀取個體價值和自由。

有相當一部分的士子接受王學的「率性」之論，發揮老莊「任自然」之風，並且和日益興起的市民思潮相融合，著力打破扭捏作態之文，追求平凡眞實之意，嚮往「率眞」人生。一代灑脫自然的詩風在文壇灑然而起，這就是公安派。從萬曆開始，這股灑脫自然的詩風就

與士人率性而眞、表現個性的人生態度和價值趨向根枝交錯，水乳交融。他們反對復古，反對雅音，要求做詩要「開口見喉嚨」，要衝口而出，淺易率直，寧取俚俗，不取陳套，表達內心感受和個人見識。在語言風格上，他們也很自然地傾向於白居易、蘇軾等人。以三袁爲例，袁宗道性格平和，其詩中少有特別強烈的情緒，也不大有特別警醒的字眼，明白、淺顯，語言時有囉嗦，有些像白居易後期的隨意之作，感染力較弱。小弟袁中道的詩歌感情強烈，其入仕前的作品，常表述失意之憤和任俠之情，如《風雨舟中示李謫星、崔晦之，時方下第》中「早知窮欲死，恨不曲如鈎」，憤激的情緒溢於言表，那種大膽的自白，也令人震驚。另如《感懷詩》之五：「少時有雄氣，落落凌千秋。何以酬知己？腰下雙吳鈎。時兮不我與，大笑入皇州。長兄官禁苑，中兄宰吳丘。小弟雖無官，往來長者遊。燕中多豪貴，白馬紫貂裘。君卿喉舌利，子雲筆禮優。十日索不得，高臥酒家樓。一言不相合，大罵龍額侯。長嘯拂衣去，飄泊任滄洲。」頗有李白式的狂傲，下筆隨意，卻也淋漓痛快。清新自然的詩風固然是好事，然而卻難免落入淺俗之中，所謂開口見喉嚨的說法，也就摒棄了學養識見所應佔據的地位，以至於詩的創作，如「一峰綠油油，忽出青藍外。」等往往過於輕率，而缺乏詩味。更重要的是，當萬曆三十年李贄死難之後，狂放的士風就隨著異端思潮的衰微而趨於收斂。這時的政局越發的混亂，波光幻影之中竟然是刀光劍影的折射，網羅高張，危機重重，士人的精神狀態也從狂放轉向了憂鬱和迷惘。瘋狂的戾氣消亡不見了，取而代之的是孤獨和憂懼，一股狂熱的心理漸趨冷靜，甚至於冰冷無聲。詩歌也變成了一片淒風苦雨之音。竟陵派出現了。誠如嚴迪昌所說：「這本是一個歌哭無端的時代，需要有此一格來反駁褒衣博帶，甚至是肥皮厚肉的詩歌強調。即使談不上敢哭敢笑，而僅僅是多出寒苦幽峭之吟，畢竟眞而不僞，沒有描頭畫足之陋習。幾於月黑風高，淒霖苦雨之時，瘦硬苦澀之音無論如何要比甜軟嘽噯之聲更接近歷史眞實。」

在重視自我精神的表現上，竟陵派與公安派是一致的，但二者的審美趣味迥然不同，而在這背後，又有著人生態度的不同。公安派詩人雖然也有退縮的一面，但他們敢於懷疑和否定傳統價值標準，敏銳地感受到社會壓迫的痛苦，畢竟還是具有抗爭意義的；他們喜好用淺露而富於色彩和動感的語言來表述對各種生活享受、生活情趣的追求，呈現內心的喜怒哀樂，顯示著開放的、個性張揚的心態；而竟陵派所追求的「深幽孤峭」的詩境，則表現著內斂的心態。他們的詩「以淒聲寒魄為致」，「以噍音促節為能」〔註92〕。偏重心理感覺，境界小，主觀性強，喜歡寫寂寞荒寒乃至陰森的景象，語言又生澀拗折，常破壞常規的語法、音節，使用奇怪的字面，每每教人感到氣息不順。如譚元春的《觀裂帛湖》：「荇藻蘊水天，湖以潭為質。龍雨眠一湫，畏人多自匿。百怪靡不為，喁喁如魚濕。波眼各自吹，肯同眾流急？注目不暫捨，神膚凝為一。森哉發元化，吾見真宰滴。」大致是寫湖水寒冽，環境幽僻，四周發出奇異的聲響，好像潛藏著各種怪物。久久注視之下，恍然失去自身的存在，於是在森然的氛圍中感受到造物者無形的運作，俗固然沒有，但卻走向了另一個晦澀難懂的極端。鍾、譚詩類似於此的很多，他們對活躍的世俗生活沒有什麼興趣，所關注的是虛渺出世的「精神」。標榜「孤行」、「孤情」、「孤詣」〔註93〕，卻又局促不安，無法達到陶淵明式的寧靜淡遠。這是自我意識較強但個性無法向外自由舒展而轉向內傾的結果，由此造成他們詩中的幽塞、寒酸、尖刻的感覺狀態。雖然竟陵詩人所吟唱的幽冷淒苦之音正契合了這個憂鬱、迷茫、孤寂、苦澀的時代，但是從狂熱到冷靜，到憂鬱，到孤寂，到苦澀，再到近乎變態的扭曲的發展軌迹，除了宣泄冰冷與絕望，然後進一步加深冰冷與絕望之外卻絲毫無補於世道人心。所以錢謙益、朱彝尊在談到竟陵詩派時無不切齒，甚至把鍾譚比

〔註92〕〔清〕錢謙益《列朝詩集小傳・鍾提學惺》，上海古籍出版社，1993年。

〔註93〕〔明〕譚元春《詩歸序》，見《鵠灣文草》，第39頁，嶽麓書社，1988年。

之於「詩妖」，甚至指為國家敗亡的徵兆（見《列朝詩集小傳》），雖為偏頗之論，卻也指出了竟陵派詩與正統文學的距離。這已經不是變風，變雅，而是根本脫離了溫柔敦厚的詩教傳統，轉向了他的反面。陳子龍之所以再揭復古大旗，不能不說是針對當時詩壇的現狀而發的。「詩教之衰，至於鍾譚，剝極將扶之候也。黃門力劈榛蕪，上追先哲，厥功甚偉。」〔註94〕

　　對於公安派竟陵派的尚情率真，陳子龍並無惡感，但這種率真一旦淪落為淺陋低俗，就讓詩歌變得格卑調俗，而令人無法忍受。對於竟陵派以「幽深孤峭」來掃除公安派的浮淺俚俗，陳子龍也是認同的，說他們「窮流測源，竟陵之功，要不可誣也。前此所習，高李二選，流滿詩家，漢魏之音缺焉無聞。……每誦竟陵，義不忘本古之道也。」但是他們未免矯枉過正，救贖得過了頭，「貴鄉鍾譚兩君者，少知掃除，極意空淡，似乎前二者之失可少去矣，然舉古人所為溫厚之旨，高亮之格，虛響沉實之工，珠聯璧合之體，感時託諷之心，援古證今之法，皆棄不道，而又高自標置，以致海內不學之小生，遊光之緇素，侈然皆自以為能詩詞，何則彼所為詩，意既無本，辭又鮮據，可不學而然也。」〔註95〕可以想像，如果竟陵詩派所標舉的孤寂苦澀之音成為一個社會的主流文化思想，那麼人心必然越發低迷，士風越發頹唐，「夫居薦紳之位而為鄉鄙之音，立昌明之朝而作衰颯之語，次洪範所為言之不從而可，為世運大憂者也。」因此，陳子龍在冀復古音的同時，提出了用世振衰，雅正適遠的詩風。他貶斥公安、竟陵，也就特意把貶斥的重點放在了「詩者，非僅以適己，將以適遠也」上。說到底，無論是公安，還是竟陵，他們的存在都具有相當的合理性，因為他們都反映了某一個歷史時期下的情感；在情感表達的真摯上，陳子龍和他們並無不同，臥子說的「情以獨至為真」同袁宏道說的「獨抒性靈，不拘格套，非從自己胸臆中流出，不肯下筆」是異曲同工，

〔註94〕《明詩別裁集》，見《陳子龍詩集》附錄四，第782頁。
〔註95〕《答胡學博》，見《安雅堂稿》卷十四，第424頁。

同譚元春說的「夫作詩者一情獨往，萬象俱開，口忽然吟，手忽然寫，即手口原聽我，胸中之所流，手口不能測，即胸中原我手口之所止，胸中不可強」〔註96〕也是殊途同歸。但是他們的思想境界和審美觀念卻有很大的不同，公安竟陵兩派所反映的都僅僅限於個人的情感，這就違背了詩歌以補世道的初衷；陳子龍提出的詩以「適遠」，正是出於儒家詩教的本意，用詩來記錄歷史，教化世道，在陳子龍的詩作中，有大量以詩寫史的篇章，雖然表達的是詩人的情感，但這種情感卻是和國家的興亡緊密聯繫在一起，體現出士大夫強烈的責任感。至於國家鼎革之後，山河破碎，滿眼淒涼，臥子的詩作，更是寄寓深遠，如《臘日》《人日》《會葬夏瑗公》《乙酉歲朝》《挽顧文所》等等，「大約皆憂愁感慨之作也。」〔註97〕

朱竹垞云：「王李教衰，公安之派漸廣，竟陵之焰頓興，關中文太青倡堅僻離奇之言，山陰王季重寄謔浪笑傲之體，日輪就暝，鵬子鴉母四野群飛，臥子張以太陰之弓，射以枉矢，腰鼓百面，破盡蒼蠅蟋蟀之聲，其功不可泯也。」可以說，陳子龍既取法七子，又借鑒公安竟陵，化三者為一爐，形成自己寫情達志，適遠經國的詩歌理論。在明王朝瀕臨滅亡的危機時刻，復社，幾社，山左、浙東、閩中、粵東，山左宋玫、丁耀亢、趙進美、趙士哲、姜垛、姜垓，浙東在劉宗周的指導下，也紛紛修正了王學左派的理論，把經世適遠作為寫詩論詩的準繩，接武東林，關心現實，以補於世道，歸于忠愛，將文藝復興與國運振興相聯繫，體現了明末詩歌的主流走向。陳子龍則是這一運動當仁不讓的旗手與先鋒。臥子曾贈方密之詩云：「漢體昔年稱業地，楚風今日滿南州。」明一代之詩運「劉高開宗於前，西涯接武於李何，王李振興於中，黃門操持於後，次明詩大擘也。」〔註98〕

〔註96〕《汪子戊巳詩序》見《譚友夏合集》卷八，上海圖書館藏明崇禎 6 年刻本《四庫全書存目叢書》集部 191 冊。

〔註97〕《方密之流寓草序》《陳忠裕公全集》卷七，第 360 頁。

〔註98〕見《明人詩抄》「黃門贈方密之詩云：『漢體昔年稱業地，楚風今日滿南州。』具宗法在弘正諸賢，學博才大，更多師以為師，氣魄力

二、對古典審美理想的接續和發展

「宋詩近腐，元詩近纖，明詩其復古也。」〔註99〕明代文學復古運動，可以說貫穿了整整一部明代文學史。從表層來看，這種復古著意於程朱理學的抗擊；從政治制度層面看，則是對明初以來思想文化的高壓政策和萎靡不振之詩風文風的反動，同時，也是對元朝異族統治的反撥，如陳子龍就尤其不屑於「胡服胡語」〔註100〕，崇尚「當大漢之隆，宣導盛美，文詞瑋麗」〔註101〕的詩文。之所以拈出「文必秦漢，詩必盛唐」的口號來，也就是爲了再次樹立起正統的華夏文學典範。特別到了滿漢民族矛盾日益尖銳的明末，是具有很強的現實性的。而從文化心理角度來看，則是「中國古典審美理想和古典詩歌審美特徵發展變遷的必然產物，是明初以來思想文化暨文學發展的必然結果。」〔註102〕在這種種的歷史文化背景下，陳子龍所提出的「折衷風雅」的詩學思想，正是對於中國古典審美理想的接續，而同時，強調「適遠經國」，則又是受到了晚明特定歷史時期社會狀況的影響與啓發，故而，在婉轉平和的古典審美之中釋放出激昂雄壯的剛大之氣，不能不說是古典審美理想在新的社會歷史環境下產生的新變。

中國的古典文學批評具有強烈的意象化傾向，同西方審美體系相比，中國古詩的審美體系要鬆散的多。但是這並不是說中國古典文學審美沒有體系，相反，我國的古典審美具有強烈的民族特徵，剝離了文字的限制，根基於頓悟的體會，更加貼近於人的自然情感和內在感受，也更加切合詩歌用以表達人心，吞吐心緒的文體特徵。從《詩經》開始，風，騷，雅頌，秦漢之文，唐詩，宋詞，無不體現了這一傳承

量足以牢籠一切，不落方幅。自是大家餘鈔，黃門詩以終。明一代之運劉高開宗於前，西涯接武於李何，王李振興於中，黃門操持於後，次明詩大槩也。」清乾隆刻本《四庫禁燬》卷37。

〔註99〕〔清〕沈德潛《明詩別裁序》第3頁，上海古籍出版社，1979年。
〔註100〕《宣城蔡大美古詩序》，見《安雅堂稿》卷二，第35頁。
〔註101〕《白雲草自序》，見《陳忠裕公全集》卷八，第445頁。
〔註102〕廖可斌《明代文學復古運動研究》第1頁，上海古籍出版社，1994年。

的中國式審美。各種文體的形式雖然不一，抒寫的情感類型也各有偏重，但它們卻無不追求著個人自由與社會倫理道德觀念的和諧，以實現現實生活中主體與客觀世界之間的和諧統一。這種從人的感性感知出發，結合客觀物象，加以理性提煉，配之管絃，形諸文字，最終構成了文樂結合的中和之美，就是中國古典審美理想的最終呈現形態。

　　這種審美形態，雖然借助了文字的表現方式，但它產生於人類的自然情感，給情感相當自由的表現空間，讓個人不必刻意壓抑自己的內心感受，而能夠還原人類的純真天性；但同時，這種情感又和我們所生活的客觀社會結合在一起，和社會所設定的道德標準互為表裏，追求個人精神和時代精神的一致，既自由，寬鬆，合情合理，又正直，節制，不泛濫無端。個人與社會是和諧的，美好的，所寫出的詩歌也是充滿了美與溫和的。七子也好，臥子也好，之所以標舉盛唐，就是因為盛唐是中國封建歷史上最能代表和諧社會的歷史時期：政治上比較開明，社會倫理也相對寬鬆，整個社會經濟的發達，國力的繁盛，又讓人們從心底裏感受到蓬勃向上的熱情與活力，整個民族精神都呈現出向上的，打開的，樂觀自然的狀態。在這樣的文化氛圍裏寫出的盛唐詩歌，客觀與情感是一致的，作品的字面和意蘊也是統一的，「夫詞莫工於初唐而氣極完法莫備於盛唐。而情始暢，近體之作於焉觀止。自此以後，非偏枯粗率則漓薄輕佻，不足法矣。」詩歌的精神是圓滿流暢的，文字也是自然輕鬆的，毫無矯揉造作之感，一種強大的精神力量已經主宰了文字，像水面上自然劃過的清風吹動一片落葉一樣，文字與情感都那麼順理成章地表現出來。我們不需要猜測，不需要苦思，只要感受到那股清風，就能體會到深永的和諧的美。所謂「盛唐氣象」「盛唐之音」，只有在這樣的氣象之中才可能產生這樣的吟詠之音，這就是一個時代的精神，可以說這種暢達樂觀的精神為所有的盛唐詩歌打上了一層和諧溫潤的底色，讓盛唐的詩作洋溢著熱情而寧靜的時代氣息。陳子龍特別強調情與理的統一；意與象的統一；美與善的統一，糅合眾長，鎔鑄一家，以形成盡善盡美的蔚然之風。其目

的就是要恢復盛唐氣象，恢復盛唐的時代精神。

情理兼備

宋明理學家說天理，大道，並非是無稽之談，而是有其所根源的文化淵源。但是，過分地強調理，就不可避免地走向以理滅情的極端，用來論法或許可以顯得公正嚴明，但用來論詩，則是大大偏離了詩歌的本質屬性，也背離了和諧溫潤的審美理想。情與理應該是和諧相容的，理不可以壓制情，情也不能越過理，情的抒發需要自然地合乎理；理的表達，也要自然地合乎情。因此，無論是七子，陳子龍，還是其他復古派的詩人，都非常推崇《詩經》，「推極原本，斷之三百篇」，因為這部中國最早的詩歌總集，最早體現了情與理的完美結合。孔子說：「詩三百，一言以蔽之曰，思無邪。」既說出了詩經所寫的多是言情之作，又說出了詩經的性情之正，合乎禮義。「夫詩三百篇，孔子之所以教其子若弟子也，而獨有取於二南者，何也。君子之學，謹於庭除，天下之化本諸衽席，故無不敬也。敬其身焉，敬其父兄焉，敬其妻子焉，下至僕妾不敢加以急言遽色也，是故環佩不離其身，琴瑟不去其側，夫然後血氣和平而心志齊一，行於家則閨門雍穆有禮有法，施於政則廉靜廣博，平易近民，傳於後世，則風流篤厚為子孫黎民之福。」「樂而不淫，哀而不傷。」「哀而不怨，樂而不荒」，既強調了情的合理性，又情調了情的節制性，是中國古典審美理想的發軔之作。

陳子龍在論詩時，既特別強調情的作用，「情以獨至為真」，只有真實的情感抒發才能構造出合乎時代需求的詩歌，又注意區分情的品格，他肯定公安、竟陵兩派對於言情的開創之功，但對於他們兩派所言情之偏頗，卻大力排撻，「若事關幽怨，體涉輕豔，或工與摹境，徵實巧切，或荒與措思，設境新詭，要能使人欣然以幕，慨然以悲，惟其意存刻露，與古人溫厚之旨或殊。」〔註103〕「或厭濃而服綺心，

〔註103〕《沈友夔詩稿序》，見《安雅堂稿》卷二，第52頁。

罔誇而行湛流，冒冒並俗，無所離擇，雖逞輸其辭麗比成文，要以此爲詩人，被惠名而媸質也。」陳子龍努力調和情與理，詞與文之間的矛盾，「漢魏尚質，當求其文。晉宋尚文，當求其質。況聲律既興，虛實細大，尤爲巧構，必使體能載飾，繪能稱素。沉而仍揚，渾而益密，斯則彬彬。」他既重視詩歌的情感，批評理學家文學觀及詩歌的理化傾向；又以強調詩歌的思想內容、法度和語言等方面的主張來反對詩歌中的俗化傾向，力求達到聖人所說的文質彬彬，因爲「詞非意則無所動蕩而盼倩不生，意非詞則無所附麗而姿質不立」只有文辭兼勝，相互配合，才能讓情理融合一致。

意象相融

所謂意象相融，就是主觀與客觀的統一。在古典詩歌中，非常重要的一點就是運用自然物象作爲載體，表達詩人的思想感情，所謂「鳥非鳴春而春之聲以和，蟲非吟秋而秋之響以悲。」一方面，我們認爲天地萬物皆有情，人和自然可以達到融洽自如的境界的；另一方面，我們也通過運用比興的方式，隱約含蓄地表達感情，以象寫意，「措思非一端，取境無定準，博諭而不窮，言近而指遠。」使我們的詩歌具有更爲寬廣的內涵。所以，這些運用在詩歌中物象，已經不再是完全的自然之象，而是承載了中國文化心理的文化符號，具有豐富的外延。《詩經》中的風雅比興，都是和物象的運用息息相關。如果意勝於象，就會缺乏韻致，過於呆板；如果象勝於意，詩歌就顯得淺薄輕佻，沒有內涵，要達到古典審美所推崇的和諧境界，必須「用意必周，而取象必肖，然後可以感人而動物。」〔註104〕象溶於意，意融於象，意在象中，象爲意言，達到情境交融的化境，「夫蘇李之別河梁，子建之送白馬，班姬明月之篇，魏文浮雲之作，此境與情合，不得已而發之詠歌，故深言悲思，不期而至。」〔註105〕王士禎稱讚陳子龍的詞「情景相生，令人有後來之歎。」他的詩歌

〔註104〕《詩經類考序》，見《安雅堂稿》卷三，第63頁。
〔註105〕《青陽何生詩稿序》，見《安雅堂稿》卷二，第36頁。

也同樣體現了這一特點，比如他的《傷歌行》：「長歎梧楸間，河漢光西流。徙倚露沾裳，愴然知我愁。」就通過秋天特有的景物恰當地烘托出詩人的內心活動，對於前途的迷茫，對於年華老去的憂慮，以及由此而生的孤獨感，細膩眞實，並且自然。

盡善盡美

盡善盡美是古典審美的最高境界。美是一種感官的愉快體驗，產生於顏色的明麗，聲音的流轉，姿態的阿娜；善則是精神的道德認同，是合乎人情倫理的高尚正直。文學的功能既要表達自然性的美，也要宣揚社會性的善。詩歌要做到美善合一，就要既根源於詩歌的文辭情採，又不能背離他諷世勸教的功能，也就是陳子龍所說的「詩以適遠」。所以，儘管臥子推重七子，但是他論詩的最終目的還是爲人生，爲社會，在這一點上，他和七子之間仍有分歧。《皇明詩經文徵序》中說：「予讀楊升菴、胡元瑞諸先生及馮氏詩紀，梅氏詩乘所論說，以詩之出，體例年代，稽核千名。夫後世之詩，託事引情，各言所遇，上不繫帝德，下不究人心，一有乖缺，眾流譏失，如菹獄然，窮法而止。」〔註 106〕儘管託情志，言機遇，但是，如果不「繫帝德」「究人心」，盡美卻未盡善，仍然是有所乖缺的。臥子不僅是一個詩人，還是一名具有遠大理想的志士。他的政治理想，也就成爲他的情與志，同他的審美理想相互融會在一起。因此，他特別重視作品的思想內容，強調作品應該有「風人之義」，即反映社會現實生活。他的詩歌，也就成爲鬥爭經歷的詩文，特別是到了甲申國變之後，末世的悲思一日甚於一日，在衝擊著每一個有著家國之感的士人之心，讓陳子龍的角色品行也發生了改變，從一個傳統的封建士大夫，一變而爲爲國投身的戰士，南社的高旭說：「我師陳臥子，磊落復英多。泃爲雲間傑，浩氣壯山河。」〔註 107〕一種激昂的悲憤之氣佔據了他的精神風貌，

〔註106〕 《七錄齋詩文合集》之《古文近稿》卷三，見《陳忠裕公全集》卷七，第 357 頁。

〔註107〕 《佩忍編校〈長興伯集〉屬題》見上海圖書館藏吳易《長興伯集》。

讓他無法再迂守、沉湎於所謂的溫厚、中和之音，滿足於淺吟低唱，而要以大手筆寄寓深思和振頹起衰，詩歌的情調越來越激昂慷慨，甚至突破了中和溫潤的範疇，而表現出一種豪氣與霸氣來。

這是新的時代之音，身處其中的文人無不為它一發激楚之音。李雯有《除夕飲臥子齋》：「辛盤醉客玉顏酡，陳子風流不易過。羯鼓回春耳熱後，蘭燈消雪夜明多。布衣歷落皆如此，戎馬縱橫奈若何。三十已非年少事，幾時起舞一高歌。」方以智有《吳門過臥子作兼寄舒章》：「酌酒拔劍舞，作歌其聲悲。見子不悲歌，悲歌當告誰」之辭，而臥子自己，更是寫下了「我獨何為化蕭艾，拊膺頓足摧心肝！」這樣長歌當哭之句，同前期纖麗華美的風格相比，古直慷慨的詩格崛然而起，幾有橫掃千軍之勢，這種噴薄而出的精神力量正是表現了古典審美理想在新的社會歷史環境下產生的新變。